Lit double

DE LA MÊME AUTEURE

Le Cocon, roman, Libre Expression, 2010.

Ti-Boutte, album littérature jeunesse, Éditions de la Bagnole, 2010.

Le Bien des miens, roman, Libre Expression, 2007.

Les Recettes de Janette, cuisine, Libre Expression, 2005.

Ma vie en trois actes, autobiographie, Libre Expression, 2004.

JANETTE BERTRAND

Lit double

Roman

Libre Expression
Une compagnie de Quebecor Media

Catalogage avant publication de Bibliothèque et Archives nationales du Québec et Bibliothèque et Archives Canada

Bertrand, Janette, 1925-

    Lit double

    ISBN 978-2-7648-0581-7

    I. Titre.

PS8553.E777L57 2012   C843'.54   C2012-940338-5
PS9553.E777L57 2012

Édition : Johanne Guay
Directrice littéraire : Monique H. Messier
Révision linguistique : Marie Pigeon Labrecque
Correction d'épreuves : Julie Lalancette
Photo de l'auteure : Jacques Migneault
Photo de couverture : Getty Images

Cet ouvrage est une œuvre de fiction; toute ressemblance avec des personnes ou des faits réels n'est que pure coïncidence.

Remerciements
Nous reconnaissons l'aide financière du gouvernement du Canada par l'entremise du Fonds du livre du Canada pour nos activités d'édition.
Nous remercions le Conseil des Arts du Canada et la Société de développement des entreprises culturelles du Québec (SODEC) du soutien accordé à notre programme de publication.
Gouvernement du Québec – Programme de crédit d'impôt pour l'édition de livres – gestion SODEC.

Les Éditions Libre Expression
Groupe Librex inc.
Une compagnie de Quebecor Media
La Tourelle
1055, boul. René-Lévesque Est
Bureau 800
Montréal (Québec) H2L 4S5
Tél. : 514 849-5259
Téléc. : 514 849-1388
www.edlibreexpression.com

Dépôt légal – Bibliothèque et Archives nationales du Québec et Bibliothèque et Archives Canada, 2012

ISBN : 978-2-7648-0581-7

Distribution au Canada
Messageries ADP
2315, rue de la Province
Longueuil (Québec) J4G 1G4
Tél. : 450 640-1234
Sans frais : 1 800 771-3022
www.messageries-adp.com

Diffusion hors Canada
Interforum
Immeuble Paryseine
3, allée de la Seine
94854 Ivry-sur-Seine Cedex
Tél. : 33 (0)1 49 59 10 10
www.interforum.fr

*À mon amoureux, qui, depuis plus de trente ans,
partage ma vie et mon lit double.*

1

La pluie tombe comme des clous depuis trois jours. Le potager est inondé. Clara sacrerait là légumes, petits fruits et clients pour se laisser tomber dans sa chaise berçante et brailler jusqu'à ce que mort s'ensuive. Mais, à soixante et onze ans, elle a appris à ne pas dissoudre ses états d'âme dans les larmes. Elle s'installe plutôt devant son ordinateur sur la table de la cuisine pour y retrouver son journal intime, y cajoler ses pensées moroses, et y déverser ses colères refoulées.

🌿 Il faut que j'arrête de m'en faire pour tout le monde! Mais comment fait-on quand on a passé sa vie à ne penser qu'aux autres? Étienne, mon vieux mari, est en train de lire son journal tout en tétant son café comme s'il le buvait avec une paille. Ça fait des lustres que ses bruits de bouche m'hérissent le poil des bras. Comment puis-je aimer quelqu'un d'aussi différent de moi? On est aux antipodes, lui et moi, et pourtant, quand on s'imbrique l'un dans l'autre dans notre lit double, on ne fait qu'un. Et c'est bon, si bon! Difficile de comprendre pourquoi je l'aime autant. Souvent, j'ai pour lui des bouffées d'amour, comme j'avais devant la Sainte Vierge à l'église quand j'y allais encore. Ces bouffées sont comme mes chaleurs quand j'étais en ménopause. Ça part du nombril, puis ça se répand de la tête aux pieds pour ensuite illuminer mon regard. Un regard d'amour. Pour me faire savoir qu'il comprend mon message, il me fait un clin d'œil. C'est si doux, ces moments d'intimité creusés au jour le jour depuis cinquante ans.

Clara relit ses dernières lignes et fait le constat que l'ordinateur a définitivement remplacé le confessionnal.

🌿 Je ne suis pas si remarquable comme mère. Pour parodier Charlebois, je suis une mère «ben ordinaire». Mère indigne? Je suis une épouse d'abord et avant tout, et après, une mère. Claude, mon fils, n'a passé que vingt-trois ans dans ma vie, Étienne, lui, était là bien avant, et il le restera jusqu'à ma mort. Pour moi, le choix était évident.

La pluie a maintenant cessé et le soleil tente de se percer un chemin au travers des nuages cellophanes. Clara se sent mieux d'avoir écrit cette dernière ligne. Étienne a délaissé les pages sportives de son journal pour plonger dans son roman policier.

— Puis, le coupable toujours?

— Ris-tu de moi?

— Un peu…

— Ça t'embête que je te lise au nez?

— Je t'écris bien au nez.

— Est-ce que tu parles de moi dans ton journal?

— Tu fais partie de ma vie.

— Tu dis tout?

— Oui, tout.

Étienne replonge dans son roman, mais il a visiblement du mal à en reprendre le fil.

« J'ai jamais compris ce besoin qu'ont les femmes de se confier à tout prix. Est-ce que je me confie, moi ? Peut-être que je devrais ! J'ai jamais vraiment raconté à Clara ce qu'a été mon enfance. Ça me ferait peut-être du bien… »

— Clara ?

— Oui ?

— Euh… J'ai comme un petit goût de pain doré, je t'en fais ?

— Pas tout de suite. J'écris…

Chacun retourne dans sa bulle. Le silence, au lieu de les refroidir, les enveloppe, les réchauffe telle une douillette de duvet. « Quand les cœurs battent en harmonie, les mots sont inutiles », a l'habitude de proclamer Étienne pour se justifier de ne pas parler. Clara est très concentrée et tape vite, comme si les mots dans sa tête se bousculaient.

🌿 Après cinquante ans de vie commune, on ne s'aime pas comme aux premiers jours, et c'est tant mieux. On était deux êtres autonomes, différents, liés par la puissance de l'amour ! Il me trouvait belle. Je le trouvais beau. On était comme tous les couples en amour : un beau couple. J'ai grossi, il a maigri. Mais on s'aime toujours et bien au-delà de nos apparences. Quand je le regarde, je vois bien sûr les ravages de l'âge. Ses cheveux blonds sont devenus blanc sale, ses dents sont rapiécées par le dentiste, mais dans mon cœur il reste celui que j'ai aimé à vingt ans : un beau grand jeune homme doux et tendre. Avant la Révolution tranquille, les modèles de virilité étaient forts en bras, forts en gueule. Je n'ai jamais voulu d'un homme viril, je le voulais lui, exactement lui, un mélange de masculin et de féminin pour convenir à mon mélange de féminité et de masculinité.

La première fois que je lui ai parlé, sur le bord de la piscine du bain Quintal, c'était comme si je l'avais toujours connu. Je l'ai reconnu, en fait. Différent de moi, complémentaire. Il avait ce que je n'avais pas : la douceur, la lenteur, la tendresse surtout. J'avais alors un besoin profond de tendresse. J'ai été chanceuse. Non ! Il n'y a pas de chance en amour. Ce n'est jamais comme ma mère disait, la défaite dans la voix : « L'amour, c'est un coup de dé ! » Non, l'amour, c'est toujours un choix. Je le voulais lui, pas un autre. Lui ! Lui ! Lui ! Je l'ai choisi. Pour la première fois de ma vie, je savais ce que je voulais et je me suis arrangée pour l'obtenir. J'étais enfin maîtresse de mon existence. Je me suis juré de l'aimer, de le respecter et de prendre soin du lien qui nous tenait ensemble. Je n'ai retenu des mots du curé qui nous a unis dans l'année qui a suivi que : « Pour le meilleur et pour le pire. » En le mariant, j'avais le meilleur. Le pire, je l'attendais de pied ferme. Le pire n'arriverait pas à ébranler ma foi en lui, en nous. L'amour, c'est un acte de foi vécu au quotidien.

Étienne a quitté la pièce. Il n'a pas fait de pain doré, mais a attrapé un muffin aux bleuets au passage. Clara délaisse son ordinateur, étire ses doigts l'un après l'autre, se désolant que le petit doigt de sa main droite devienne de plus en plus croche. Elle soupire. Victor Hugo avait raison : « La vieillesse est un naufrage. » Elle sourit à la pensée que son ex-professeur de natation, ex-champion national, son amoureux depuis des lunes la désire encore. Elle s'active. Maintenant qu'il ne pleut plus, elle doit se mettre à la cueillette des radis, des laitues, de la roquette, de l'oseille, des bettes à cardes jaunes, rouges, vertes et roses, pour ses clients. La pensée du basilic qui sent l'Italie lui rappelle le lunch d'Étienne qu'elle lui apportera au jardin avant de partir pour son point de chute à Longueuil où, tous les jeudis de juin jusqu'à la fin d'octobre, elle livre ses paniers de légumes et de petits fruits bio à ses clients. Elle lui fera deux sandwiches aux petites tomates jaunes gorgées de sucre, avec mayonnaise maison au basilic frais. Il n'est pas aussi gourmand qu'elle, dont les papilles sont à l'affût des moindres plaisirs du palais. Elle lui offrira du thé chaud malgré la chaleur humide de juin. Il soutient que le thé chaud rafraîchit plus que le froid. Elle n'est pas de son avis, mais elle ne le contredit pas. Cette différence d'opinion n'est pas assez importante pour en faire une chicane de couple. Elle garde l'affrontement pour les sujets sérieux, ceux qui les opposent vraiment.

Clara monte à l'étage, sort des vêtements du walk-in et s'habille en vitesse. Enseignante au primaire du temps des minijupes, elle ne porte plus maintenant que des jeans et de larges chandails en tricot de coton quand il fait chaud, de laine quand on gèle. Des chandails qu'elle tricote l'hiver pour meubler les soirées oisives.

Les rayons du soleil font apparaître un rideau de poussière dorée qui la rend heureuse et, avant de dépasser la porte, elle jette un regard au lit double. Si le lit pouvait parler! Elle est émue par le grand lit, leur lit. Là où on parle d'amour, là où on le fait, même quand il n'y a pas d'acte, que des caresses. La chambre est grande. Ils en ont pris deux pour en faire une. Elle l'a décorée à son goût. Rideaux blancs plein jour, tentures de lin crème et couvre-édredon du même tissu. Ici et là, des coussins chocolat de différentes dimensions. Une chaise longue en rotin chocolat, parée d'un jeté en laine, qu'elle nomme pompeusement « mon Récamier ». Ce qui fait dire à Étienne qu'il vit dans du chocolat à la crème.

Elle dévale l'escalier et, au rez-de-chaussée, son regard s'attarde sur les jardins, la balancelle sous l'ombrelle du chêne. Une pensée la traverse.

« Je veux mourir en même temps qu'Étienne. Je supporterais pas de vivre sans lui. »

Elle chasse vite cette pensée de la mort et se sert un café, que son amoureux a préparé.

« Mourir ! Pas tout de suite, pas maintenant ! Je lui ai pas encore assez dit combien je l'aime, combien je suis chanceuse d'être aimée de lui. »

Elle passe au salon, leur salon confortable, dans les mêmes tons crémeux que la chambre. Deux La-Z-Boy en cuir tan trônent devant une télé plasma HD pour visionner les concours de natation du monde entier et aussi pour voir en gros les personnages des téléromans de Clara. Une bibliothèque garnit trois murs de la pièce. Étienne est un grand lecteur d'essais, de biographies et, comme vice caché, de polars qu'il dévore comme sa femme croque des chocolats. Dans un coin, une corbeille déborde de pelotes de laine et, au-dessus, une armoire antique vitrée protège de la poussière les médailles et les trophées d'Étienne du temps qu'il était champion national de natation. Il y a également un poêle à combustion lente qui, l'été, sert de porte-fleurs, et, l'hiver, réchauffe la maison.

Dans la grande cuisine, Clara prend un tricot, l'endosse. Juin le matin est frisquet. Elle tartine de confiture un muffin fait maison : sa propre confiture de ses propres fraises. Une table de réfectoire et dix chaises anciennes dépareillées, mais toutes tressées de lanières de cuir, occupent presque tout l'espace. Un grand bol de fruits frais de la saison est au centre de la table. Ici et là, des petits plateaux de noix, de bonbons pour les envies de grignoter. Une cuisinière à gaz propane, caprice de la gourmande Clara, est accolée à un mur de briques façonné par Étienne par mesure de sécurité. Les comptoirs et les étagères sont encombrés de bouteilles d'huile, de vinaigre, d'épices variées et autres produits du potager. C'est tout juste s'il reste un bout de comptoir pour cuisiner. Comme dit son mari : « C'est le bordel ici-dedans ! » La cuisine est le royaume de Clara. Elle y vit, elle en est la reine, et quiconque veut la ranger, s'en accaparer ou la transformer est très mal reçu. Mais ce n'est plus tout à fait vrai. Depuis quelques mois, Étienne est devenu accro aux émissions de cuisine et il aimerait bien maintenant s'essayer à concocter des recettes, moins par gourmandise que pour gâter sa femme. Mais elle défend son territoire. La guerre n'est pas sanglante, elle est même assez comique, mais il est tenace et, fort de sa science apprise à la télévision, il tente par tous les moyens de prendre sa place aux fourneaux. Ses arguments sont béton : « L'égalité des hommes et des femmes passe par la cuisine ! Tu fais la cuisine depuis toujours, il serait juste que je prenne la relève. »

Elle est entêtée et, plus souvent qu'autrement, elle l'envoie lire au salon pendant qu'elle cuisine, mais hier elle a faibli et l'a observé cuisiner tout en passant ses commentaires. Elle s'est plainte que sa rivale n'est pas une danseuse nue, mais bien Josée di Stasio et, d'après elle, c'est pire.

***

Ce soir, Étienne veut la surprendre et cuisiner un lapin qu'un voisin, éleveur certifié bio, lui a échangé contre des légumes.

— Quelle recette vas-tu faire, mon amour? Celle de Josée di Stasio ou... la mienne?

— La mienne!.

— Pis si j'aime pas ça?

— Tu vas aimer.

— C'est quoi?

— Une surprise.

«Si je prépare plus de bons petits plats à mon mari, je sers plus à rien. Nourrir, c'est l'affaire des femmes. De tout temps. Merde!»

«Je dois me rendre utile. Elle fait toujours tout. Et puis j'aime moi aussi les gratifications spontanées du genre : "C'est tellement bon! J'ai trop mangé!"»

**

Il fait nuit. Étienne se repose d'une journée éreintante passée dans le potager à chasser les prédateurs sans l'aide de la chimie. Il s'étonne toujours que l'on dise que les légumes bio sont trop chers vu tous les efforts qu'ils exigent. On n'entend plus que le léger cliquetis des doigts de Clara sur son clavier. Installée sur la petite table ronde de la chambre, elle n'arrête pas d'écrire. Elle n'a pas trop l'habitude d'aussi longues sessions d'écriture. Elle observe Étienne qui dort profondément. Son regard est empreint d'amour, d'amour maternel, d'amour filial, d'amour sexuel, d'amour tout court. Comme elle l'aime. Elle s'étire les bras, change de fesse et continue de se confier à son cher journal.

🖋 Sa respiration est paisible. Il se dépêche toujours de s'endormir avant moi; je ronfle comme une tronçonneuse, que dit mon mari. J'ai beau essayer tout ce qu'ils annoncent à la télé : rien n'y fait. Avant, quand on était un jeune couple, le soir, on s'enlaçait, on s'embrassait, se caressait, jusqu'à ce que le désir flambe et qu'il faille l'éteindre. À force d'éteindre nos feux, nous tombions endormis, épuisés. Ces années de vaches grasses ont duré jusqu'à l'arrivée de Claude. Sont alors apparus les soirs sur le qui-vive. «Il ne dort pas encore. Il a soif. Il a faim. Il a mal quelque part. Il souffre.» Plus tard, ç'a été : «Va-t-il ouvrir la porte et nous surprendre en train de nous aimer?» Et puis ç'a été les années de l'adolescence : «Va-t-il rentrer à la maison et dans quel état?»

Et puis ç'a été ma ménopause. Dès qu'Étienne me touchait, il reculait net comme s'il avait mis un doigt dans la braise. Selon lui, j'étais une fournaise qu'il ne fallait pas approcher. Moi-même, je ne supportais pas qu'il me touche tant j'avais chaud. On se collait et, aussitôt, il fallait se décoller. Ses mains sur moi intensifiaient mes chaleurs. Et quand ma ménopause s'est atténuée... je me suis mise à ronfler. Depuis, il se couche toujours une heure avant moi, car dès que je pose ma tête sur l'oreiller, je dors et la tronçonneuse part. Une chance qu'il y a les matins... Il est plus ardent le matin que le soir. On se reprend... parfois.

Le souper était très bon. Il a réussi son lapin au romarin quasiment aussi bien que le mien. J'ai fait semblant de lire en espérant qu'il m'appelle au secours, mais il s'est très bien débrouillé. Je devrais être contente, il me libère de la responsabilité quotidienne des repas. Mais non, je lui en veux presque. Il est en train de me voler ma place. Ma place! C'est aussi injuste d'accuser mon mari de me voler ma place que d'accuser les femmes qui travaillent de voler la place des hommes. Je vais le laisser cuisiner, en profiter plutôt que de me plaindre. Promis !

Mon garçon! Mon Claude. J'aurais tellement aimé m'expliquer avec lui quand il est parti de la maison en catastrophe, lui donner les raisons de mon silence depuis, qu'il sache que je ne pense pas comme son père, que je comprends sa peine et son indignation. J'ai songé après son départ à lui écrire une lettre en cachette de mon mari, mais cela aurait été trahir Étienne, lui qui a toujours été d'une honnêteté sans faille avec moi. Qui passe en premier dans le cœur d'une femme : le mari ou les enfants ? Je sais, je sais, les âmes bien pensantes disent que l'enfant passe avant le mari, que les maris meurent, que les enfants restent. Je ne suis pas une âme bien pensante, je suis une femme faible et forte, dure et douce, selon les circonstances. Qui se trompe des fois, mais qui des fois, souvent j'espère, a assez de recul et d'expérience pour… aider les autres. Enfin, c'est ce qu'on me dit. En tout cas, beaucoup de mes clients me consultent comme si je possédais le secret du bonheur. Peut-être n'ai-je pas été une bonne mère, mais je suis une bonne épouse. Je crois à l'amour, à celui qui dure.

Après la passion de l'amour, passion qui a bien duré trois ans – un record –, on s'est dit, Étienne et moi, qu'on voulait bâtir une relation qui durerait. Notre relation, le lien qui nous relie, est devenue notre objectif, notre but ultime dans la vie.

Étienne se tourne dans le lit, ouvre à demi un œil et constate qu'elle est toujours à son clavier.

«Mais qu'est-ce qu'elle peut bien écrire ? Depuis que cet engin est entré dans la maison, elle en a que pour lui. Non, j'irai pas voir, je veux pas savoir. Moins on en sait, moins ça fait mal. De toute façon, je sais même pas ouvrir c'te patente à gosse-là et je veux pas apprendre. Je suis tanné d'apprendre. Vivre avec une maîtresse d'école, c'est pas de tout repos. Là, l'ordinateur, c'est trop ! J'ai fait tout ce qu'elle a voulu. J'ai quitté mon métier, la natation, mon eau, je suis venu m'enterrer à la campagne pour la suivre, mais l'ordinateur, non, je mets mon pied à terre et je dis non !»

— Dors-tu ?

— Oui.

— Pourquoi tu veux pas que je te donne des cours d'informatique ? C'est tellement pratique...

— Demain, chérie.

«Je suis pas un homme. Je passe ma vie à éviter la vérité, à remettre les discussions au lendemain. Tout pour garder la paix, la sainte paix, et puis je sais pas me battre avec les mots. J'aime pas me battre, point final. »

Clara écrit toujours, malgré sa fatigue.

🖋 Mon lit semble m'appeler. Des délices m'attendent. Me glisser sous les draps, câliner le dos d'Étienne, descendre ma main sur ses fesses, les effleurer comme on touche une pêche, respirer son cou et m'endormir enveloppée dans son odeur et dans le ronronnement des chats qui, comme chaque nuit, sautent sur le lit dès que j'éteins.

***

Au bout d'une heure, elle se glisse sous les draps, colle son ventre moelleux comme du gâteau des anges contre le dos musclé de son mari. Une image s'impose, celle de son fils Claude. La dernière fois où elle avait tenté de parler de son fils à Étienne, elle touillait une sauce béchamel, et il venait de rentrer avec un panier d'osier rempli de chatons nés du jour.

— Mouflette rides again ?

— Je viens te les montrer puis après…

— Non !

— Mon amour, on peut pas les garder. On en a déjà cinq !

Clara avait retiré sa sauce du feu et s'était accroupie pour flatter les nouveau-nés sous le regard contrarié d'Étienne.

— Qu'ils sont beaux, qu'ils sont doux. Étienne… s'il te plaît !

— Tu peux en garder un. T'auras la demi-douzaine. Les autres…

— Depuis quand j'ai pas voix au chapitre ?

— Depuis que tu poses des gestes déraisonnables. Plus que six chats, c'est pas raisonnable.

— Pis toi, t'es toujours raisonnable ?

— Je le suis !

— Ah oui… Pourquoi d'abord je peux jamais te parler de notre fils ? C'est raisonnable ça ?

— Commence pas !

— Je commence pas, je continue. Il faut qu'on parle de Claude.

— Fous-moi la paix !

Il était reparti en claquant derrière lui la porte moustiquaire, avec le panier des petites bêtes.

***

🌿 J'ai rompu à cet instant-là notre pacte de jamais lui reparler de Claude. C'est SA faute aussi si j'ai lâché le seul sujet tabou entre nous. Non, c'est ma faute, la faute à mon orgueil. Je n'aime pas qu'il décide à ma place. Un couple est constitué de deux personnes égales, mais il y a toujours un moment où l'une est maître de l'autre, domine l'autre. Je déteste. Qu'est-ce qui est arrivé au juste ? La conversation a mal tourné. Au lieu de l'écouter, je l'ai frappé en plein cœur. Toujours me demander si le sujet de la mésentente vaut la peine qu'on entaille le lien qui nous unit.

***

Les jours suivants avaient été difficiles pour Clara. Étienne est terriblement rancunier. Il rumine les offenses comme les vaches l'herbe dans le pré, et sa digestion est lente. Elle, au contraire, oublie facilement et, une fois la faute pardonnée, elle n'y repense jamais plus. Quand il revint ce jour-là pour le dîner, il l'ignora complètement. Quand elle alla nourrir ses chats dans la grange, il y en avait cinq de plus.

Ce soir-là, ils se couchèrent dos tournés, chacun tenant presque son bord du matelas pour éviter que leurs corps se frôlent. Mais les habitudes des vieux couples sont telles que, bientôt, de son gros orteil, il lui effleura le mollet. Leur tension peu à peu se relâcha. Et au tour du pied de Clara de toucher le sien.

— Merci mon amour, mais cinq chats c'est bien assez. On va trouver à donner les autres !

Il ne répondit pas, mais ses fesses lentement, sensuellement, se collèrent aux siennes. Elle ne bougea pas d'un iota. Il insista par un va-et-vient qu'elle reconnut – depuis le temps – et, d'un même élan, ils se tournèrent l'un vers l'autre. Et c'est en même temps qu'ils se murmurèrent :

— Pardon…

2

Un lit double, des draps fleuris, des oreillers pêle-mêle et deux corps nus que l'on dirait morts. Samuel et Magali, épuisés par l'amour, reprennent leur souffle à la faible lueur d'un film pornographique.

— La télécommande !

— Je l'ai pas !

— C'est toi qui l'avais !

— C'est pas moi, c'est toi !

— Ah merde, Magali, enlève ces tétons-là à la télé.

— C'est toi qui voulais ça.

— Parce que après quatre fois un gars a comme besoin d'inspiration.

— Tu m'aimes pas assez pour t'inspirer de moi ?

— Qu'est-ce que tu veux, je suis un visuel !

Elle se lève d'un bond, s'enroule dans le drap comme elle a vu faire dans les films, puis éteint la télévision.

— Ouais, t'es aussi romantique qu'une patate !

***

Né en Abitibi, Samuel a vingt-cinq ans. Il est le petit dernier d'une famille de six gars, tous bossant dans les mines, comme leur père. Sa mère, qui espérait une fille, l'a gâté pourri jusqu'au moment où son père l'a mis à la porte un soir de brosse en lui criant qu'il ne voulait pas de tapette dans sa maison. Samuel est hétéro, mais sa grande sensibilité peut porter à confusion. En fait, il ne ressemble pas à ses frères qui, eux, croient que la virilité, c'est sacrer, se soûler et se battre. Le cadet de la famille est lui passionné par les séries dramatiques, les téléromans, le théâtre. Il a fait partie de toutes les pièces de théâtre de son primaire et de son secondaire. Son rêve est de devenir comédien.

Arrivé dans la grande ville montréalaise à dix-neuf ans, il a dû gagner sa pitance, son logement et les frais de cours privés d'art dramatique en travaillant dans les bars. Heureusement que sa mère lui envoyait régulièrement des vingt dollars qu'elle piquait à son mari quand il était trop soûl pour s'en rendre compte. Samuel chérit une grande ambition : prouver à son paternel qu'on peut réussir sa vie sans violence. Ses professeurs d'art dramatique lui ont affirmé que sa sensibilité à fleur de peau et sa beauté physique allaient beaucoup le servir comme acteur.

Samuel est élancé, ni trop viril, ni trop féminin. Des allures de gars branché. Il pourrait être la tête d'affiche pour un parfum masculin ou encore pour des slips sexés. Il se voit jouer les jeunes premiers à la télé. Il espère ardemment le contrat qui lui vaudra reconnaissance et célébrité. Qu'il veuille à tout prix devenir acteur a confirmé la perception de son père et de ses frères : un métier de tapettes. En attendant le grand rôle, comme celui qu'a décroché François Arnaud dans *Les Borgias*, il va de jobine en jobine en essayant très fort de se démarquer dans ses cours privés.

Le jour de sa rencontre avec Magali – un mercredi de mars autour de seize heures –, il faisait cru, le ciel était bas, incertain. Allait-il neiger, pleuvoir, ou le vent ferait-il le grand ménage du printemps en balayant débris et saletés accumulés dans les rues? Des plaques de glace sournoises attendaient les passants qui, sans bottes d'hiver, allaient glisser et grossir encore la file d'attente des urgences. En espadrilles, col relevé de son imper usé, pâlot, cheveux noirs gras et barbe de trois jours, Samuel avait un petit air de mafioso. Devant le bar Valpaia, rue Saint-Laurent, une envie subite lui tordit l'intestin. Et c'est là, dans ce bar, qu'il a rencontré l'amour. Il s'en souvient comme si c'était hier. Il venait d'être congédié d'un bar très fréquenté, rue Saint-Denis, où il était barman. Il filait morose et se demandait si, finalement, se faire constamment mettre à la porte n'était pas son karma.

Le bar était vide, sombre, et les relents de bière de la veille empestaient. À une table du fond, trois serveuses se faisaient les ongles et rigolaient des propos de Magali, la plus sexée d'entre elles. Puis celle-ci est devenue muette et a fixé le grand jeune homme qui, dans l'entrée du bar, cherchait à repérer les toilettes des hommes. Avec une démarche de danseuse de tango, elle est venue l'accueillir tout en battant l'air de ses doigts pour faire sécher son vernis bleu marine, de la même teinte que sa jupe ras le bonbon.

Devenu statue de sel, Samuel a plongé son regard dans le sien. Et il s'y est carrément ancré. Son intestin même se calmait. Ils restaient là, face à face, à s'imprégner l'un de l'autre. Les autres serveuses les observaient, envieuses. D'instinct, elles savaient que l'instant était magique. Magali et Samuel vivaient le moment miraculeux de la révélation du désir réciproque, là où le système social qui sépare les sexes est renversé. Ils se sont sentis isolés des autres, vraiment seuls au monde. Elle veut ce garçon et rien d'autre. Il la veut et personne d'autre. Pas pour demain ou après-demain, mais now. Rien d'autre ne compte. Ils ne sont nulle part. Ils flottent sur le désir, ils sont noyés dans leur désir réciproque.

Il reste persuadé qu'ils se sont fixés ainsi pendant une minute tout au plus. Elle affirme que leur extase a duré dix bonnes minutes. Les serveuses, elles, jurent qu'elles ont senti la flèche de Cupidon traverser leurs deux cœurs.

Il a dû s'asseoir, ses jambes ne le portaient plus. Il n'avait jamais vu une telle beauté : des yeux veloutés, des lèvres charnues et si bien dessinées, un corps si… parfait. Magali se croyait dans un film romantique.

— Le patron… est là ?

— C'est moi ! Qu'est-ce que je peux faire pour vous ?

Il a eu envie de dire : « Coucher avec moi », mais ce qui est sorti est :

— Je cherche du boulot.

« Je peux quand même pas lui dire que je cherche les toilettes. »

— Quel genre vous conviendrait ?

Jamais au grand jamais elle n'avait vouvoyé un garçon de son âge.

— Je suis comédien…

« C'est lui mon fantasme ! »

« Elle a des seins, des fesses et puis des jambes… Je bande ! »

— Justement, j'ai besoin de quelqu'un pour…

Elle réfléchit un peu à quoi elle l'emploierait pour le garder près d'elle. Il lui vient vite une idée. Le désir stimule les neurones aussi.

— Vous pourriez faire les commissions. Vous savez conduire une auto ?

— Non.

— Pas grave. Je vais vous montrer… Demain matin, chez moi, à onze heures. Je me couche tard, je suis pas en forme avant. Vous prendrez votre premier cours de conduite avec moi. Je vous donne mon adresse.

« Comment je vais faire avaler ça à ma patronne ? Je vais trouver. Je peux juste pas le laisser partir, c'est l'homme de ma vie. »

« Il y a rien au monde qui va m'empêcher de baiser avec elle. Je la veux ! J'espère que ça se voit pas que je suis bandé comme un cheval. »

***

Le lendemain, à onze heures pile, Samuel, le cœur battant, sonnait au troisième d'un triplex de Rosemont. Magali lui ouvrit et la porte et ses bras et ses jambes. Et pendant des mois, quinze à ce jour, ils firent l'amour. C'était l'amour fou, le choc amoureux, la passion. Ils avaient en eux cette pulsion terrible qui les vrillait l'un à l'autre. Ils n'étaient qu'un, soudés par le milieu. Comme ils ne se connaissaient ni d'Ève ni d'Adam, ils firent d'abord connaissance par les cinq sens. Des célibataires éplorés mettent souvent des années pour arriver à trouver un bon partenaire. Il faut des rencontres via Internet, des goûts communs, des affinités, de multiples essais. Pour eux, ce fut le temps d'un éclair pour parvenir à une sorte d'osmose délicieuse. Elle pensait comme lui. Il pensait comme elle. Ils étaient d'accord sur tout. Ils aimaient les mêmes aliments, riaient des mêmes blagues. Ils regardaient les mêmes émissions de télévision, prenaient leur bain ensemble. Ils partageaient la même brosse à dents. Ils ne se lâchaient pas d'une semelle. Chacun étant le miroir de l'autre ; ils se trouvaient beaux, radieux, parfaits. Tout en l'autre les faisait brûler de plaisir. La courbe d'un sourire, une moue, un rire et c'était l'émerveillement mutuel. Ils se racontaient leurs vies pour se prouver que la leur ensemble était la seule possible. Le passé était effacé. L'avenir imprévisible ne leur faisait pas peur. Pour eux, seul l'instant présent comptait. Ils étaient en perpétuelle découverte d'eux-mêmes, et ce qu'ils découvraient les enchantait. Ils s'appropriaient les témoins de leur amour. « Notre arbre, notre rue, notre restaurant, notre épicerie, notre chanson. » Ils ne parlaient qu'au « nous », qu'au « on », jamais au « je ». Ce qui appartenait à l'un appartenait à l'autre. L'argent qu'ils gagnaient aboutissait dans un grand bol où ils pigeaient sans problème, sans calculs. Ils étaient amoureux, certains que leur extase réciproque durerait toujours, toujours.

***

Et puis, aujourd'hui, après leurs ébats sulfureux, elle lui pose la question :

— M'aimes-tu autant que je t'aime ?

Il avait l'habitude de répondre : « Pluss ! », mais cette fois-ci, lui qui se sert si facilement des mots d'amour des auteurs dramatiques a la fantaisie de répondre la vérité.

— J'sais pas.

— Comment ça, tu sais pas ?

— Parce que logiquement…

— Y a pas de logique dans l'amour !

— L'amour, c'est pas des patates. Comment je peux savoir si mon amour est plus pesant que le tien ?

Maintenant, après l'amour, lui veut dormir et elle, parler. Leur amour est son sujet préféré. Elle a le besoin constant de le quantifier, le soupeser, le mesurer pour se persuader qu'il est toujours là et, surtout, pour vérifier s'il ressent exactement la même émotion qu'elle, ou plus ou… moins.

Ulcéré, il se lève, nu comme un ver, pour se diriger vers la salle de bain. Pour la première fois en quinze mois, elle remarque qu'il n'a pas de fesses. Il en a, bien sûr, mais elles sont plates comme le derrière des grands singes. Dans l'embrasure de la porte, il lui lance :

— Ce soir, je vais prendre une bière avec ma gang !

— Qu'est-ce que j'ai fait ?

— Rien.

— T'es fâché contre moi, c'est ça ?

— Ben non !

— Le ton de ton « non » me prouve le contraire.

— J'ai pas de ton. Je te dis juste que…

La vue de son pénis flasque… C'est la première fois qu'elle trouve son pénis ordinaire, long, mais un peu trop mince… un pénis cigarette.

« Si je commence à lui trouver des défauts physiques… peut-être que lui aussi… »

Vite, elle remonte le drap sur ses seins, qu'elle juge trop gros, trop mous.

« Faut que je sorte ce soir avec mes chums, j'étouffe. »

« Une soirée sans lui. Qu'est-ce que je vais faire ? »

— Mais c'est notre soir de congé, mon chéri !

— Justement, mon amour, je prends un petit congé.

— De moi ?

— Mes chums se plaignent qu'ils me voient jamais.

— Mes chums de filles aussi, mais c'est parce qu'elles sont jalouses. On va rester ici, se commander des sushis et… regarder un film d'action comme t'aimes, se coucher de bonne heure pour une fois, puis…

Elle le regarde, lascivement. Mais il reste de marbre.

— Je m'ennuie d'eux autres.

— Tu dis toujours qu'il y a que moi qui compte.

— Comme blonde, ça c'est certain. Mes chums, je les ai négligés depuis que je te connais puis c'est ben correct, mais là j'ai le goût de les voir, pour jaser, pour faire changement…

— O.K. Je vais sortir avec ma gang de filles d'abord.

Maintenant barman au bar où travaille sa blonde, Samuel a entendu maintes fois des conversations de filles. Il sait que les chums sont leur sujet de prédilection. Il ne tient pas à ce que son anatomie soit analysée et ridiculisée. Désorienté, il s'enferme dans la salle de bain. Puis on l'entend se brosser les dents, alors qu'elle se poste devant la porte.

— T'as pas le ménage de l'auto à faire ? Tu chicanes tout le temps après le bordel qu'il y a dans l'auto.

— C'est pas mon auto, c'est la tienne.

— C'est pas mon bordel, c'est le tien. Il y a des paquets de linge sale sur la banquette arrière.

— Tu le fais jamais, le maudit lavage !

Magali n'en croit pas ses oreilles. Elle prend néanmoins sur elle et tente d'ajouter du miel dans ses reproches.

— Justement, je voulais te dire, mon amour. On est supposés partager les tâches.

— On les partage, chérie. Kif-kif ! Je vais m'occuper du lavage, mais pas ce soir.

— Tu t'occupes du lavage pis moi je repasse, c'est pas équitable. Le lavage, tu vas à la buanderie, tu lis. Moi, repasser, c'est une job que je m'envoie. Puis j'haïs ça pour tuer. À partir de maintenant, je prends le lavage, pis toi tu repasses. Ça c'est partager les tâches.

— o.k. Tu laveras les vitres.

— Je le faisais avant toi.

— Tu les faisais laver par les gars avec qui tu couchais.

— Les gars! Y en a pas eu tant que ça.

— Si je compte ceux qui viennent te relancer au bar.

— Puis toi, hein? On sait bien, toi, tu couches pas, tu emmagasines des expériences pour pouvoir plus tard les jouer au théâtre.

— Jouer au théâtre, c'est quand même mieux qu'être serveuse de bar. J'ai de l'ambition, moi! Un jour, tu vas voir, je vais faire la Place des Arts, toi tu vas être encore dans un bar à te faire pogner le cul par des gars soûls.

Furieuse, elle ouvre la porte des toilettes. Il cache son sexe de ses mains. Autant un pénis est sublime quand on s'aime, autant il est indécent quand on se chicane. Il la repousse, lui claque la porte au nez. Leur photo prise à la Saint-Valentin se décroche et tombe aux pieds de Magali.

Surprise par leur première vraie dispute, elle hésite : doit-elle le supplier de lui pardonner ou pleurer comme elle a vu sa mère le faire tant de fois? Ou encore le quitter… mettre ce chum carrément à la porte? Elle ne sait vraiment plus quoi penser. « Qu'est-il arrivé à notre grande passion? Le temps est-il en train de la déchiqueter en petits morceaux? »

***

Magali Dionne est née à Outremont, fille unique d'un père notaire et d'une mère avocate. Ses parents ont divorcé quand elle avait dix ans. La garde partagée l'a fait souffrir. Pas le temps en une semaine de créer de liens forts avec quiconque. Et puis, comment à dix ans départager le vrai du faux des acrimonies parentales ? Elle est devenue alors une enfant silencieuse, soupçonneuse et menteuse. Elle ne faisait plus confiance aux adultes. Elle est d'humeur changeante, ne croit pas plus aux longues amours qu'aux grandes amitiés. Elle a étudié dans les meilleures écoles privées pour, finalement, à la fin de son cégep, aboutir serveuse dans un bar. L'université ? Elle a toujours fait ce qu'elle a voulu. Elle n'aura qu'à vouloir… un jour.

En attendant, la vie de bar lui plaît. Cela lui plaît de toujours se sentir sur le party. Elle y a découvert là une faune dont elle ne soupçonnait pas l'existence, enfermée qu'elle était dans un ghetto chic de gens sérieux. Elle aime ses parents, mais les trouve vieux jeu. Pour elle, ils ne comprennent rien de rien à la vraie vie, ni aux plaisirs de la vie. Pour eux, la vie, c'est le travail. Quelle idiotie. La vie doit être un party ! C'est une belle fille aux dents parfaites – elle a porté des appareils dentaires pendant des années –, aux cheveux d'un blond parfait – elle fréquente le dispendieux coloriste de sa mère. Un teint de rose – ses produits de beauté, cadeaux de son père, coûtent plus cher l'once que l'or en barre. Elle est svelte, une taille de guêpe. Il faut dire qu'elle est au régime depuis qu'elle a cinq ans – l'héritage d'une mère obsédée par son poids.

Elle s'habille sexée. Été comme hiver, elle dénude bras, jambes, cuisses et seins. Mais paradoxe, après avoir paradé ses chairs, elle s'offusque si un homme la siffle. Elle arbore d'immenses verres fumés même dans l'obscurité du bar. Quand elle les retire, on découvre un œil brun, un œil bleu. Héritage paternel ! Elle tient de sa mère ses cheveux bouclés, et passe des heures à les lisser au fer plat. Elle boit beaucoup : de la bière, du vin bon marché chez elle, et des cocktails sophistiqués et chers, gratuits au bar. Sa grande fierté : elle supporte l'alcool comme personne. Du moins le croit-elle.

Elle a une confiance en elle à toute épreuve. Elle déteste la tendresse qui, pour elle, équivaut à de la faiblesse, à de l'amour en perte de vitesse. Elle ne veut surtout pas ressembler à sa mère, qui a fait de mauvais choix et s'en repent continuellement. Avant Samuel, elle a vécu ce qu'elle appelle sa « vie de garçon » : le sexe pour le sexe. Du prêt-à-jeter. Elle a vu sa mère pleurer, supplier, perdre l'appétit et faire une dépression quand son mari l'a quittée. Elle ne veut pas du même sort. C'est elle qui quitte avant. Récemment, son père lui a offert de payer ses études en notariat et de la prendre comme associée : Guy Dionne et Fille ! Elle l'a envoyé paître. Elle lui en veut d'avoir quitté sa mère pour une femme plus jeune, et puis la profession de son père l'ennuie. Brasser de la paperasse n'est pas sa tasse de thé. Elle veut l'aventure sans souffrance. Elle veut la richesse en travaillant le moins possible. Elle veut tout dans son couple aussi, l'indépendance et la symbiose, la différence et la ressemblance, un macho et un homme rose. Elle ne sait pas encore qu'on ne peut pas tout avoir.

***

Alors que Samuel s'attarde dans la salle de bain, Magali s'est habillée d'une minirobe noire de lin, s'est maquillé les yeux et a avalé toasts et cappuccino. Sur la table de la cuisine, son café tout près, elle ajuste la webcaméra de son ordi et clique sur l'icone Skype de son amie Clara.

— Clara, c'est Magali !

— Oui ma belle, je suis là… en train d'écrire mon journal. Me vois-tu bien ?

— Juste le bas du visage. Ajustez la caméra.

— Là, c'est mieux ? Tu peux pas venir chercher ton panier demain ?

— Oui oui. C'est pas ça, j'ai besoin de vous parler.

— Tu me parles là, ma grande.

— Mon chum pourrait arriver d'une minute à l'autre. C'est confidentiel.

— Bon. Mon dernier client demain est à cinq heures. On ira au resto en face du parc. Pas longtemps. Je veux rentrer chez moi pour le souper.

— Merci merci. Clara…

— C'est grave ?

— Oui, je pense. Je peux pas parler là.

— J'ai pas grand-chose comme légumes, il a trop mouillé cette semaine.

— À demain !

Bien qu'il ne soit que midi, Magali se sert un rhum straight. Elle aurait préféré une bière blonde, mais c'est tout ce qu'elle a. La bouteille date d'un client du bar qu'elle a ramené chez elle, avant Samuel. Un gentil garçon qui voulait d'elle des choses bizarres. À ce souvenir, elle frissonne de dégoût. Elle doit admettre qu'un chum régulier, c'est plus sécuritaire. Son verre en main, elle s'enfonce dans le sofa de cuir rose, pose ses pieds nus sur la table en contrebas. Ouf ! Serveuse, c'est dur pour les jambes !

« Un plus un, je pensais que ça faisait un. Ça fait deux ! Lui, c'est lui, moi, c'est moi ! Que je l'aime à mort, ça le change pas. Il reste lui. Un mâle dominant. Qu'il domine tout seul qui il voudra, moi, je sacre mon camp. »

Elle se redresse, avale cul sec son rhum. Elle réfléchit tout en enfilant ses sandales satin et perles.

« La folle, je peux pas sacrer mon camp, je suis ici chez moi. Je suis plus du tout chez moi, justement. Ça fait quinze mois qu'on vit ensemble, il a réussi à m'envahir. J'avais six tiroirs dans ma commode, j'en ai plus que trois. Le salon est embourbé de ses maudites affaires, son ordi, sa caméra, ses CD, ses films, ses jeux vidéo, son système de son, ses magazines, sa collection de téléséries américaines, ses *Tintin*! La salle de bain, pensons-y pas. Le siège relevé à perpétuité! Il y a des poils dans le bain, des poils d'homme qu'on sait pas d'où ils viennent. Ouache! Le lavabo est barbouillé de postillons de pâte à dent. Le miroir, de traînées de crème à barbe. Et puis, comme il est grand, quand il pisse, c'est direct à côté du bol! Dégueulasse! Le frigo est plein de ses cochonneries qu'il grignote sans arrêt en laissant des miettes comme le Petit Poucet. Même dans le lit. Puis, il m'a-tu offert de payer la moitié du loyer? Pantoute! Il s'est installé comme s'il était chez lui. C'est vrai que je lui ai dit : "Fais comme chez toi, tout ce qui est à moi est à toi." Il m'a crue, faut croire! C'est rendu que je peux plus regarder mes téléromans, que je peux plus écouter ma musique, je peux même plus lire mes romans d'amour au lit. Le pauvre ti-gars à sa maman, il lui faut la noirceur pour s'endormir. »

— Viens ici, vite! Magali, vite !

« Qu'est-ce que je veux? Savoir ce que je veux? Je veux qu'il m'aime comme moi je l'aime. Me semble que c'est pas trop demander. J'ai hâte de voir Clara demain. »

— Magali !

Sentant l'urgence, elle se précipite dans la salle de bain pour aussitôt être happée par deux bras, soulevée puis projetée dans la baignoire remplie de mousse à la mangue, qu'elle garde pour les grandes occasions. Le pénis cigarette de son amant est devenu cigare incandescent et victorieux. Il rit. Elle ne le trouve pas drôle. Sa robe noire va déteindre, elle est en lin de mauvaise qualité, et ses cheveux aplatis vont se remettre à friser. Sans oublier ses sandales satin et perles qui vont être abîmées.

— Samuel, merde ! Arrête !

Ces mots criés comme un ordre refroidissent l'ardeur de Samuel. Son pénis se replie, honteux. Il s'extirpe de la baignoire et s'empare du peignoir pendu à un crochet, celui de Magali, en chenille vert pomme, orné de rubans roses. Il veut lui cacher son pénis qui dégonfle comme un ballon pété. Il sort de la pièce le plus dignement possible, mais ridicule dans ce peignoir trop petit et féminin au cube.

Couverte de mousse, elle est irritée. Et pas une serviette en vue. Dans la chambre, elle passe devant lui en tirant sur sa robe mouillée. Il est tout aussi désemparé. Puis, contre toute attente, elle éclate d'un rire franc. Il fond littéralement. Il adore tellement son rire cristallin de lolita.

— T'es tellement cute !

Elle lui tombe dans les bras, et il l'entraîne vers le lit où il lui fait l'amour vite comme pour l'épingler au matelas. Elle le ralentit.

— Pardon !

— Pardon !

— M'aimes-tu, Samuel ? Dis-moi que tu m'aimes, mon amour.

— Je t'aime comme j'ai jamais aimé avant, comme je pensais pas être capable d'aimer. Qu'est-ce que t'as fait pour que je devienne si vite amoureux de toi ? Tu m'as envoûté ou quoi ?

— Donc t'es bien avec moi ?

— J'ai jamais été aussi bien de ma vie.

Il se raidit, ses traits se crispent, sa bouche s'ouvre comme celle d'une carpe sortie de l'eau, et il jouit sous le regard songeur de Magali, qui lui lance :

— Et tu veux sortir avec tes chums ?

Elle l'a attiré dans son filet, et il s'est laissé prendre comme une barbotte. Il s'en veut à mort, mais il n'est pas de taille, elle est trop futée.

« Pourquoi je suis pas devenu amoureux d'une niaiseuse ? Ç'aurait été tellement plus simple. »

Il se lève et, promptement, va enfiler un jean et un t-shirt propre. En fait, son plus beau, celui qu'elle lui a offert à l'anniversaire de leur premier mois d'amour. Elle l'a suivi pour retirer sa robe trempée et se changer. Sans toutefois trop le regarder. Il évite également son regard. Puis il tente sa chance :

— Je leur ai promis. Ils vont m'attendre à la salle de pool…

— T'aurais pas pu m'en parler avant ?

— Je pensais pas que j'avais à demander la permission pour sortir avec mes chums.

— Est-ce que je sors, moi ? Est-ce que je sens le besoin de revoir mes vieilles copines, moi ? Je les ai toutes laissées tomber pour toi !

— Pis faut que je paye pour ça ? Je dois te dédommager pour les sacrifices que tu fais pour moi ?

— Euh… oui…

— Comment je vais faire ça ?

Elle s'approche, roucoulante. Il reconnaît son manège.

— Aime-moi encore.

— On vient juste de le faire.

— Si tu restais, on pourrait parler d'amour. On parle plus jamais d'amour.

— Ah non ?

— De nous deux par exemple. De notre amour…

— On est tout le temps ensemble… On a comme fait le tour de la question.

— On peut parler d'autre chose si tu trouves ça plate de parler d'amour.

— Je trouve pas ça plate, mais… tout le temps ?

— On peut parler de notre avenir…

— On est pas bien là ? Les filles, c'est toujours la même chose, tu les baises… elles veulent l'appartement, l'auto…

— Les hommes, vous baisez et puis bonsoir la visite.

— Bon, ce soir je vais voir mes chums. Point final.

— Si t'as besoin de les voir, c'est que tu me désires plus, et si tu me désires plus, c'est parce que tu m'aimes plus. Être désirée, c'est être aimée.

— De quoi tu parles ? Je te désire. Câline ! Je viens juste de te baiser il y a pas cinq minutes. Je veux juste sortir un peu, prendre un bol d'air, ventiler quoi !

— Je t'étouffe ?

— Non, c'est pas ça, mais un gars c'est un gars… Il a besoin d'espace.

Offensée, elle le pousse hors de la chambre. Contrarié, il lui crie :

— Sortir un soir entre gars après plus d'un an de réclusion – il allait dire « prison » –, c'est beau de ma part. Je connais pas grands gars qui auraient enduré ça, pis en plus je travaille avec toi… Vraiment, si je mérite pas une soirée off…

— J'en prends-tu moi, une soirée off?

Décidé à tenir son bout, il se pointe dans la chambre, mais la vue de Magali repliée sur le lit, toute menue, l'attendrit. Et elle le sait. Il soupire, s'assoit près d'elle, lui caresse les fesses.

— o.k. J'irai pas.

— Non vas-y, si c'est ça que tu veux faire pendant notre journée de congé. Va, amuse-toi bien.

— Merde de merde !

— Oui, t'as bien dit, notre amour est vraiment dans la merde !

3

Le point de chute de Clara est à l'orée d'un magnifique parc du Vieux-Longueuil, à cent kilomètres de sa petite ferme. De quatorze à dix-sept heures, ses fidèles clients viennent chercher leurs paniers moyennant une somme forfaitaire versée en début de saison. Assise sur un banc, un peu lasse, elle attend Magali, sa dernière cliente.

Un vrombissement la fait sursauter. Sur son scooter rouge pompier, Magali a freiné quasiment sur ses pieds. Vêtue d'un short ultra court et d'un haut qui fait fleurir ses seins hors de son soutien-gorge rembourré, elle est pétante de beauté.

— Je suis pas trop en retard, toujours?

La jeune femme lui lance des sourires comme des pétales de fleurs durant un grand mariage. Clara lui ouvre les bras et elle s'y engouffre. Le nez dans son cou, elle la bécote à répétition. Sa vieille amie éclate de rire et lui tapote une fesse.

— T'as maigri, toi!

— Non, je suis toujours pareille. Vous, la santé, ça va?

— Je parle pas de mes petits bobos, c'est pas intéressant. Je les traite avec mépris. Mais toi, mon ange, ça va pas trop on dirait? Ton maudit scooter! C'est dangereux... t'as aucune protection. Au moins avec ton auto...

— C'est rien ça, je rêve d'avoir une Harley.

— Ton chum… il en dit quoi ?

— Pas de ses affaires !

— Bon. On va à la terrasse en face. J'ai une de ces soifs !

Elles sont belles à voir, ces deux femmes qui, bras dessus, bras dessous, marchent comme des copines du même âge. Quand elles se sont rencontrées, ce fut un coup de foudre d'amitié. C'était il y a cinq ans. Magali avait un amoureux qui ratissait la campagne tous les dimanches à la recherche d'une ferme à acheter. Ces longues virées agaçaient Magali. Ses dimanches, elle aurait voulu les passer soit sur une terrasse ou au cinéma ou à faire l'amour. Un jour, en panne d'essence, leur voiture a calé devant un chemin bordé de peupliers et fermé par une clôture de bois blanc. Au bout du chemin privé, une maisonnette si fleurie qu'elle ressemblait aux contes de son enfance. Magali s'offrit d'aller emprunter un bidon d'essence, attirée par la beauté rustique et le calme des lieux.

Sur le seuil de la maisonnette, la porte s'est ouverte, et Clara lui est apparue dans toute sa rondeur et sa splendeur. Un rayon de soleil ! La jeune femme fut éblouie par le sourire, la bonté et l'intelligence qui émanaient de la maîtresse des lieux. Elle avait presque l'âge de sa mère, mais le bonheur lui sortait de partout, à l'inverse de sa mère qui était aigrie et avait une bouche qui, à force de ne pas sourire, était pincée en cul-de-poule.

— Bonjour, madame.

— Qu'est-ce que je peux faire pour toi, ma belle ?

— Voulez-vous être mon amie ?

Magali ne se reconnaissait pas. Elle n'était pas du genre à sauter sur les gens pour leur offrir son amitié.

42

De nature indépendante, elle ne quêtait ni l'amitié ni l'amour de quiconque. Clara avait éclaté de son beau rire de verre taillé, ce qui réconforta vite Magali.

— Entre donc. Je m'appelle Clara. Et toi?

— Moi, c'est Magali.

Magali l'avait suivie jusqu'à la cuisine, une pièce odorante, chaude et lumineuse, remplie de corbeilles de fruits et de légumes entremêlés en bouquets. Vingt minutes plus tard, elle était installée dans une berceuse couverte d'un jeté tricoté main. Magali avait parlé d'elle sans réserve, de ses parents divorcés, de ses amours. Clara l'avait écoutée avec intérêt et, parfois, avec amusement.

Quand l'amoureux oublié sur la route se présenta à la porte, Clara avait servi à sa jeune visiteuse une pointe de la tarte à la rhubarbe tout juste sortie du four et une limonade de fraises des bois. Elles sursautèrent à l'unisson quand, n'obtenant aucune réponse, le jeune homme hurla :

— Magali, pour l'amour du Christ! Le bidon !

Peu après, Magali rompit avec « son affreux », comme elle le surnommait. La vieille Clara et la jeune Magali étaient devenues de très bonnes amies. L'hiver, elles échangeaient des courriels ou se parlaient via Skype. L'été, Magali venait chaque jeudi prendre son panier au point de chute. C'est sans frime ni mensonge qu'elle ouvrait son cœur à Clara.

***

Devant un thé glacé au citron pour Clara et un mojito pour Magali, la maraîchère attend les confidences de sa presque fille, comme elle l'appelle.

— Je suis comme dans un flottement identitaire. Je sais plus qui je suis ni ce que je veux. Qu'est-ce que je fais avec Samuel ? Qu'est-ce que je ferais sans lui ? Quand il est là, je suis heureuse, quand il est pas là, je m'ennuie. Je peux pas me passer de lui. Il est une drogue. Je suis accro. Je l'ai dans la peau. Avant, je pigeais pas ce que ça voulait dire « avoir quelqu'un dans la peau », là, je le sais. Si je m'écoutais, je ferais toujours l'amour avec lui. Quand il est en moi, je me sens pleine, entière. C'est-tu ça l'amour, Clara ?

— En tout cas, c'est de la passion.

— La passion, c'est de l'amour.

La réminiscence de la folle passion du début vécue avec Étienne rend Clara un brin nostalgique. Elle soupire.

— La passion, c'est avant l'amour, c'est avant le véritable amour. Ça nous tombe dessus comme une épreuve. On y peut rien, faut le vivre. C'est la perte de contrôle, la perte de son identité. Comme un accident. On attend pas un accident, on le subit. Une chance que ça dure pas longtemps, un an, un an et demi, deux, trois maximum… Plus que ça, on deviendrait fous. On peut pas passer sa vie sur le pic de l'Everest, faut bien en redescendre et c'est là, après la passion, les pieds bien ancrés dans la réalité, qu'il faut se demander : est-ce que j'éprouve de réels sentiments pour cet homme ? Est-ce qu'il me convient ? Est-ce que je peux former un couple avec lui ? Fonder un foyer ? Vivre tous les jours avec lui ? Avoir des enfants ? Vieillir avec lui, et finir ma vie avec lui ? Le soigner s'il est malade ? Le soutenir s'il fait une dépression ? Est-ce que ça me tente d'investir temps et sentiments dans une relation que je vais être obligée d'entretenir, comme on entretient un potager jour après jour, sinon il va pourrir et devenir de la mauvaise herbe ?

Cette longue explication amuse Magali, qui lâche avec un drôle de sourire :

— L'amour, c'est pas un christie de potager ! Heille !

— Quand la passion s'éteint tout doucement, qu'on recommence à vivre la vraie vie, quand le travail reprend de son importance, que les amis, la famille, les loisirs séparés reprennent leur place, on peut faire le choix de la rupture ou on peut décider de tisser un lien, de s'engager, de bâtir une relation solide. C'est un choix !

— Vous avez fait le choix de vivre avec votre Étienne. Ça allait pas de soi ?

— Non ! On était tellement différents. La seule chose qu'on avait en commun était notre désir de tisser ensemble un lien solide et de l'entretenir. Depuis, on est en couple et ça dure. Ça dure toujours… Comme dans un potager. Quand on choisit de semer, il faut s'occuper des jeunes pousses, les transplanter dans de la bonne terre qu'il faut engraisser, et les soigner sans arrêt si on veut de belles récoltes.

— On est pas des plants de tomates quand même !

— C'est juste un exemple. Quand on est dans la passion, on est deux, mais on ne fait qu'un. Quand on est en amour, on est trois : un homme, une femme et le lien, la relation. Trois ! Disons que c'est la relation qu'il faut entretenir comme une plante rare et sensible.

— L'amour, ça peut pas être ça ! L'amour, il est là ou il est pas là. L'amour se force pas.

— La relation se cultive.

— C'est pas de l'amour, ça ! C'est ben trop plate…

— C'est ça l'amour, Magali… Le véritable amour est fait de tendresse, de complicité, de petites attentions.

— Pas de sexe ?

Clara éclate d'un rire franc et ajoute, coquine :

— Et de sexe…

— Moi ce que je veux, c'est pas un potager, c'est le septième ciel, trois cent soixante-cinq jours et nuits par année.

— Tu veux la passion toujours.

— Je veux la passion toujours.

— Pour t'assurer de vivre en haut de la montagne sans avoir à en redescendre, tu changes de partenaire aux deux ans.

Visiblement déçue du constat, Magali boit cul sec son mojito, puis aspire l'air de sa paille en faisant du bruit. Ce qui énerve Clara.

— Ma belle, je sais que ça te fait pas plaisir ce que je te dis, mais j'y peux rien, c'est la vie. La passion dure pas. L'amour peut durer.

— C'est pas parce que vous, votre passion a pas duré que la mienne durera pas.

Contrariée, Clara fait un signe au serveur pour l'addition et, très doucement, comme si elle n'avait pas entendu la remarque de Magali, elle conclut :

— Faut que j'y aille, Étienne est inquiet tant que je suis pas rentrée, et ce soir c'est lui qui fait le souper. C'est ça, l'amour. Avoir quelqu'un qui est attaché à toi, qui s'inquiète pour toi et qui pense constamment à te faire plaisir. L'attachement… c'est meilleur que la passion, c'est plus doux, plus serein et ça dure.

Un brin ébranlée, Magali s'accroche aux images idéalisées de l'amour qu'elle a absorbées depuis son enfance. Elle talonne sa vieille amie jusqu'à la caisse en maugréant.

— C'est bon pour vous, à vos âges ! Notre génération, c'est le romantique…

— Si tu crois que c'est pas romantique d'être attendue par son amoureux qui a préparé un bon repas !

Magali hésite, elle n'ose pas vraiment dire ce qu'elle pense, mais elle se demande ce que son amie peut trouver de si romantique dans le fait qu'un petit vieux attende sa petite vieille avec un souper. Pouah !

Sans mot dire, Clara sort de l'établissement et se dirige vers sa camionnette. Le soleil est encore présent, mais bas. Il s'apprête à se donner en spectacle.

— Ma petite fille, vivre à deux, c'est la plus grande des aventures et c'est tellement plus romantique que tu penses. Enfin, c'est ce que je vis. L'idée de mon Étienne qui m'attend, ça me fait chaud au cœur. J'ai hâte d'arriver, de l'embrasser, de manger puis de me coucher avec lui. On va peut-être faire l'amour !

Magali lui lance un regard oblique, doutant manifestement d'une telle éventualité.

— Je l'ai vu, ton œil sceptique. Oui oui, on fait l'amour, peut-être pas aussi souvent que toi et Samuel, mais on le fait plus longtemps et c'est toujours aussi bon.

Puis elle ajoute, pour la faire rire :

— Avec nos os fragiles, nous autres on préfère le lit aux tuiles de la cuisine.

— Il est sorti avec ses chums hier soir !

Magali a lancé cette dernière remarque comme une roche. Clara se mord la langue pour ne pas lui dire que son Samuel a bel et bien entrepris la descente de l'Everest.

— C'est déjà beau d'avoir vécu votre passion pendant quinze mois sans aucune autre activité que de vous séduire mutuellement et de faire l'amour, c'est de l'argent en banque. Dans le creux de la vague, vous pourrez toujours vous rappeler ces moments magiques…

— J'en veux pas de creux !

Le ton est définitif, et Magali se referme comme une huître. Clara n'est cependant pas du genre à lâcher prise.

— À ton âge, j'étais romantique moi aussi, et mon romantisme était nourri par le cinéma français. J'aurais donné gros pour être embrassée par Alain Delon. Lui, il était beau, lui il avait le tour avec les femmes. La sexualité lui suintait de partout. Je sortais avec un petit bum, peigné comme Elvis. Il se trémoussait comme lui. On est sortis ensemble deux semaines, deux semaines pas mal rock'n'roll. Je flottais. Quand il m'embrassait, je devais tenir ma raison à deux mains pour pas aller «jusqu'au bout». C'était le terme utilisé pour pas dire «faire l'amour» qui, dans le temps, était considéré comme vulgaire. Et puis, un jour, en imitant Elvis, il s'est démis une hanche. Quand on l'a entré dans l'ambulance, j'ai sauté du haut de la montagne que ç'a pas été long. Le ridicule avait eu raison de mon grand amour.

Mais Magali n'écoute déjà plus son amie. Elle embrasse Clara en l'effleurant, puis transfère légumes et petits fruits dans ses sacs multicolores, qu'elle enfonce ensuite dans la boîte arrière de son scooter.

Visiblement, le discours de Clara lui semble terriblement dépassé et elle est résolue à vivre sa passion avec Samuel plus longtemps que deux ans. Et ça, quoi qu'en dise sa vieille amie !

4

Ce soir-là, après avoir mangé une excellente lasagne aux aubergines, Clara s'immerge dans la baignoire parfumée par Étienne d'huiles essentielles à la lavande du jardin. Au rez-de-chaussée, son mari – heureux de l'avoir gâtée – relaxe devant les nouvelles du sport.

Clara enfile avec un plaisir évident sa jaquette de coton rose fleurie puis s'enroule dans sa vieille robe de chambre en laine qu'elle a mis des mois à tricoter. Après avoir souhaité bonne nuit à Étienne avec des baisers tendres – juste assez sensuels pour l'émoustiller un brin –, elle remonte à la chambre où elle a rendez-vous avec son journal intime.

🌿 C'est décidé, à partir de maintenant, je me mêle de mes affaires ! Je vends les produits de ma petite ferme et je souris béatement aux clients sans ajouter un seul mot. Qu'ils s'arrangent tous avec leurs maudits problèmes ! Mais je sais des choses sur l'amour, je vis en couple depuis un bout, pourquoi ne pas en faire profiter les autres ? En art, dans le commerce, en politique, on se fie aux anciens pour transmettre le savoir aux plus jeunes, pourquoi pas en amour ? Dès qu'on a un peu d'argent, on s'offre un conseiller financier pour le faire fructifier, pourquoi, quand on aime, on n'aurait pas accès à des conseillers ? Il en existe – je le sais, mais on va les voir trop tard, juste quand ça va mal. C'est avant la faillite conjugale qu'il faut les consulter. Mon mari n'aime pas que je me mêle des affaires de cœur de mes clients. Ce n'est pas moi qui leur offre des conseils, moi je n'offre rien d'autre que mes légumes et mes petits fruits. Ce sont eux qui, tout en soupesant mes courgettes, me racontent leur intimité, me confient leurs secrets. C'est certain que j'aime être celle qui sait, celle qui dit aux autres quoi faire. Cela doit être une forme d'orgueil de ma part. Ma mère me disait que j'aurais dû faire un prêtre. Elle me voyait dans le jubé à faire des sermons. Je me voyais aussi, faut dire ! Comme je n'avais aucune chance d'accéder à la prêtrise, je suis devenue professeure et je continue à faire la maîtresse d'école avec mes clients. Déformation professionnelle ! C'est ce que dit Étienne en se moquant de moi.

Cher lui, il ne doit absolument pas lire ce journal, c'est trop personnel. Par chance, il a l'ordinateur en horreur. Ça me permet de lui faire des cachettes en toute tranquillité. Je reviens au mot « cachette » et à la grande question : « Doit-on tout se dire quand on s'aime ? » Bien sûr que non ! Je ne peux pas lui dire que, des fois, pas souvent, je suis attirée par un chanteur populaire. C'est tellement ridicule, je le connais même pas, mais quand je le vois à la télé… Ayoye ! Grand, mince, pantalon serré comme une deuxième peau… Mon sang se met à bouillir, mon cœur prend le mors aux dents. Il est si viril ! Quand il chante, sa voix de velours descend dans mon ventre. Son accent fait vibrer mon clitoris. Je me lève vite pour éteindre la télé. J'ai été fidèle toute ma vie, je ne vais pas tromper mon mari avec un chanteur. Je n'ose même pas en parler à Étienne. D'abord parce qu'il se moquerait chaque fois que le chanteur serait à l'écran et surtout parce que ça lui ferait de la peine d'être comparé. Je n'ai jamais compris les femmes qui tolèrent des calendriers de filles nues – les comparaisons sont toujours douloureuses. J'aime le corps d'Étienne. J'ai adoré son corps musclé du temps où il faisait de la natation. Son corps a perdu du tonus. Son dos s'est graduellement courbé. Il a développé un petit ventre rond qui détonne dans toute cette maigreur. Il n'y a que ses fesses qui n'ont pas changé. Il a les plus belles fesses au monde… après celles de mon bel Italien… que j'imagine.

Elle s'amuse de sa dernière phrase. L'idée qu'Étienne n'aura jamais accès à son journal la rassure. Son mari est plutôt un adepte de la plume fontaine. Il a la sienne, une vieille Waterman. Elle lui a pourtant vanté les mérites de l'ordinateur, d'Internet. Rien n'y fait. Et c'est tant mieux.

⚘ Cher journal, à toi, je le dis, depuis que j'ai un ordinateur, un bon dix ans, j'envoie régulièrement des courriels à mon fils, Claude. Et depuis quelques années, je lui parle et je le vois même grâce à la webcaméra. Ce n'est pas une vraie trahison envers mon mari. Je ne suis pas allée le voir, il n'est pas venu me voir.

Elle chasse la pensée de son fils, Claude. Elle a ce don de pouvoir remiser comme dans un coffre-fort ce qui lui fait de la peine. Un don qui, jusqu'à ce jour, lui a permis d'accepter l'inacceptable : ne pas toucher, embrasser, tenir dans ses bras son fils unique.

Une heure plus tard, Clara se glisse sous les draps frais du lit double. Elle enlace Étienne, relève sa robe de nuit sur ses cuisses et place une jambe entre ses jambes. Il murmure dans son demi-sommeil.

— Mon amour…

— Chut, dors.

— Je t'aime.

— Oh, moi aussi. Moi aussi, tellement !

Et c'est dans les bras l'un de l'autre, leurs peaux collées comme si elles n'en faisaient qu'une, que lentement ils se laissent couler dans le sommeil. Ensemble.

***

Debout à l'aube, Étienne a préparé le café et fait réchauffer les scones de la veille, sorti les nombreuses confitures et compotes cuisinées avec leurs petits fruits bio. Il échafaude sa journée en attendant que sa femme se lève.

« Aujourd'hui, il fait beau soleil, va falloir que je me grouille, les limaces sont en train de dévorer les laitues… Penser à prendre la réserve de coquilles d'œufs, à les passer au robot, à les saupoudrer autour des plants. Maudit qu'il fait beau ! Maudit que je suis heureux ! Maudit que la vie est belle ! Clara serait contente de moi. Je reconnais que je suis heureux, chanceux, et que la vie est belle. Tout Clara, ça ! C'est elle qui m'a appris à reconnaître les beaux moments quand ils passent, à les saisir, à les savourer comme on savoure le concombre frais cassé, la fraise chaude de soleil.

« Avant, j'étais grognon, je me cherchais des affaires puis du monde à rabaisser pour me hausser moi dans mon estime. Je cherchais la petite bête noire pour me prouver que la vie était moche. À force de voir Clara, ma belle Clara, ma Clara d'amour trouver tout beau autour d'elle, voir toujours le bon côté des gens… ben, petit à petit, je l'ai imitée et je suis tellement mieux. Je chicane encore un peu après la température, mais c'est pour la forme, un maraîcher qui chique pas la "guenille" après la température, je sais pas si ça existe.

« Dans le fond, je déteste pas vivre à la campagne, mais la ville, le bruit, la saleté, les sirènes, les nids de poule, c'est chez moi ; ici, je suis comme en voyage. Chaque jour, je m'attends à ce qu'on plie bagage et que je rentre retrouver mes petits cafés, mes librairies d'occasion, mes boutiques, mes restos, ma piscine où j'ai enseigné la natation pendant vingt ans. Puis l'idée folle de Clara qu'il fallait la campagne à notre vie de couple à la retraite ! Pas un chalet où aller les fins de semaine, non, une vraie campagne avec une terre où pousseraient des légumes et des petits fruits bio que nous irions vendre. Après de longues négociations qui auraient pu mal tourner, je me suis demandé ce que je voulais : ma femme ou la ville ? Et j'ai choisi ma femme. Ça m'empêche pas d'être heureux, mais mettons que je le serais cent fois plus si on vivait en ville. Mais ça, faut pas qu'elle le sache, elle ferait de la culpabilité. J'ai une devise. Il faut pas désirer autre chose. Il faut désirer ce qu'on a. »

— Bonjour beauté !

— Bonjour mon trésor !

— Tu te lèves tard, chérie.

— Il y a un bon moment que je suis debout. J'ai lu mes courriels.

— Et puis ?

— Des spams pour la plupart. Ah oui… Nicolas vient chercher des fines herbes ce matin. Il en manque, ç'a l'air.

5

Dans le jardin d'herbes contigu au potager, Nicolas, le chef propriétaire du restaurant branché Les Herbes folles, sélectionne une à une les tiges de sauge, de livèche, de basilic, de romarin et autres fines herbes pour les besoins de son menu du soir. C'est un bel homme, élégant dans son style négligé chic. Il est nerveux, la mine assombrie. Clara devine qu'il est venu pour lui parler car, la veille, il a pris ses herbes au point de chute en ville.

— As-tu le temps de jaser ou tu cours après ta queue comme toujours?

— Le contact avec les producteurs, j'y tiens…

— Eh bien jasons d'herbes.

« Cette Clara est une véritable sorcière. »

— Allons nous asseoir dans la balancelle, on sera à l'ombre.

— Ton mari?

— Tu peux me parler si c'est ça que tu veux savoir.

— C'est parce qu'un homme d'affaires, chef d'un resto chic, demande pas conseil comme un enfant d'école. Je voudrais pas que ça s'ébruite.

— Ce serait la honte totale, la faillite de ton restaurant!

— Tu ris de moi on dirait?

— Oui!

Il la fixe en souriant. Comme il aime cette femme qui le comprend à demi-mot.

— Alors, ta Nancy?

***

Nancy McKenzie, la femme de Nicolas, a trente-huit ans. Elle est née à Notre-Dame-de-Grâce d'un père d'origine écossaise et d'une mère canadienne-française. Elle a vécu toute son enfance sans savoir qu'il existait à l'est de la rue Saint-Laurent une majorité francophone. À l'adolescence, par rébellion, elle est allée à la découverte de cette partie de la ville comme d'autres vont en Europe. Elle a fait ses études au cégep du Vieux Montréal et sa médecine à l'Université de Montréal. Et, insulte suprême pour son paternel, elle a épousé un Québécois pure laine. De plus, elle est pédiatre dans une clinique d'un quartier défavorisé francophone. Elle a deux sœurs plus jeunes, également médecins, comme leur père, anglophones comme lui et qui baragouinent le français.

Nancy a hérité des cheveux roux de son père, de sa haute stature, et de ses joues roses plus près de la rosacée que de la santé. S'habiller est le cadet de ses soucis, elle travaille en t-shirt et jean sous son sarrau, et en espadrilles. Si elle n'avait pas ses magnifiques cheveux longs, elle pourrait passer pour un garçon. C'est une travailleuse acharnée qui, tout comme son père, croit que le bonheur est dans l'action. C'est une pédiatre très populaire auprès des enfants. Elle inspire confiance et, dans ses bras, les petits deviennent sages comme des images.

À quatorze ans, l'amitié pour Nicolas s'est naturellement transformée en amour. Ils se connaissaient depuis la petite enfance et ils étaient toujours collés tels des jumeaux.

À dix-huit ans, ils étaient prêts à se marier, mais comme le père de Nancy considérait que celle-ci était trop jeune pour le mariage, il offrit au nouveau couple d'habiter le sous-sol de la résidence familiale, en espérant fortement que sa fille change d'idée et épouse un anglophone.

Le couple ne s'est toutefois jamais marié, mais Nancy et Nicolas ont continué de vivre ensemble, comblés l'un par l'autre. Le succès de leur union ? Chacun fait ce qui le passionne. Elle soigne des enfants, il traite aux petits soins les clients de son restaurant. Ils sont très occupés, mais heureux.

***

— Nancy veut un enfant !

— Elle a quel âge déjà ?

— Elle vient d'avoir trente-huit.

— C'est le temps ou jamais.

Nicolas se renfrogne. Il n'a pas consulté la bonne personne. Il n'a surtout pas envie d'entendre qu'une femme ça veut des enfants, que ç'a l'instinct maternel à vif et que ce désir est tout à fait normal.

— Je veux pas d'enfants !

— C'est pas à moi qu'il faut dire ça. C'est à Nancy !

— Elle m'entend pas, on dirait.

— Faut le lui dire comme tu me le dis. Raide de même ! Elle va comprendre.

— Oui, mais ça va faire de la chicane. Moi, la chicane… j'ai horreur du ton qui monte, de l'affrontement.

Clara revoit alors son mari qui, yeux exorbités, lui avait hurlé : « Ne me parle plus jamais de Claude ! » Elle n'en a plus jamais parlé, elle redoute la colère d'Étienne, colère qu'il réfrène, mais qu'elle sent pas loin, toute prête à jaillir, comme la lave d'un volcan silencieux depuis cent ans. Tout comme Nicolas, elle a horreur de l'affrontement et elle privilégie la douceur au quotidien.

— Excuse-moi, Nicolas, j'ai pas entendu ce que tu me disais.

— Tu pourrais pas lui parler ? Lui dire que je veux pas d'enfants, qu'elle arrête de me harceler ? C'est du harcèlement sexuel ! Elle veut toujours faire l'amour. L'amour sur commande, moi ça me coupe l'inspiration. Elle te respecte tellement, il me semble que ça passerait mieux si c'était toi qui… J'ai même pensé me faire vasectomiser sans le lui dire…

— Pas une bonne idée. Vois-tu ça qu'elle se fasse enlever les ovaires en secret ?

— Elle t'écoute, toi. C'était une adepte du fast-food. Tu l'as convertie au bio. Parle-lui ! Le plus tôt possible. Fais-lui comprendre… sans ça, notre couple s'en va chez le diable. Ça allait bien entre nous, le bonheur parfait… pis fallait qu'elle se mette en tête que notre amour était en danger si on avait pas de bébé. C'est le contraire : trois… ça marchera pas !

Clara est très embêtée. Le mandat est délicat. Elle réfléchit un moment, soupire puis :

— Bon, je la vois jeudi. Elle vient chercher son panier. Je vais voir ce que je peux faire.

— Clara merci, merci. Je savais que je pouvais compter sur toi. J'ai tellement confiance !

Il extirpe son long corps de la balancelle, rassuré. Pris d'une tendresse subite, il lui plaque deux becs retentissants sur le front. Amusée, Clara en rougit presque. Elle est surtout ravie de se sentir utile. Alors qu'elle le raccompagne à sa Lexus, il est en veine de justifications.

— Quand, à dix-huit ans, on s'est mis ensemble, on voulait pas d'enfants ni l'un ni l'autre. On voulait des carrières, des voyages, une belle maison, de bonnes autos. On a travaillé fort pour tout ça. Il a jamais été question de fonder une famille. Jamais ! On avait pas le temps. Nancy disait qu'elle étanchait sa soif maternelle avec ses petits patients. Moi, ç'a toujours été clair que je voulais pas d'enfants. Quel est l'intérêt de se fabriquer des problèmes ? On se suffit tous les deux. Moi en tout cas, Nancy me suffit amplement.

Le regard compréhensif de Clara l'encourage à poursuivre.

— La semaine dernière, c'était son anniversaire. Je savais que trente-huit ans c'était un chiffre douloureux pour elle, un chiffre qui lui faisait peur. Deux ans avant la quarantaine. Je l'invite dans le meilleur restaurant en ville, le mien. Au dessert, je lui sers son gâteau favori, une torte aux amandes, et là, entre deux bouchées, je lui tends mon cadeau. Elle ouvre la boîte, écarte le papier de soie, jette à peine un œil sur le collier de perles noires qu'elle remballe vite fait. Elle me lance : « Va le rapporter… C'est pas des perles que je veux. »

— J'ai fait l'innocent. J'ai répondu : « Ah oui, tu aurais préféré les boucles d'oreilles de diamant. » Sa réaction a été violente. Elle m'a lancé la boîte, elle s'est levée bien droite et a crié : « Je veux un bébé ! » J'avais honte. Mes clients et mes employés nous observaient…

— C'est pas poli, mais ç'a le mérite d'être clair.

— J'ai quarante-deux ans. Elle, trente-huit ! On est ensemble depuis vingt ans. On a une belle vie. On a pas besoin de qui que ce soit d'autre. Notre vie est parfaite comme c'est là. Je veux pas de petits qui vont m'empêcher de dormir. Je veux pas jouer avec un petit à « gédigéda ». J'aime pas ça, les bébés. Puis regarde-moi pas avec des yeux sévères, Clara, je suis pas un monstre ! Je connais plein de gens qui n'aiment pas du tout les enfants, qui ont pas besoin de ça pour être heureux. Ils le disent pas parce que, pas aimer les enfants, c'est pas politically correct. Moi, je le dis ! Un gars a le droit de dire ce qu'il ressent ! J'en veux pas d'enfants !

Au fil de son monologue, Nicolas est devenu rouge comme une tomate, proche de l'éclatement. Pour le calmer, Clara reformule de sa voix la plus douce.

— Nancy veut un enfant, et toi t'en veux pas, c'est bien ça ?

— C'est ça. J'en connais des couples avec des enfants, ils se chicanent, pire, ils se parlent plus, et quand ils se parlent, c'est pour accuser l'autre : « Tu sais pas comment élever les enfants. T'en as que pour ces petits morveux. » Ils ont plus de vie de couple. Ils font plus l'amour et, quand ils le font, ils ont peur que leurs chers enfants poussent la porte dans le meilleur. Et pourquoi, moi, je gâcherais ma vie pour des enfants qui vont devenir mes ennemis à l'adolescence ? C'est ce qui arrive de nos jours, à douze ans y paraît !

— Il y a des plaisirs dans la paternité. Des petits becs…

— Qui laissent des traces de chocolat sur ta chemise, oui.

— Des petits bras autour de ton cou…

— Qui t'étouffent ! Non, les enfants, ça brise les couples. Nos amis qui en ont sont soit divorcés, soit les serviteurs de leur enfant-roi. Je veux pas ça.

— Nicolas, excuse-moi, je regarde l'heure et je dois relayer Étienne au potager. Pauvre lui, il a mal aux épaules et je suis là à jaser… Je vais voir jeudi avec Nancy, mais je te promets rien.

— Elle a tellement confiance en toi. Moi aussi !

— T'oublies tes herbes !

« Je suis pas apte à donner des conseils sur la maternité. Je suis pas une mère parfaite, une épouse oui, mais pas une mère puisqu'un jour j'ai eu à choisir entre mon fils et mon mari et que je l'ai choisi, lui. Aussi, j'ai peur que Nicolas me pose la fameuse question : "As-tu des enfants ?" J'ai jamais révélé à mes clients que j'avais un fils. Cette partie-là de ma vie ne les regarde pas. »

***

Le jeudi suivant, à dix-sept heures précises, Nancy se présente au point de chute du Vieux-Longueuil. Clara est mal à l'aise. Comment aborder le sujet ?

— Nancy ! T'arrives juste à temps. Je fermais boutique.

— J'ai acheté des fraises au supermarché, ça goûtait rien. Tu as les meilleures, les plus sucrées. Miam !

— J'accepte le compliment.

— Je vais en prendre un crate, je vais faire des confitures. Nicolas est fou de ça.

— Cette année, elles sont grosses et fermes. L'année dernière, elles étaient petites et molles, gonflées de pluie. Écoute, j'ai le temps pour un café si tu veux. Je t'invite ?

— Je le sais pas trop si j'ai le temps.

— Je te vois plus, c'est toujours ton Nicolas qui vient me rendre visite.

Nancy accepte finalement l'invitation et elles vont s'installer à la terrasse du bistro en face du parc.

— Deux cafés !

— Je vais plutôt prendre une eau minérale.

— Tu prends toujours un café d'habitude. Ici, leur café est équitable.

— Je prends soin de ma santé. J'ai coupé pas mal dans le café.

— T'es pas malade, toujours ?

Clara se demande si Nancy ne serait pas déjà enceinte. Elle plonge.

— Dis-moi pas que t'es enceinte ?

— Non non, pas encore, mais je me prépare. On est jamais trop en forme pour donner la vie.

— Ça c'est vrai, mais on a pas juste besoin d'être en santé pour ça, il faut plus…

— Comme quoi ?

— Il faut aimer les enfants.

— Je les aime, je suis pédiatre ! Et puis j'ai pris soin de mes sœurs autant que ma mère. J'étais l'aînée de la famille. En plus, je babysittais pour me faire des sous durant mon secondaire.

— Devoir, obligation, travail… c'est pas de l'amour.

Le silence devient pesant.

— Nicolas a dû te dire que je voulais un enfant…

— Il m'en a parlé un peu.

— C'est par amour pour lui que je veux un enfant. Je sais pas comment t'expliquer ça, mais on était en symbiose. Je dis « on était » parce que après toutes ces années ensemble notre symbiose a un peu, disons… ramolli. Je veux lui offrir une autre symbiose, un amour commun pour un bébé.

— Tu vas l'aimer ton bébé, c'est sûr, mais Nicolas lui ?

Nancy saisit son propos, mais le rejette. Elle reste persuadée que leur couple saura s'aimer assez fort et sera en mesure d'aimer un petit être qui vient d'eux. Un enfant, c'est un projet commun, un projet d'amour qui va renouveler leur relation.

— Toutes mes amies ont des enfants, je suis la seule... Et regarde dans les magazines people, rien que des actrices et des chanteuses radieuses avec leurs beaux poupons. Elles ont l'air très heureuses, leurs conjoints aussi. Il y a comme une recrudescence de maternité, un autre baby-boom. Mon cabinet ne désemplit pas. C'est si naturel d'avoir des enfants ! Et puis... Et puis... j'ai tout ce qu'il faut dans mon corps pour en fabriquer un qui va m'aimer pour la vie.

— Un enfant diachylon en quelque sorte.

Nancy la fixe avec hostilité. Clara se demande si elle n'est pas allée trop loin. Après tout, cela ne la regarde pas.

— Je suis une femme, mon corps est fait pour enfanter. Je vais pas gaspiller mon outillage, le laisser rouiller sans qu'il ait servi. À la clinique, chaque bébé que je prends dans mes bras me rappelle que mon corps sert à rien, et des enfants, j'en examine à longueur d'année, c'est devenu insupportable ! Et puis j'ai trente-huit ans, c'est le temps ou jamais, surtout que j'en veux trois, trois filles comme chez moi. Et tu me connais, Clara, tu sais que j'aime le risque. Ce nouveau défi va me changer de la médecine. L'entends-tu tiquer mon horloge biologique ? Moi, elle m'assourdit.

— Nicolas...

— Je le connais, il est incapable de prendre une décision quand ça concerne pas son restaurant. Lui, il faut toujours que je le mette devant les faits accomplis. Après, il est ben content.

— Jusqu'à nouvel ordre, un poupon ça se décide à deux.

— Si Nicolas veut pas me faire un enfant, il y a des banques de sperme et l'insémination artificielle. Je suis ben ben décidée…

— À mettre ton couple en péril ?

— À avoir un enfant et à garder mon couple.

— Bonne chance !

Clara paie les consommations. Elle est de mauvaise humeur parce qu'elle n'a pas su trouver les arguments pour la convaincre qu'il faut être deux pour danser le tango. Nancy la suit, ne comprenant pas trop son changement d'humeur.

Clara dépose le crate de fraises et le panier de produits bio dans le coffre arrière de la voiture luxueuse de la pédiatre, puis lui dit au revoir abruptement et monte dans sa camionnette.

6

— Un coin à moi ! Pas une chambre à moi, juste un coin à moi. Me semble, Étienne, que c'est raisonnable.

— Dans notre chambre, la petite table, c'est pas un coin à toi ça ?

— Un coin où tu risques pas d'arriver dans mon dos et lire ce que j'écris.

— Je regarde jamais ce que t'écris dans ton journal. D'abord, il me faudrait mes lunettes de lecture et je les ai jamais avec moi. Quand je suis dans ton dos, c'est ton odeur que je viens respirer.

— C'est pas que je veuille te cacher quoi que ce soit, mais me semble qu'un coin à moi c'est pas trop demander.

— La chambre d'amis ! Prends-la, mon amour, et fais-en ton coin.

— Ben non, c'est là que tu vas dormir quand je ronfle trop fort.

— Il reste la remise et le poulailler.

— T'es pas drôle…

— D'accord, c'est pas drôle…

— J'ai pensé à la cuisine d'été, le haut côté dont on se sert pas vraiment. Tu pourrais l'hiverniser. Je la décorerais à mon goût. C'est pas grand, ça va être vite fait. Comme demain…

— Donne-moi au moins une semaine.

— Merci merci. Oh toi, je t'aime !

Et elle l'embrasse et elle le prend à bras-le-corps et tente de le soulever. Ils en viennent à se tirailler et à rire comme des enfants, pris de fous rires.

***

Une semaine plus tard, Clara est devant son ordinateur dans la cuisine d'été devenue « La cachette », comme l'indique un mini-écriteau qu'Étienne lui a fabriqué non sans une certaine ironie. Elle tape vite, ses idées se bousculant à une vitesse folle.

🖋 « Ma cachette » n'est pas un caprice, mais une nécessité. J'ai besoin de solitude. Étienne ne doit absolument pas savoir ce que j'écris à propos de Claude, il m'accuserait d'être déloyale. Est-ce que je suis déloyale en pensant autrement que lui au sujet de notre fils ? J'écris ce que je ressens, c'est tout, et il ne peut pas m'en vouloir pour ça. Personne jamais ne lira mon journal. C'est pour moi seule que je l'écris. Pour mettre de l'ordre dans mes idées. Pour me comprendre et comprendre les autres. Par exemple, le problème de Nancy et Nicolas m'amène à me poser la question : « Pourquoi, en ce moment, cette glorification de la maternité ? » Y aurait-il une conspiration pour cacher aux jeunes couples ce qui les attend quand ils mettent un bébé au monde ?

Si j'avais su quelles inquiétudes mon enfant m'apporterait plus tard. Si j'avais su… Personne ne m'a parlé des raisons profondes du désir de la maternité, des ambivalences de ce désir. Je voulais un enfant. Tout le monde le fait, fais-le donc ! Je réalise qu'il existe autour de la maternité un complot qui leurre les couples et les amène à fabriquer des enfants. Avant, il fallait faire soit des soldats pour la patrie, ou donner des âmes à Dieu, ou encore perpétuer la race. De nos jours, on fait des enfants pour combler un vide affectif ou encore pour attacher le mari et, surtout, pour s'assurer qu'une personne au moins va nous aimer pour la vie. Autant de femmes, autant de raisons pour enfanter. Personne ne m'a parlé de la difficulté du mari à accepter ce rival qui, carrément, lui vole sa femme, lui vole le temps de sa femme, l'amour de sa femme. Personne non plus ne m'a parlé de la préadolescence, de l'adolescence, de la postadolescence, de longues années de difficultés et de soucis de toutes sortes. Tout le monde vante les vertus de l'amour maternel inconditionnel, mais personne ne parle des enfants qui n'aiment pas leurs parents, des enfants qui détruisent leurs parents à petit feu… Si j'avais su! Si Nancy savait. Je vais la lui dire, la vérité, moi! Mais en aurai-je le courage et surtout la manière? Ai-je le droit de déjouer une conspiration qui, finalement, arrange tout le monde?

Dans mon temps, si on faisait l'amour avec un homme, fallait s'attendre à ce qu'un bébé, deux, trois, quatre et plus naissent. Des fruits de l'amour! Le seul moyen de contraception au début des années soixante, en tout cas dans mon milieu, était le «requinben»! La pilule est venue plus tard. Comment un homme jeune et follement amoureux pouvait-il se détacher d'un vagin chaud, humide et éjaculer dans un mouchoir? Et comment une femme pouvait-elle trouver du plaisir à cette masturbation assistée rapide et qui n'était profitable qu'à l'homme? Le couple se fatiguait vite de cette pratique. Ils auraient les enfants que le bon Dieu voudrait bien leur donner. Et puis tous les couples avaient des enfants. Ils ne seraient pas pires que les autres.

Surtout que les couples sans enfants étaient considérés comme des pervers. On les blâmait, on les tenait à distance, mais surtout on les plaignait. On se demandait ce qu'ils pouvaient faire en couple rien que tous les deux. Qu'est-ce qu'ils pouvaient se dire ? On les traitait d'égoïstes, et pour qu'ils se sentent coupables, il y avait souvent dans le journal du samedi le portrait d'un monseigneur entouré d'une famille de dix-neuf enfants. Influencée par cette propagande religieuse, je rêvais d'un beau gros bébé rose, une fille qui serait ma copie conforme, mais en mieux. J'étais brune, elle serait blonde. J'avais les yeux bruns, elle aurait les yeux bleus. Un bébé fille rieuse et calme, amoureuse de la vie comme les bébés des annonces du savon Baby's Own. J'en voulais deux, deux filles, et les deux devaient m'apporter la cerise sur mon sundae de couple. Dans notre foyer, il y aurait des rires, des jeux et de l'amour. Mes filles seraient les plus belles, les plus fines, les plus talentueuses et, plus tard, elles deviendraient des maîtresses d'école tout comme moi, mais en mieux : des directrices d'école !

Nous, les parents de ces petites merveilles, serions des parents aimants, mais sévères et justes. Des parents parfaits. Pas comme les parents que je connaissais. Eux ne savaient pas comment éduquer leurs enfants, les «dresser» comme on disait alors, pour les rendre polis et dociles. Nous, ce serait différent !

Au bout de cinq années de sexe sans frontières, Claude est né, un chérubin tel que je l'avais commandé, mais un garçon... J'ai tu ma déception, mais mon fils a-t-il perçu ma déconvenue ? Étienne, content d'avoir un fils pour perpétuer son nom, n'a cependant pas trop apprécié que celui-ci me dévore les seins, que je le baigne, le crème, le caresse. Je le revois, attendant que je couche Claude pour me saisir comme si l'enfant m'avait volée à lui. Il me faisait l'amour pour m'arracher au bébé. Il jalousait son enfant... Je sentais que je perdrais Étienne si je continuais à m'occuper de mon fils à plein temps. Instinctivement, pour préserver mon amour, j'ai sevré mon bébé très tôt et j'ai passé le biberon à Étienne pour qu'il le nourrisse et puisse ainsi s'en rapprocher, s'y attacher. Est-ce que j'ai bien fait de le séparer de moi pour l'offrir à son père ? Me suis-je trompée ? J'ai inventé. Il n'existait aucun mode d'emploi pour m'aider. Il était hors de question de partager mes doutes avec mes parents. Ils m'auraient vite jugée mauvaise mère et, pour une femme à cette époque, et encore aujourd'hui, c'est la pire des tares.

Étienne, lui, était rassuré, mais je crois que mon fils a ressenti mon abandon parce que, pendant ses jeunes années, il tentait continuellement de me conquérir. Il voulait m'épouser, il était toujours dans mes jupes. J'acceptais ses petits becs, ses caresses quand Étienne travaillait et je le repoussais quand il était là. Je voulais tellement que Claude aime son père comme moi je l'aimais. Je voulais qu'Étienne aime son fils comme moi je l'aimais. Je me demande des fois si je n'ai pas rêvé tout ça, comme Étienne le prétend. Mon mari n'aime pas beaucoup ressasser ses émotions, les analyser. Il préfère les nier, les remiser loin dans sa tête. Moi, c'est tout le contraire, je picore dedans pour trouver des réponses. C'est peut-être lui qui a raison. Je m'en fais trop. Je me suis toujours demandé si c'est mon amour pour Étienne qui a fait Claude tel qu'il est. Cet enfant-là a senti la concurrence et il a voulu m'avoir juste pour lui. Peut-être ? Peut-être pas ?

Si j'avais su les dommages que peut causer l'arrivée d'un bébé dans un couple fusionnel, dommages au couple, dommages à l'enfant. Est-ce que je l'aurais eu, cet enfant? Personne ne m'a dit la vérité sur ce qui m'attendait ou – si on me l'a dit – je n'ai pas voulu l'entendre. Je naviguais dans l'inconnu. Mais à bien y penser, l'ignorance a du bon. Si les femmes savaient comment c'est du boulot d'élever des enfants, il n'y aurait pas beaucoup de bébés sur la planète. Nancy! Me taire? Dire la vérité? «Il ne faut pas briser un rêve», dit la chanson. Je ne dirai la vérité que si Nancy ou Nicolas l'exigent. Je ne me fais pas d'illusions, ils me questionnent non pas pour avoir des réponses, mais pour que je confirme leurs positions. Je sais, je fais la même chose.

«Ah sirop! Le téléphone sonne. Pourquoi Étienne ne répond pas? Bon, il doit être dans le potager. J'arrive!»

Avant de quitter son coin de travail, elle prend bien soin de fermer le fichier de son cher journal.

7

— Oui oui oui ! Plus fort Bob, plus fort. Plus vite ! Là ! Oui… Là ! Ahhhh !… Heille ! Qu'est-ce que tu fais ? Pourquoi t'arrêtes ? Bob, mautadine, j'étais sur le petit bord ! Viens, minou. Viens s'il te plaît, laisse-moi pas en plein milieu…

— J'ai mal à la tête !

C'est un lit à baldaquin qui se donne de fausses allures de lit espagnol. C'est un lit double qui, s'il parlait lui aussi, en aurait long à raconter sur les soubresauts qu'ont subis les ressorts du matelas. C'est dans ce lit que Mireille et Robert se sont follement aimés et désirés. Beaucoup de nuits, certaines matinées et parfois des après-midi, ce lit devenait l'arène de leurs corridas érotiques.

Et puis un garçon est né et puis une fille. Malgré la fatigue, le manque de sommeil, quelques chicanes ici et là, leur lit à baldaquin est tout de même resté le lieu de tous les désirs, de tous les jeux charnels, de tous les défis érotiques. Une vie sexuelle réussie ! Les bébés, et, plus tard, les ados ne les ont pas empêchés de pratiquer leur hobby préféré : faire l'amour.

Mireille avait vingt-deux ans et était apprentie au salon de coiffure de sa tante Éva quand elle a fait la connaissance de Robert lors d'un congrès de coiffeurs.

Il avait vingt-quatre ans et était représentant de produits capillaires. Ils avaient jasé cheveux tout en se dévorant des yeux. Puis leurs mains en étaient venues à se frôler, et leurs genoux, timidement d'abord, à se rejoindre lascivement sous la table. De son pied nu, Mireille avait pu se rendre compte de l'effet qu'elle lui faisait. Ils avaient fait l'amour dès le premier soir. Ce n'était pas vraiment un coup de foudre, mais un coup de sexe.

Ils n'avaient rien en commun, sauf le cheveu. Pourtant, séparés quelques heures, ils dépérissaient, comptaient les minutes. Il aimait son corps capitonné de soie humaine, son visage rieur, ses cheveux soyeux. Elle était flattée qu'un homme si populaire auprès des femmes s'intéresse à elle. Foudroyés par le désir, ils avaient quitté leurs parents respectifs pour emménager ensemble. Au bout d'un an, ils s'étaient mariés à l'église. Elle désirait des enfants, un chien, un bungalow en banlieue, une grosse voiture américaine. C'était le kit conjugal rêvé. Lui désirait son corps, passionnément. Issu d'un milieu défavorisé, le couple a travaillé d'arrache-pied pour s'offrir ce dont il avait été privé jusque-là.

Robert et Mireille réussirent à devenir propriétaires du salon de la tante. Elle était ainsi devenue gérante et coiffeuse en chef, tandis que lui avait continué à vendre teintures et traitements capillaires dans les salons de la ville et de la banlieue. Leurs rejetons furent traités comme des enfants-rois. Le couple ne vivait que pour eux. Le soir et les fins de semaine, elle était à leur service, une mère-esclave. Lui faisait du temps supplémentaire pour choyer ses enfants. Ils s'engueulaient souvent sur la meilleure façon d'élever leurs deux démons. Pire, quand elle faisait la discipline, il prenait pour les enfants, et quand c'était lui qui se choquait, elle avait toujours les bonnes excuses pour eux. L'enfer ! Un enfer qui grugeait leur temps et leur énergie. Ils avaient cessé petit à petit de faire l'amour. Trop fatigués !

Et puis, l'année précédente, en septembre, de gros changements : les enfants ont quitté le nid familial en banlieue pour aller étudier à Montréal. L'aîné, Jonathan, fait des études en cinéma et vit en résidence, la cadette, Geneviève, a opté pour l'Institut d'hôtellerie et partage un appartement avec des colocataires dans Villeray. Malgré l'inquiétude pour leur progéniture, les parents furent soulagés. Enfin, la maison pour eux seuls, ne plus avoir à donner l'exemple, pouvoir laisser les chips et les canettes vides traîner, la table de la veille non desservie, la vaisselle dans l'évier, leur lit en pagaille. Comme au temps de leurs amours sans enfants. Se retrouver seuls dans le grand bungalow, quelle joie ! Il arrivait même à Mireille de s'y promener nue, chose impensable avant. Robert – lui qui avait toujours eu un mal fou à donner l'exemple des bonnes manières à sa progéniture – buvait dorénavant sa soupe à même le bol, se permettant même des petits rots.

Les premiers mois furent divins. Des vacances ! Mireille se laissait aller à crier son orgasme, et Robert à hurler les mots cochons qui la faisaient planer. Les jours passèrent et la nouveauté devint ennuyeuse. Habitués à ne parler que des enfants, ils cherchaient en vain des sujets de conversation. Pour compenser, elle se réfugiait dans le lit double et il devait lui faire l'amour. L'acte sexuel comme distraction, comme antidépresseur, comme passe-temps, l'amour tel un somnifère. Faire l'amour pour ne pas avoir à se parler. Et puis il se mit à avoir des pannes de désir. Elle se mit à le soupçonner d'infidélité.

— Mimi non, ouvre pas la lumière !

— T'as des choses à me cacher ?

— Non ! J'étais sur le point de m'assoupir.

— T'as une blonde, dis-le donc !

— Lâche-moi avec ça ! J'ai pas de blonde, puis j'en veux pas ! J'ai toi et c'est ben assez !

Elle allume la lampe de chevet, d'inspiration espagnole, elle aussi. Il bougonne.

— Baptême, Mimi !

— Qu'est-ce que ça signifie « J'ai toi et c'est ben assez » ?

— Ça veut dire ce que ça veut dire. Je veux pas d'autres femmes, j'en ai une.

— Ça veut dire que t'es tanné de moi ? Je suis pas folle, je lis entre les lignes.

— Il y a rien à lire entre les lignes. Lâche-moi patience, caltor, dors donc !

— Tu sais que je peux pas m'endormir sans avoir eu mon petit plaisir.

— Ben vas-y, gêne-toi pas pour moi !

Robert se contorsionne pour éteindre la lampe, côté table de chevet de sa femme.

— Bon ça y est, tu m'as donné une chaleur. Dès que t'es pas fin avec moi, j'ai une maudite chaleur.

— Mets-moi pas tes chaleurs sur le dos, t'es en ménopause, caltor.

— Tu m'aimes plus !

Elle a pris le ton « petite fille » de certaines chanteuses françaises, avec accent de circonstance.

— Si tu m'aimais, tu me désirerais.

— Je dors. Caltor !

Un silence s'ensuit, aussi épais qu'un mur de béton.

— Elle s'appelle comment, ta maîtresse ? Je la connais-tu ?

— Mimi, j'ai pas d'autre femme que toi. Bon !

Elle n'est pas rassurée. Cela fait bien deux mois que son mari ne bande plus ou presque. Il a essayé ses positions préférées à elle, les siennes, d'autres du Kâma-Sûtra. Rien n'y fait. On dirait que, plus il s'obstine, moins il bande. Pour elle, qui a la tête pleine des confidences de ses clientes, il ne peut s'agir que d'infidélité.

« C'est faire l'amour qui nous tenait. Si on le fait plus, notre mariage est foutu, on va se séparer comme tout le monde. Je vais en parler à ma mère. Non, je peux pas, elle va me sortir les infidélités de mon père, une litanie qui va finir par : "Les hommes, tous des écœurants !" Ma mère part toujours sa cassette contre les hommes quand j'essaie de lui parler de mon couple. C'est vrai qu'à part moi elle a personne à qui parler. Faudrait une bonne fois que je prenne le temps de l'écouter avant qu'elle meure. Il faudrait ben… Elle, sa vie est finie. Heille, quatre-vingts ans ! Moi, j'ai juste cinquante-deux. C'est pas vieux, cinquante-deux. Les enfants partis, je sers plus à rien, à personne. Je pensais qu'on pourrait vivre en amoureux, qu'on vivrait une nouvelle lune de miel. Ben non, Bob a des problèmes – comment ils disent ça à la télé ? – érectiles ! Pis moi, avec ma maudite ménopause ! Shit ! Shit de shit ! Il faut que j'en parle à Clara demain. Je vais lui parler du problème de mon mari. C'est pas moi le problème, vu que ma ménopause, elle, m'empêche pas d'avoir du plaisir, tout le contraire, j'ai le diable au corps. Clara est la bonne personne, elle juge pas, elle dit les vraies affaires, elle est directe. Pourquoi c'est pas elle ma mère ? »

8

Dans le potager, Clara sarcle les mauvaises herbes tandis qu'Étienne pose des tuteurs aux plants de tomates qui, cette année, poussent en orgueil. C'est une journée caniculaire de juillet. Il s'arrête, boit à même le thermos l'eau citronnée et aromatisée de menthe fraîche que Clara prend toujours soin de lui préparer le matin. Ils travaillent, unis dans leur désir de faire pousser de beaux légumes exempts d'insecticides et d'engrais chimiques pour les vendre à des clients qui les apprécient, clients dont certains sont devenus des amis... ou presque.

— Chéri, je viens de voir une énorme bibitte à patate. Pis elle est pas seule, elle est avec son équipe de démolition. Faut faire quelque chose ! Mes patates, c'est pas des ordinaires, c'est des rattes. On est les seuls dans le rang à faire pousser ça. Mes clients sont fous de mes rattes.

— Taleure ! Là je suis plus capable !

— Ton mal de dos ?

— C'est rien... manque d'exercice.

— Hein ? Un potager, c'est pas de l'exercice ?

— C'est pas comme nager.

Clara délaisse sa besogne, se rapproche et soulève le filet antimaringouin d'Étienne, puis le sien. Elle le fixe avec tout l'amour qui l'habite, puis lui donne un baiser rapide.

— Merci d'avoir sacrifié ta natation pour moi.

— J'ai rien sacrifié pantoute. On a décidé ensemble de quitter… moi ma natation, toi l'enseignement pour venir vivre ici.

— T'as sacrifié ton rêve pour le mien. Toi, tu rêvais de fonder une école de natation à Montréal pour les jeunes de la rue. Moi, mon rêve, c'était ça, ici. C'est pas juste…

— Je suis heureux ici, mais des fois, c'est vrai que l'eau me manque.

— Pauvre toi !

— C'est pas grave. Je tiens assez à toi pour faire des sacrifices.

— Moi, te faire plaisir, c'est jamais un sacrifice.

— On serait pas ensemble depuis si longtemps si on avait toujours fait selon nos goûts personnels. J'ai compris ça il y a longtemps. Pour que l'amour dure, il faut se faire mutuellement plaisir tout en se respectant, que tu dis. C'est ce qu'on fait.

— J'aurais pu te faire plaisir moi en restant à Montréal.

— On va pas recommencer cette discussion-là. On est ici et on est bien. Point final !

— C'est pas trop difficile de te priver de piscines pleines de chlore et de bactéries ?

— Oui c'est difficile, mais tu vaux ça mille fois.

Elle fond, il l'embrasse, cette fois-ci au travers des filets moustiquaires. Pour eux, l'amour est une dépendance choisie, voulue et assumée. Elle consulte sa montre, elle s'active, car Mireille, une cliente de longue date, préfère venir chercher son panier le lundi à la ferme. C'est jour de congé au salon de coiffure.

— Elle te fait perdre du temps, la Mimi.

— Rencontrer mes clients, c'est la partie de mon travail que j'aime le mieux. Chéri, saute donc dans le pickup, va nager au lac…

— J'aime pas les lacs, ça manque de chlore et… de bactéries.

Elle rigole tout en s'essuyant le front. Il lui sourit avec affection.

— Je t'aime !

— Moi aussi, tellement !

Au lieu du lac, Étienne a entraîné sa dulcinée sous la douche. Il l'a longuement savonnée et caressée de ses mains rugueuses, d'un côté puis de l'autre, en s'attardant là où il sait pour la faire couiner de plaisir. Puis à son tour de le savonner en insistant sur les zones sensibles. Ils s'embrassent sous la pluie tiède de la douche, langues emmêlées et… le téléphone sonne.

C'est Mireille qui, ne voyant personne à l'extérieur et ayant frappé à la porte d'entrée à répétition, appelle de son cellulaire.

— On s'est fait prendre…

— Les culottes baissées !

Quand il rit, ses yeux plissés, les commissures de ses lèvres retroussées, c'est un jeune homme. Elle le revoit quand sa mère faisait irruption au salon avec une assiette de sucre à la crème-alibi et le surprenait la main dans son soutien-gorge. Il avait alors un sourire tendre et moqueur qui avait le don d'amadouer madame mère, comme il l'appelait.

— Ris pas, qu'est-ce que Mimi va penser ? Une femme de mon âge !

— Qu'est-ce qu'elle penserait d'un homme de mon âge avec une érection de cette force-là ?

C'est elle maintenant qui rigole, flattée de provoquer un tel désir à son âge. Elle s'extirpe de son étreinte, se sèche rapido et attrape son boubou africain, cadeau d'une cliente d'origine malienne. Elle dévale l'escalier en criant.

— J'arrive ! J'arrive !

C'est une Clara ébouriffée et suintant la sensualité qui ouvre la porte moustiquaire de la cuisine à sa visiteuse.

— Pour l'amour du saint ciel, qu'est-ce que tu faisais ?

Clara pouffe de gêne et de plaisir. Mireille saisit vite.

— Non non non. Dis-moi-le pas ! Surtout pas de détails scabreux !

Mireille ressent de la jalousie. « Pourquoi elle et pas moi ? »

— Mon panier est-tu prêt ?

— Viens donc t'asseoir un peu. C'est l'heure du dîner, tu dois avoir faim ?

Mireille aurait voulu déguerpir tant la jalousie envers la maraîchère s'incrustait. Mais le besoin de se confier était plus fort. Clara sort du frigo une bouteille de rosé et dépose sur un grand plateau sa tapenade d'olives noires, de sauge et d'amandes, des biscottes rôties et aillées. Mireille se charge des verres, des assiettes, napperons et ustensiles.

***

Elles sont attablées sous l'épinette géante dans des chaises de rotin bleu ciel. Le soleil darde des flèches de lumière au travers des branches. Pour faire diversion, Clara parle « cheveux ».

— Est-ce que je devrais cesser de me teindre en brun auburn et devenir blanche comme mon mari ?

— C'est ma journée de congé, Clara. Je suis dans le cheveu cul par-dessus tête toute la semaine.

— C'est vrai !

— Excuse-moi d'être bête, mais là, moi je suis tannée d'être fine ! Au salon, tu peux pas être toi-même, faut que tu sois au service des madames qui, la plupart du temps, savent pas ce qu'elles veulent. Pis quand elles décident de quelque chose, c'est une tête qu'elles ont découpée dans un magazine pour ados. Pour la coiffeuse, même si ça marche pas dans son couple, faut qu'elle ait le gros smile pareil.

— Ça marche pas dans ton couple ?

— Je dis ça comme ça.

— Qu'est-ce qui va pas ?

Il n'y a aucune curiosité dans le ton de Clara, que de l'empathie. Mireille respire à fond. Elle ne pleurera pas. Elle se connaît. Si elle ouvre les écluses… De plus, son mascara ne supporte pas ses larmes. Elle a beau essayer les imperméables, ils restent perméables au sel de ses larmes.

— Il y a des choses qui se disent pas de même.

— Tout se dit, ça dépend de comment on le dit et à qui on le dit. Moi, je juge pas, j'essaie de comprendre, c'est tout.

Mireille rougit, embarrassée. Clara respecte son silence et reverse du rosé dans leurs verres. Un silence où toutes les deux observent Étienne qui, sorti de la maison, se dirige d'un pas léger et en sifflotant vers le potager.

— Mais si t'aimes mieux qu'on parle d'autre chose…

— C'est gênant. J'ai peur de pas avoir les mots dis- tingués… J'ai pas été à l'école longtemps…

— T'as un amant !

— Jamais dans cent ans !

— Ton mari a une maîtresse ?

— Je sais pas comment il pourrait avoir une maî- tresse : il bande pas !

« Bon, le chat est enfin sorti du sac. Je m'en doutais bien que c'était d'ordre sexuel, son problème. »

Pour se donner du courage, Mireille cale son verre de vin.

— C'est-tu normal, un homme de cinquante-quatre ans qui bande pas ?

— Les humains ont pas tous le même appétit. Certains mangent tout le temps, d'autres grignotent, d'autres mangent n'importe quoi, d'autres mangent toujours la même chose, d'autres se tannent de la même nourriture. Et puis, il y a ceux qui mangent peu ou pas du tout. L'anorexie, en amour, ça existe, la boulimie aussi...

— Le mien, il fait la grève de la faim ! Pourtant le soir, je fais tout pour l'exciter. Je me promène devant la lumière pour qu'il voie mon corps au travers de ma jaquette. Il détourne la tête. Rendue dans le lit, j'ai beau me coller, j'ai juste droit à un petit bec sec et un « bonne nuit », puis vite il vire de bord et s'endort. Moi, je dors pas. Je suis frustrée. Je me colle sur lui. Il fait semblant de ronfler. C'est l'enfer, coucher avec quelqu'un que tu désires pis qui est frette comme un frigidaire. C'est le pire des rejets et Dieu sait que j'en ai connu, des rejets. Mon père, il a jamais pu me blairer. Quand je voulais y donner un bec, il me repoussait, j'allais salir sa maudite chemise blanche. Bob est rendu pareil. Depuis un certain temps, finito les « frenches ». Puis tout ce qui vient avec. Puis moi, hein ? Puis moi ? Je suis supposée faire la grève moi aussi et mourir sèche comme un coton ? Moi, j'ai un gros appétit. Plus je suis privée de nourriture, plus la nourriture m'attire. J'ai faim, Clara ! Je m'enverrais un bœuf en entier, tu sais veux dire.

— T'es peut-être trop gourmande ?

— Je veux pas le bœuf entier, même pas le gros T-bone, je me contenterais des amuse-gueules !

—– Lui as-tu parlé de ta faim de caresses ?

— Ça, il le sait que je veux faire l'amour, mais pour les caresses… Ben, non ! L'amour avant, on en parlait pas, on le faisait. Maintenant qu'on le fait plus, on va pas se mettre à en parler !

— Il le faudrait pourtant… Ton mari, c'est pas un devin, il peut pas savoir ce qui se passe dans ta tête si tu lui dis pas.

— Clara…

Coup d'émotion de Mireille, dont les yeux s'embuent. Sa bouche tremble et ses mains tordent son papier-mouchoir. Clara lui tapote affectueusement l'épaule, ce qui encourage son amie à poursuivre ses confidences.

— Ça se peut-tu qu'un gars bande pas avec sa femme parce qu'il en aime une autre ? Hier soir, je pensais ça, je l'ai même accusé de me tromper ! Ça se peut pas, hein ? Il peut pas baiser une autre femme s'il bande pas avec moi.

— Oui, Mimi, ça se peut qu'avec une autre femme il puisse… Comment te dire ? Le désir et l'amour, c'est deux choses…

— Pour moi, c'est la même chose. Je l'aime, donc je le désire.

— T'es une femme, lui c'est un homme.

— Je le sais ben que c'est un homme !

— Le désir masculin est axé sur la conquête, sur la nouveauté, sur l'interdit. L'homme dans la cinquantaine qui a vécu en couple pendant des années veut parfois changer de job, de maison, de sport, et des fois de femme. C'est le fameux « démon du midi ». Ses enfants sont partis de la maison, il se retrouve seul avec une femme qu'il appelle « maman » dans une société qui valorise les femmes. Il peut sentir le besoin de prouver sa virilité en ayant des relations avec d'autres femmes. Ça veut pas dire qu'il les aime. Ça veut surtout pas dire qu'il aime plus sa femme. Ton mari, contrairement à toi, peut facilement séparer le sexe de l'amour… et faire l'amour sans aimer.

— Si ton mari te trompait, ça te ferait rien ?

— Ça me ferait de la peine, mais je comprendrais que c'est dans la nature des hommes de « semer à tout vent ».

« Si Étienne me trompe, j'arrache les yeux de sa maîtresse, et lui, je le jette dans le composteur avec les épluchures de patates ! Mais il me trompera jamais. On a encore de l'appétit l'un pour l'autre, même si on mange moins, et moins souvent. »

— Je peux pas rester de même…

L'attention de Mireille se focalise sur Étienne qui arrive d'un bon pas dans leur direction.

— Je vais sauter sur le premier venu !

— Bonjour Mimi ! Clara, j'ai besoin de ton aide pour l'échelle. Deux chats sont dans l'arbre, impossible de les faire descendre. Tu pourrais…

Clara s'est levée pour enlacer son mari, afin de bien signifier à sa visiteuse qu'il ne sera pas le premier venu en question.

— J'arrive dans cinq minutes.

— Tu veux que je mette le panier de Mimi dans sa voiture ?

— Oui, bonne idée. Merci mon amour.

Clara retourne s'asseoir avec la coiffeuse, qui a observé le couple avec envie.

— Ne précipite rien, c'est peut-être juste une baisse de testostérone.

« Comment lui dire que la satisfaction physique dans une relation qui dure de longues années n'est qu'un plaisir parmi tant d'autres ? Que le désir, somme toute, ne joue qu'un rôle mineur dans le bonheur à long terme ? L'essentiel, c'est l'affection qui unit le couple dans son intimité. Mais il me semble qu'elle devrait savoir ça à l'âge qu'elle a. »

— Le Viagra ?

— Il voudra jamais ! Lui, prendre une pilule pour bander ! Un gars qui se vante d'être un chaud lapin. Si ses chums apprenaient ça !

— C'est juste une panne de désir. Ça va revenir. Il y a aussi des sexologues… Mimi, je dois aller aider mon mari. Il a déjà mis ton panier dans ton auto.

— Ton mari est tellement gentil, serviable. C'est pas comme le mien ! De ce temps-ci, mon Bob est au neutre, pas juste dans le lit, dans la maison aussi.

— Et au travail ?

— Ben de bonne humeur !

9

Robert, dit Bob pour les intimes, est un charmeur. Il aime séduire sa clientèle des salons de beauté qu'il visite à titre de représentant de produits capillaires. Il adore la proximité des femmes et s'entend bien avec les coiffeurs gais. Il est entré dans la vie à deux très sérieusement. Il voulait une famille avec Mireille, lui être fidèle, mais être père l'a épuisé émotionnellement. Maintenant dans la cinquantaine, il se demande s'il n'est pas passé à côté de sa vie d'homme. Certes, il aime sa femme, l'adore même, mais il a toujours en bouche le goût amer de s'être fait manipuler par elle au départ, de s'être bêtement fait embarquer dans le bateau du mariage, un bateau qui ne va plus nulle part et qui prend l'eau.

Il se revoit à l'église le matin de son mariage, mince dans son habit tout neuf, chevelu, beau même, mais envahi d'une panique qui lui sciait et les jambes et le souffle. Il aurait voulu fuir, s'en aller ailleurs, loin. Néanmoins, la certitude d'avoir du sexe gratuit tous les jours lui avait donné la force de dire « oui, je le veux ». Il était fatigué de draguer, fatigué de payer des verres à des filles pour rien en retour la plupart du temps. Il voulait se caser, arrêter la chasse. Il s'est marié par paresse. Il a été un bon mari, un mari correct, mais il s'est toujours senti encagé, et la cage a rapetissé et rapetisse encore depuis le départ des enfants.

Aujourd'hui, chauve et bedonnant, il se retrouve avec une Mireille qui ne le surprend plus. Il la connaît comme s'il l'avait tricotée. Toujours les mêmes mots d'amour, toujours la même routine au lit. Toujours les mêmes sorties avec les mêmes amis, dans les mêmes restaurants. Les mêmes voisins qu'il ne peut plus supporter. Les mêmes clients à qui il refait les mêmes farces plates. Au moins, quand les enfants étaient là, il y avait de l'action, des disputes, des négociations, des réconciliations. Depuis leur départ, il s'ennuie à mourir. Son soulagement est de fuir la cage matrimoniale et de n'y mettre les pieds que pour dormir, et encore, il va souvent finir ses nuits dans la chambre vide de sa fille depuis que sa femme a des chaleurs et que lui ronfle à cause des kilos en trop.

Robert trouve injuste que sa femme subisse sa ménopause en même temps que lui se pose des questions sur leur couple, sur sa vie. Il se serait attendu à ce qu'elle l'écoute, l'encourage, le console. Mais non, quand il veut discuter, elle a des sautes d'humeur, elle pleure pour des riens et exige qu'il l'écoute, l'encourage, la console. Il sent que leur couple est usé à la corde, c'est normal, tout s'use après trente ans, mais comment faire pour le réparer ? Il lui arrive de penser en bon capitaliste : « Je jette, je remplace », mais son côté petit épargnant l'incite à ne rien jeter, les vieilles affaires pouvant toujours servir. Son garage, son sous-sol, le cabanon ne sont-ils pas pleins de cochonneries pouvant encore servir ? Pouvoir poser Mireille sur une étagère, la prendre quand il en a besoin, si jamais il en a besoin, n'est pas possible.

Son manque de désir envers sa femme le turlupine. Est-ce que c'est elle qui en est la cause ou lui qui vieillit avant le temps? Comment savoir? À qui demander conseil? Le sujet est plus que délicat. Dans les histoires cochonnes qu'il collectionne, « le gars-qui-bande-pas » est encore plus ridicule que le cocu. Il a toujours cru que la virilité se mesurait aux capacités du pénis. Il a toujours été fier de son pénis, une extension de lui-même qui ne lui a jamais, jamais avant ces derniers temps, fait défaut. Il se sent trahi… Plutôt être paralysé d'un doigt, d'une main, que de perdre sa puissance sexuelle. Impuissant! Il déteste ce mot.

« Et à qui parler de cette déchéance? À mes chums? Je vais tout de même pas raconter mon histoire de "gars-qui-bande-pas" à un homme. Même si c'est un chum, il va me juger, me comparer, me ridiculiser. En parler avec Mimi donnera rien pantoute. Elle discute pas, elle braille ou elle crie et, souvent, c'est les deux en même temps. Elle est plus parlable ni baisable. »

***

Mireille, dite Mimi, a cinquante-deux ans. Elle qui, jeune, était ronde comme une belle McIntosh est devenue melon d'eau. Elle a peu de rides, la graisse est supérieure au Botox pour les remplir. À vingt-deux ans, sexée, pulpeuse, glamoureuse et cochonne, elle a épousé son beau Robert, mince et chevelu. Ce fut un grand mariage. Il lui arrive de feuilleter l'album de noces et de se souvenir de ce jour avec nostalgie. Douée d'un talent esthétique et d'un bon sens des affaires, elle gère avec compétence son salon de coiffure « Chez Mimi ». C'est une femme volontaire, tenace, qui obtient toujours ce qu'elle veut. Elle voulait le mariage «robe blanche – église – gros party», elle l'a eu. Des enfants? Elle a eu le petit couple, Jonathan et Geneviève. Elle désirait une maison en banlieue avec deux garages, une piscine creusée, elle les a eus. Elle voulait un chien, elle en a eu quatre qui se sont tous fait heurter par des chauffards. Elle veut baiser. Robert ne peut plus bander.

Mireille qui parle des heures avec ses clientes ouvre à peine la bouche à la maison. Rien à dire! Elle se sent inutile, elle a perdu ses repères. Ne lui reste plus que le rôle d'épouse et, comme l'époux ne remplit pas son devoir conjugal, elle se sent amoindrie, juste bonne à être trompée. Elle est pourtant très jolie, dodue peut-être pour qui aime les maigrichonnes, mais elle se coiffe bien, se maquille et s'habille selon les magazines de mode qui traînent au salon. Mireille est en pleine ménopause et, comme s'amusent à dire ses employés, «elle est pas du monde». On plaint même son pauvre mari si fin, si patient avec elle devant eux. Elle a beau prendre des remèdes naturels pour contrer ses chaleurs, sa ménopause la mène en «roller coaster». Sa peur du cancer du sein – il y a plusieurs cas dans sa famille – l'empêche de prendre des hormones. Bref, ses employés, ses clients savent tous que le couple Robert et Mireille traverse une méchante crise.

***

— Salut Mimi.
— Salut Bob.
— Pis, ta journée?
— Pas pire. La tienne?
— Pas pire…

« C'est le fun encore nos conversations ! Moi, je reste pas ici certain ! Je suis sorti tous les soirs de la semaine, ça va être dur de lui faire avaler que j'ai besoin de prendre l'air le vendredi soir aussi. »

« Bon, ça y est, une chaleur ! Je dois être rouge comme une tomate. Ça y est, l'eau me pisse sous ma brassière. Je me sens bouillante. Y a pas assez de faire chaud à soir s'il faut en plus que ma fournaise interne se mette à capoter. »

— De l'air !

— Pardon ?

— Je manque d'air…

— Ah toi aussi.

Robert éteint la télévision et s'extirpe de son gros fauteuil pour se diriger tout de go vers la porte d'entrée qu'il ouvre d'un geste décidé. Mireille fronce les sourcils.

— Où tu vas comme ça ?

— C'est ça que je suis plus capable de prendre, Mimi.

— Quoi ?

— Je peux plus aller pisser sans que tu me demandes où je vais.

— J'ai toujours fait ça…

— Je peux ben étouffer. Toutes ces années à me faire surveiller comme si j'étais un criminel.

— Pas si fort !

— Je vais parler fort si je veux. Je suis ici chez nous.

— J'ai une chaleur.

— C'est ton problème ! Je sors pis demande-moi pas à quelle heure je reviens. Ça se peut que je revienne pas !

— Si tu passes devant la pharmacie, prends-moi du Viagra !

Robert, qui était presque sorti, revient, intrigué, s'asseoir dans son fauteuil. Elle joue les innocentes tout en s'éventant avec un magazine de mode. Ce qui l'agace au plus haut point.

— Pour toi, le Viagra?

— Ben oui, c'est moi qui vas comme en profiter, si t'en prends…

Il a un petit rire, le premier depuis des mois. Elle profite de cette fissure dans sa carapace pour s'y faufiler.

— Bob, on peut pas toujours être comme chien et chat. C'est pas nous autres, ça! On est pas des étrangers, encore moins des ennemis. On a traversé tant de choses ensemble, on peut pas finir comme ça à se tirer des mots comme des roches. Me semble que si on faisait l'amour… me semble que là au moins on serait comme avant. Ça, on le fait bien ensemble. On s'accorde là-dessus? Hein?

— Tu sais pas ça toi, t'en as pas de pénis. Un pénis, c'est un thermomètre, il prend la température du couple. Je peux ben prendre une pilule pour le faire durcir, mais ce serait un faux signal que tout va bien. Il faut savoir respecter la sagesse du pénis. Il a besoin de repos. Il se repose.

— Bullshit! Si tu prends pas de Viagra, je vais ressortir mon vibrateur.

— Fais donc ça! J'aurai enfin la paix, caltor!

Il sort de la maison en refermant avec fracas la porte derrière lui. Il marche à l'aveuglette dans sa rue de banlieue. Il est vingt heures, la canicule se fait moins sentir, la brise est rafraîchissante. Les fenêtres des bungalows sans climatiseurs sont grandes ouvertes. Il aimerait être un maringouin pour fouiner chez le monde, découvrir leurs secrets pour être heureux. Il a l'impression que tous les couples de son quartier fonctionnent bien, sauf le sien. Et ce n'est surtout pas de sa faute à lui. Sûrement pas.

« C'est elle qui me donne pas ce dont j'ai besoin. J'ai besoin d'attention, moi. Son attention, elle l'a donnée à ses enfants, pas à moi. J'ai besoin de reconnaissance, elle est ingrate. J'ai besoin d'admiration, elle passe son temps à me critiquer. Un homme a besoin de l'admiration de sa femme. Pourquoi elle sait pas ça ? Elle a pas lu ça dans ses maudits magazines de femmes ! »

Plus loin, dans une rue commerciale, Robert dépasse une pharmacie. Il s'arrête, réfléchit puis revient sur ses pas, perplexe.

« Du Viagra… Si elle savait que j'ai une prescription dans mon portefeuille depuis six mois, que j'hésite à l'acheter. Que j'ose pas aller le chercher. Les gars, on aime avoir le contrôle de notre queue. Moi, en tout cas… »

***

Allongée nue sur le lit, Mireille examine ses poils de bras qui dansent sous le souffle du ventilateur du plafond. Leur climatisation ne fonctionne plus depuis une semaine et Robert n'a pas encore appelé le réparateur comme promis.

« Encore une fois, j'aurais dû m'en occuper ! Y fait plus rien ! »

La nuit est chaude, lourde, et l'air sent l'orage. Il est passé minuit. Ça fait plus de quatre heures que son mari est parti. Elle est inquiète.

« Ça se peut-tu qu'il soit parti pour toujours ? Ma mère avait raison. Tous des écœurants ! Tu leur donnes ta jeunesse, des enfants, pis après c'est goodbye la vieille. Il leur en faut une jeune pour mettre du gaz dans le moteur. Je la recommence-tu, moi, ma vie ? Hé, torpinouche, si au moins je l'aimais pas. Je l'aime moi, ce concombre-là !

Puis je le désire aussi. Quand il ôte ses boxers pour se coucher… Rien qu'à y penser… C'est lui! Il revient… Où est passé le maudit drap? Non, pas de drap! Je prends la pose qui pogne : les bras au-dessus de la tête, les seins ont l'air de tenir tout seuls, la jambe pliée, le ventre rentré. Il monte l'escalier… Je fais semblant de dormir. On va ben voir… »

« Ouf, j'ai plus de pieds. Deux heures à hésiter avant de la prendre, c'te maudite pilule-là! C'est faite! J'ai assez peur que ça tienne pas. Je vais me dépêcher au cas où… J'espère que le pharmacien s'ouvrira pas la trappe. Non, c'est un secret professionnel! Seul mon pharmacien le sait! »

Il entre sur la pointe des pieds dans la chambre faiblement éclairée. Il hésite.

« Elle dort! Maudit qu'elle a engraissé. Moi aussi faut dire, mais moi je suis un homme, pis la graisse, je l'ai juste sur le ventre, pas partout comme elle! Bon qu'est-ce que je fais? Je la retourne sur le dos et je l'enfourne. Non, elle aime les préparatifs : elle va en avoir… Je me déshabille… »

— Mimi… Mimi… Ma belle Mimi.

Elle ouvre un œil, puis l'autre. Sous le nez, elle a un immense pénis violet, rigide comme une barre de fer. Ses yeux s'écarquillent. Son mari est bien pourvu, mais là… là… Elle éclate de rire. Pas un petit rire nerveux, non, un grand rire, un rire comme à la fin d'une bonne histoire cochonne dont la chute est imprévisible. Elle tente maladroitement de se redresser en montrant du doigt l'organe en érection. Finalement sur son séant, elle pouffe à nouveau. Elle désigne ce pic, ce mât, cette péninsule…

— Viagra!

— Reviens-en !

— Viagra !

— C'est ce que tu voulais, non ?

— J'en demandais pas tant.

Son rire est devenu hystérique presque. C'en est trop pour son mari qui, vexé, attrape son t-shirt pour couvrir sa nudité proéminente. Puis il décide de l'enfiler. Ce qui met d'autant plus son étendard en valeur et ce qui ajoute à l'hilarité de sa femme. Entre ses rires, elle tente d'expliquer que c'est la surprise, la démesure de l'objet, parce qu'en fait son membre est devenu massue en bois dur… Il lui tourne le dos et met son jean, dont il ne peut remonter la fermeture-éclair pour cause d'érection. C'est la braguette ouverte qu'il se dirige vers la porte.

— Je m'excuse, Bob. Je ris pas de toi, voyons !

Elle se lève en vitesse, le rejoint et tente de le retenir par un bras.

— C'est plus fort que moi ! Bob, voyons ! Tu t'es pas vu !

Il se dégage brusquement tout en hurlant.

— Penses-y plus. Le Viagra, c'est out !

Il dévale l'escalier. Seule, dépitée, elle accroche son reflet dans le miroir. Elle soupire, n'appréciant guère son image de grosse femme. Des larmes embuent ses yeux.

— Beau gâchis…

10

C'est samedi soir. La terrasse du bar Valpaia déborde de jeunes clients exubérants. Une soirée étouffante de chaleur où bières et sangria coulent à flots. Les amoureux se sourient, se prennent les mains, frottent leurs jambes sous les tables. Les célibataires évaluent leurs chances au jeu de la séduction. Magali et ses collègues serveuses vont et viennent, au service de cette clientèle assoiffée, bruyante et… paquetée. Derrière le bar, Samuel n'arrête pas, tout en blaguant avec ses clientes esseulées. Magali dépose son plateau sur le comptoir du bar, lui lance sa commande, leurs regards s'attardent l'un sur l'autre. Ils s'aiment, ils sont jeunes et les pourboires sont généreux.

Vers deux heures du matin, les derniers fêtards partent à la recherche d'un after hour où ils pourront continuer à célébrer… on ne sait trop quoi. Après avoir comptabilisé la caisse, mis de l'ordre, Magali et Samuel s'assoient et enlèvent leurs souliers. Elle avale d'un trait une bière froide, lui tète un Seven Up.

— Fatiguée?
— Au coton.
— On rentre?
— On rentre.

Pieds nus sur l'asphalte encore chaud, ils marchent main dans la main. Un beau petit couple. De retour au bercail, ils se retrouvent vite sous le jet tiède de la douche. Une longue douche pour apaiser le feu de leurs muscles endoloris.

Enroulés dans de grandes serviettes, ils relaxent sur leur balcon avec des sandwiches aux tomates et des concombres à grignoter et des bières évidemment. Enfin de la fraîcheur et du silence. La pleine lune ne semble être là que pour le bonheur de leurs yeux. Il l'enlace. Elle pose sa tête dans son cou. Un moment romantique à son goût. Elle soupire de contentement. Le désir l'un pour l'autre se précisant, il l'entraîne doucement vers la chambre. Il est le guide. Il l'allonge sur les draps frais, la désemballe tel un cadeau précieux, la couvre de son long corps, lui murmure à l'oreille qu'elle est belle, puis il la prend, plus soucieux de son plaisir à elle que du sien. Après l'amour, alors qu'il est sur le point de s'endormir, elle lui lance la phrase que tous les hommes redoutent :

— Faut que je te parle…

— Demain… Je suis mort…

— C'est si fatigant que ça de me faire l'amour ? Moi, ça me réveille. J'ai les méninges qui me travaillent…

— Magali, demain… o.k. ?

— Un client m'a parlé d'un beau grand logement. Pas cher. Un bas. Une grande cuisine en plus. On pourrait déménager en septembre si on loue tout de suite. Ce serait notre premier logement payé à deux.

— Ça fait mille fois que je te dis que je veux pas déménager… Reviens-moi pas avec ça ! Non c'est non. Pis laisse-moi dormir !

— Comment tu me parles ? Je suis pas ta petite fille !

— Tu te conduis en petite fille, justement.

— Vouloir qu'on s'installe dans notre nid à nous deux, c'est pas raisonnable ça ?

— J'ai dit non !

— J'accepte pas ce non-là comme réponse. On peut discuter, me semble ?

— Ben discute toute seule, moi je vais dormir sur le sofa.

Le sang de Magali bat à ses tempes. Elle hésite puis décide de le rejoindre au salon.

— Pour qui tu te prends ? Mon père ? Jamais, tu m'entends, jamais je m'en laisserai imposer par un homme ! Je serai pas comme ma mère qui a servi de paillasse à mon père. Tu me dis pas « non »… Tu dialogues !

— C'est tout dialogué !

Magali revoit sa mère qui, avant son divorce, implorait son père de ne pas boire, et lui qui lui répliquait avec colère : « Achale-moi pas avec ça ! »

— Respecte-moi, bon !

— En acceptant tout ce que tu proposes ? Come on, babe…

— En me traitant comme un être humain.

Il sourit. Lui qui, dans son enfance, a connu la violence verbale et physique trouve ridicule qu'elle s'énerve pour si peu et, pour la calmer, choisit de lui parler doucement.

— Moi, comment j'ai été élevé… c'est l'homme qui décide.

— T'es parti de chez vous parce que ton père est un tyran.

— Je suis pas un tyran parce que je dis non à ton projet de déménager.

— Ton père tout craché.

Elle sait où frapper pour le blesser, l'atteindre profondément.

— Je suis pas comme lui, crisse ! Pis tu le connais même pas, mon père !

Sa main droite s'est levée sans qu'il s'en rende compte. Proche de la gifler.

— Me compare jamais à lui, t'entends ! Jamais !

Il s'avance vers elle d'un air menaçant. Elle ne bronche pas d'une miette, le bravant du regard.

— J'ai pas peur de toi.

Devant sa force tranquille, Samuel recule d'un pas et s'enfarge dans la table à café, faisant tomber une lampe qui aboutit sur un plat de bonbons qui se répandent sur le tapis. D'un air glacial et hautain, elle l'observe remettre de l'ordre.

« Les hommes, faut toujours qu'ils aient raison. Il est tombé sur la mauvaise fille. Il me prend pour qui ? Une femme soumise ? Il va tomber des nues en tabar… »

« Les filles sont toutes pareilles, elles nous aiment en autant qu'on soit comme elles, qu'on fasse comme elles, qu'on pense comme elles. Sinon, salut la visite ! Mais je suis pas sorti d'une dictature pour en subir une autre. Oh que non ! »

***

Le lendemain midi – le midi étant le matin des travailleurs de bars –, après deux cafés pris en tête-à-tête dans un silence opaque, Samuel délaisse son journal, regarde dehors puis :

— J'attendais avant de te l'annoncer. J'ai été accepté à l'École de théâtre. C'est à plein temps. À partir de septembre, je vais travailler au bar que les week-ends.

Elle le regarde avec stupéfaction. Les mots ne lui viennent pas tout de suite. Il termine son café, s'efforçant à la nonchalance.

— Ça fait que j'aurai pas assez d'argent pour un nouvel appartement. Ça fait que… on reste ici…

— Quoi? Qu'est-ce que tu dis là?

— T'es sourde ou quoi?

— Je suis quoi moi, pour toi? Un objet?

— Un objet! Ben non, voyons…

— Il t'arrive de gros changements dans ta vie pis tu m'en parles pas, et quand tu m'en parles, c'est pour me mettre devant le fait accompli!

— J'aime pas les discussions. Les discussions, ça tourne toujours au vinaigre.

— T'es pas chez vous ici.

— Je le sais-tu que tu m'héberges! Mais je paye la bouffe, la boisson puis l'essence, puis…

— C'est pas ça que je dis, je dis juste que… Oh pis fuck, fais donc ce que tu veux!

— C'est ça, fuck you too!

Samuel rapaille ses affaires, elles sont peu nombreuses, et il quitte l'appartement avec fracas. Maintenant seule, Magali se jette sur le lit encore imprégné de l'odeur de son amoureux. Elle chiale un bon coup et finit par s'endormir pour se réveiller plusieurs heures plus tard, les yeux bouffis et le cœur gros.

C'est sur le bol de toilette qu'elle réalise qu'elle a bel et bien perdu son chum. Et ses larmes coulent, coulent. Elle se regarde souffrir dans le miroir puis la tonalité musicale de son cellulaire se fait entendre. Elle sort de la salle de bain en vitesse.

— C'est lui! C'est lui!

Elle cherche son portable, dans la chambre, la cuisine, le salon, pour finalement le trouver au fond de son cabas suspendu à un des crochets du vestibule. Mais trop tard. Elle vérifie le numéro à l'afficheur. Déception. Ce n'était pas Samuel, mais Thérèse, la patronne du bar. Dix-huit heures déjà ! Vite une douche ! Elle se maquillera en conduisant. Elle doit inventer une bonne excuse pour son retard. Vingt minutes plus tard, rafistolée mais défraîchie, elle passe les grandes portes du bar.

— Me dis pas que c'est à cause du trafic. Ça pogne plus.

— Ma grand-mère est à l'hôpital… J'ai dû…

— Pis le cellulaire ?

— Fermé dans l'hôpital, dangereux il paraît. J'ai oublié de l'óuvrir en sortant.

— Je sais pas si j'ai besoin d'une menteuse comme serveuse.

— Je mens pas !

— Samuel m'a raconté votre chicane. Il a pris congé ce soir, il voulait comme pas pantoute te voir.

— Ah lui ! Je vais pas perdre ma job, hein, Thérèse ?

— On verra plus tard. Ça dépend de toi. Qu'est-ce que t'attends pour commencer ? Vas-y Magali ! Bedon rentré, tétons dehors, fesses rebondies ! Pis le smile !

Thérèse est une ex-barmaid expérimentée qui en sait long sur la vie et les hommes. Aux petites heures du matin, alors que le bar est vide et poisseux de boissons renversées, Magali lui raconte sa version de sa chicane de couple.

— Ton chum, c'est un ti-pit notoire. Du genre qui veut la gloire et la richesse sans se forcer le cul. Il va végéter à attendre des rôles toute sa vie et jouer à la victime. Je le sais, j'en connais des comme lui. Ils rêvent leur vie. Toi ce qu'il te faut, c'est un gars en moyens qui te sort dans les grands restaurants pis qui te fait vivre la grande vie. Là, avec Samuel, qu'est-ce qui arrive ? Il reste chez toi, tu lui fais à manger, tu lui prêtes ton char, ton scooter. Et, en retour, qu'est-ce que tu récoltes ? De la marde !

— Il est beau comme un dieu.

— Si tu veux que ton homme soit beau pis jeune pis grand pis mince, attends-toi à crever de faim. Les vieux riches, ils se meurent d'avoir des pétards comme toi à montrer à leurs amis. Ils ont des bedaines, ils ont le cheveu rare, mais ils sont ben ben reconnaissants. Ils font accroire au monde qu'ils baisent tous les jours, ça vaut de l'or, ça.

— Je serai pas serveuse toute ma vie. Je vais retourner aux études.

— Elles disent toutes ça ! Entre-temps, elles se trouvent un monsieur qui a du mal à pogner sur le marché de la viande, puis elles se marient. Il y en a même qui ont des enfants avec leurs petits vieux.

— Est-ce qu'elles sont heureuses ?

— Ah ben là, si tu veux être heureuse en plus !

— Je veux vivre un grand amour avec un homme de mon goût et me marier. Le grand mariage, la robe blanche, le voyage de noces en Europe, et avoir une famille. Quatre enfants, deux filles, deux garçons. L'amour quoi, l'amour qui dure...

— Ça, ma belle fille, ça existe juste dans les vues et encore... Quand est-ce que tu vois un couple heureux dans un film, même dans un roman ? Que l'amour dure ! Elle est drôle, elle ! Plus que la moitié des couples mariés finissent par divorcer, pis je te parle pas des couples accotés qui se séparent.

— Oui, mais il en reste, des couples qui durent.

— J'en connais pas. Les clients ici, c'est ou des célibataires ou des divorcés.

— T'as quelqu'un, toi ?

— J'en ai eu avant. Astheure que je suis dans la cinquantaine avancée, je trouve plus. Les bons partis dont
je te parle, ils aiment les pouliches du printemps, pas une
vieille picouille comme moi qui a vu neiger…

Thérèse – qui s'est envoyé bon nombre de gin tonics
durant la soirée – se lève pesamment. Vacillante, elle prend
appui sur les épaules de Magali, lui souffle dans l'oreille :

— Je vais t'en trouver un gars riche, moi. Tu mérites
ben ça !

Insultée, Magali la repousse.

— Je ne suis pas une putain !

— Ma maudite vache, toé !

Thérèse tente de la gifler, mais sa main passe dans
le beurre. Elle veut se reprendre, mais Magali l'évite de
justesse. La gérante retombe sur sa chaise, qui se renverse,
et elle culbute lourdement en criant des jurons. Magali
l'aide à se remettre sur pied et à s'asseoir de nouveau.

— Magali, on est toutes des putains. Quand on se
donne, c'est toujours pour obtenir de quoi. Il y en a que
c'est pour l'argent, d'autres pour le statut social, d'autres
pour avoir des enfants. L'amour là-dedans, tu vas le chercher un maudit bon boutte !

***

Dans son nouveau coin de travail, éclairée seulement
par la luminosité de son ordinateur, Clara discute avec
Magali. Du haut de l'escalier, Étienne – qui n'arrive pas
à trouver le sommeil – lui crie :

— Mon amour, viens donc te coucher ! Il est tard là !

Elle lui a pourtant expliqué que Magali avait besoin de lui parler, mais elle soupçonne que la curiosité de son mari l'empêche de fermer l'œil. Avant, quand elle s'installait dans un coin de leur chambre, il entendait tout et, inévitablement, il s'endormait au son doux des confidences. Maintenant, tendre l'oreille en vain le tient éveillé.

Sur l'écran, le visage de Magali démaquillée, traits tirés, en chemisette de nuit.

— Je file pas ce soir.

— Qu'est-ce qui se passe au juste ?

— Samuel ! Je l'ai mis à la porte.

— Pourquoi ?

— Parce que c'est un con.

— En quoi s'est-il conduit comme un con ?

— Il a profité de ma naïveté pour m'exploiter.

— T'es naïve, toi ?

— Il pouvait ben m'aimer. Je lui ai trouvé une job, un logement. Pis surtout, il avait plus besoin de draguer. Avec moi, c'était le sexe à domicile tous les soirs, même des fois le matin sans compter les après-midi. Je l'ai même tout épilé une fois qu'il a voulu faire un film cochon. Y pouvait prendre mon auto, mes affaires…

— L'amour ne sait pas compter.

— Bullshit ! On est toutes des putains. Toutes ! Puis les hommes sont tous des profiteurs.

— L'amour est un échange. Des fois, c'est l'homme qui fait vivre la femme, d'autres fois c'est elle. On est plus du temps de l'unique pourvoyeur mâle…

— Je vais me trouver un vieux riche et fuck l'amour. Qu'est-ce que ça donne, l'amour ? Que des peines d'amour. J'haïs l'amour !

— Il t'a laissée?

— Non, c'est moi qui l'ai mis dehors. Sérieux!

La voix de Magali baisse d'un ton.

— Non, je mens. C'est lui qui a foutu le camp...
Clara, allez me le chercher! Je vous en supplie. Dites-lui
que je regrette. Que je l'aime!

Clara rit de son petit rire à clochettes, ce qui calme
un brin son interlocutrice.

— Tu viens juste de me dire que tu détestes l'amour.

— J'haïs l'amour, mais lui je l'aime!

***

Après la conversation avec sa jeune amie, Clara n'a
plus sommeil. Elle se remet à l'écriture de son journal.

✍ Les jeunes amoureux croient dur comme fer que la
passion dure toute la vie, que l'amour, c'est une grâce,
un cadeau du ciel, de la magie ou encore des flèches d'un
Cupidon pervers. Les jeunes couples ne durent pas parce
qu'ils ne savent pas passer de la passion à l'amour véritable. Ils ne savent pas qu'il faut, au fil des jours, tisser la
relation qui va les lier l'un à l'autre. Ils ne savent pas que
ce travail quotidien prend du temps, de la patience, de la
persévérance. Qui est prêt à faire ce travail? Qui veut y
mettre du temps? Des efforts?

Moi-même, j'étais une grande romantique. Je me souviens, un an après notre mariage, quand, pour la première
fois, Étienne m'a laissée seule pour se rendre à une compétition de natation à Vancouver. Je ne comprenais pas qu'un
sport passe avant moi, moi qui le faisais passer avant tout
travail, tout loisir. Je le voulais romantique comme moi.
Je voulais qu'il devine mes pensées, qu'on se comprenne

sans avoir à se parler. En somme, je voulais qu'il m'aime de la même manière que je l'aimais. Lui – il me l'a avoué plus tard –, il me voulait disponible pour le sexe et prête à combler tous ses désirs, à toute heure, n'importe où. Moi, je voulais procéder par étapes, je voulais des mots avant les caresses, des mots que j'avais entendus à la télévision ou au cinéma dans des scènes romantiques. Lui voulait du sexe.

Finalement, j'espérais qu'il suive un scénario écrit par moi, un scénario dont j'étais la metteuse en scène et la vedette. Alors que je l'avais aimé pour ce qu'il était, j'ai tout de suite voulu le changer pour qu'il soit comme moi. Comme il se révoltait, j'ai essayé de le domestiquer, de le mettre à ma main, en cage finalement. Il a fait des colères. J'ai boudé. Et puis, avec les années, on a fini par comprendre que je l'aimais comme une femme aime, et lui comme un homme aime, et que, pour vivre bien ensemble, il fallait que j'accepte que les hommes et les femmes sont différents. Voilà, j'ai trouvé ce que je dois dire à Magali : « Parlez-vous ! L'amour est une négociation qui doit sans cesse être mise à jour. »

« Bon, j'entends ses pas à l'étage. Il peut pas dormir sans notre rituel amoureux. Il y tient comme à la prunelle de ses yeux. »

***

— Je m'excuse, Étienne, mais quand je commence à écrire, je vois plus le temps passer.

— On est toujours ensemble. Il est raisonnable qu'on ait des loisirs différents. Je lis, tu écris.

— T'as raison.

— Je sais.

— Étienne, je t'aime.

— Moi aussi, tellement.

Elle n'a que le temps de se lover contre son épaule, de renifler les phéromones de son cou que le téléphone sonne. Étienne répond très froidement. Il déteste les appels du soir, d'autant plus que la sonnerie réveille les chats couchés un peu partout dans la chambre.

— Allô… Oui on dormait! C'est pour toi.

— Allô?

— Votre mari a pas l'air ben content.

— Moi non plus, Magali. Sais-tu l'heure qu'il est? On se lève à six heures le matin nous deux.

— Il est revenu. J'ai repris avec Samuel. Je voulais juste vous dire ça. Bonne nuit.

— C'est ça, bonne nuit. Merci.

Elle raccroche et se colle de nouveau contre son mari.

— Tu lui dis merci de nous déranger comme ça?

— Je lui avais dit de me tenir au courant. Elle a pris ça au pied de la lettre.

— Là je suis complètement réveillé.

— Pour une fois que je me couche près de toi et que tu ronfles pas.

— Je ronfle pas.

— Tu ronronnes comme les chats, c'est vrai que c'est moi qui ronfle.

— Clara?

— Oui?

— Je suis bien avec toi.

— Moi aussi je suis bien avec toi.

— Clara?

— Oui…

— Je suis heureux.
— Moi…
— Toi ?
— Aussi…
Et ils s'endorment, bras et jambes emmêlés.

11

Perché dans la montagne, le luxueux chalet de bois rond est entouré de sapins, d'épinettes et de pruches. Il est assez vaste pour accueillir une grosse famille. C'était l'idée de Nancy, l'idée d'une femme qui veut des enfants avant que ses ovules ne montent en graine. Une idée de fou, selon Nicolas qui, tous les week-ends, doit être à son resto de longues heures. En fait, il n'a que le lundi pour relaxer, et encore. Il a pourtant payé la moitié du versement initial et il contribue aux paiements hypothécaires et autres frais. C'est un éléphant blanc et il l'a uniquement acheté pour faire plaisir à Nancy. Déjà, il le regrette.

— C'est beau, hein, Nicolas! Un chalet de rêve! Va falloir que je décore les cinq grandes chambres. J'ai des idées… On est bien ici tous les deux. Es-tu content?

Devant les fenêtres panoramiques, Nicolas admire la vue spectaculaire sur les montagnes laurentiennes. Elle le rejoint, l'enlace par-derrière. Il soupire un brin.

— Si tu l'es, je le suis.

— T'entends pas ton TON.

— J'ai pas de ton.

Il se dégage de son étreinte et se dirige vers la cuisine ultramoderne. Elle le talonne, anxieuse.

— Tu me fais la gueule.

— Pas du tout. J'essaie de relaxer… Arrête ça !

— Pourquoi t'es pas content ? Tu penses que j'ai voulu le chalet parce que je veux des enfants ?

— Ben, c'est clair comme de l'eau de roche. T'es peut-être une bonne pédiatre, mais en manipulation, t'es zéro. On change l'auto. Qu'est-ce que madame veut ? Une familiale ! Je voulais acheter un loft à Tremblant pour le ski, toi tu veux un gros chalet avec cinq chambres !

Elle s'accroche à son cou, le bécote en riant. Il n'a jamais pu résister à ses chatteries, et elle le sait. Il l'enlace.

— Joue avec moi, mon amour. Je suis heureuse là…

— Si je t'aimais pas tant…

— Qu'est-ce que tu ferais ?

— Mais je t'aime. La question se pose donc pas.

— Si t'aimes tout de moi, c'est ce que tu me dis souvent, tu vas aimer un enfant qui sort de mon ventre. Peut-être un garçon. Aussi beau, aussi talentueux que toi. Un mini Nicolas…

— Nancy, c'est NON !

— TU COMPRENDS RIEN !

Ils en viennent vite à se japper des insultes, tels des chiens enragés. C'est leur première vraie engueulade. Ils n'ont jamais réellement pris le temps de se disputer pour vrai. Ils n'avaient aucun motif sérieux de s'affronter auparavant. Préoccupés chacun par leur travail, une fois de retour à la maison, ils n'avaient pour seules envies que de se mitonner un bon repas, regarder un DVD, faire l'amour et puis dormir. Aujourd'hui, elle dormira seule. Il aura trouvé un prétexte pour rentrer tôt en ville.

De retour en ville, assise sur un tabouret, Nancy grignote un sandwich de grains entiers aux légumes grillés bio sur le comptoir de marbre de sa cuisine. Elle est seule, comme tous les soirs, car Nicolas est au restaurant. Elle est furieuse et triste. C'est la première fois qu'il lui sert un « non » pas négociable.

« Clara ! Faut que je lui parle. C'est une mère, elle va me comprendre. Est-ce que c'est une mère ? Je pense, oui. Ça doit. Elle en parle jamais. Peut-être qu'on oublie ses enfants quand on vieillit. À cette heure-ci, je vais sûrement la joindre avec Skype. »

***

— Clara ? Je suis contente que tu sois là. Tellement contente ! J'ai personne à qui parler. Ma mère, ça compte pas, les seules idées qu'elle a sont celles de son mari. Elle les radote constamment. Comme il vit à Édimbourg et elle à Montréal, elle est de plus en plus à court d'idées.

Nancy rit, mais peu à peu ses yeux se plissent, sa bouche se tord et un torrent de larmes jaillit autant de ses yeux que de son nez. Clara ne l'a jamais vue ainsi.

« Ça paraît qu'elle pleure pas souvent, elle a pas vraiment le tour. »

— Veux-tu qu'on se reparle plus tard ?

— Non !

Et Nancy de lui raconter en reniflant que Nicolas ne veut pas d'enfants et que cela semble définitif et que, pour elle, c'est la fin du monde.

— Pourquoi veux-tu un enfant ?

— Quelle question ! Ben… C'est tout naturel. J'ai un utérus exprès pour en porter. C'est normal de vouloir un

enfant quand on est une femme. C'est un accomplisse-
ment personnel.

— Tu veux ajouter un bébé au tableau de tes succès?

— Euh… Oui! Réussir sa vie, c'est pas juste gagner
de l'argent, c'est réussir à avoir ce qu'on veut…

— Et tu veux un enfant. Alors il te le faut.

— Oui! Et pas juste un.

— C'est un désir ou un besoin?

— Euh… Les deux?

— Le désir, cela va de soi, mais le besoin? Tu as vraiment besoin à trente-huit ans de passer du couple au
trio? Tu veux risquer de perdre ton mari qui, lui, veut
pas d'enfants?

— Je le perdrai pas. Quand je vais être enceinte, il va
changer d'idée.

— Et s'il en change pas?

— Pourquoi t'es si dure avec moi?

— Je te dis la vérité pour que tu prennes une décision
en toute connaissance de cause. Je veux aussi contrecarrer
la mode qui nous montre les jeunes mères, belles, minces
et reposées, alors que prendre soin d'un bébé, c'est fatigant,
astreignant et des fois décourageant. Si j'avais eu une mère
aimante, c'est ce que j'aurais aimé qu'elle me dise avant
que je fasse un enfant. Personne parle des grosses responsabilités qui viennent avec les enfants, personne ose dire la
vérité à celles dont l'horloge biologique s'affole. Résultat:
elles se lancent tête baissée dans la maternité. Leurs attentes
sont si grandes, si romantiques qu'elles ne peuvent qu'être
déçues d'une réalité dont elles ont aucune idée.

— T'es trop déprimante. Bonsoir!

Nancy a coupé sec la communication. Figée devant
l'écran, Clara n'est pas contente d'elle-même. Elle n'a

pas écouté Nancy. Elle devrait la rappeler pour s'excuser. Et puis non ! Elle a dit le fond de sa pensée. Elle aurait tout de même pu s'exprimer plus gentiment, mais elle est excédée de la fausse promotion sociale autour de la maternité.

C'est la mine sombre qu'elle rejoint Étienne, qui lit avec intérêt un grand livre illustré sur les sherpas qui accompagnent les alpinistes sur l'Everest. Voyant qu'elle obtiendra difficilement son écoute, elle lance :

— Il fait trop chaud ! Je sors prendre l'air.

Il lui sourit pour la forme, mais son attention revient rapidement à son livre.

Dans la balancelle, Clara se berce avec frénésie, comme pour exorciser son malaise intérieur.

« Qu'on arrête de me demander des conseils si on veut pas les suivre ! De toute façon, qui suis-je pour dire aux autres quoi faire ? Comme si j'avais le secret du bonheur ! C'est vrai que la vie m'a appris certaines choses, et qu'il est légitime que je veuille en faire profiter les autres. Mais ces conseils, je devrais peut-être les garder pour moi ? C'est ça ! Juste pour moi ! Les autres, qu'ils s'arrangent ! »

Forte de sa résolution, calmée, soulagée, elle ralentit la cadence et fixe les yeux vers le ciel étoilé.

« Les étoiles pétillent comme du champagne, c'est tellement beau… Comme j'ai de la chance d'être vivante, en santé, de vivre ici, d'être amoureuse. Merci, la vie ! »

Elle s'abandonne dans la beauté de la nuit. Elle sourit quand elle réalise que, une à une, les lumières tamisées de la maison s'éteignent.

« Mon amour se prépare pour la nuit. Je suis mieux de rentrer. »

Clara ne trouve pas le sommeil, contrairement à son mari qui dort à poings fermés. Elle vire constamment, se couvre du drap léger qu'elle rejette aussitôt.

« Vaudrait mieux me lever au lieu de gigoter. »

Elle se lève doucement. Surtout ne pas réveiller Étienne. Elle descend au rez-de-chaussée sur la pointe des pieds. Dans la cuisine, elle se prépare une infusion de mélisse pour ensuite s'installer devant son ordinateur. Elle relit la dernière ligne de son journal avant de le poursuivre.

🌿 Il n'y a pas de bonheur avec un grand B, mais des petits plaisirs que tout un chacun peut s'offrir, s'il le veut. Ces petits plaisirs aident à supporter les malheurs, les insignifiants comme les gros. Ces petits bonheurs sont des respirations dans l'étouffement du quotidien et, en plus, la plupart du temps, ils sont gratuits. Hier matin, dans le potager, la première tomate. Après avoir frotté mes mains sur les feuilles et avoir respiré leur parfum, je la cueille et qu'est-ce que je trouve ? Une minitomate en excroissance sur la grosse. Une mère tomate avec son bébé ! J'ai mangé le bébé tomate et, après, j'ai dégusté la mère. Juste ça, ça m'a mis de bonne humeur pour la journée.

C'est comme la nourriture. Il faut se nourrir pour vivre et, tant qu'à manger, il est préférable que ce soit de la nourriture que j'aime. Plat enfance. Plat confort. Plat sensuel. Et je m'offre ces plaisirs avec délectation, sans aucune culpabilité. Je ne cuisine plus jamais de plats qui m'ennuient ou que je rate systématiquement. Cuisiner pour moi n'est plus une corvée ni un défi, c'est devenu un plaisir. J'ai tant d'autres petites félicités. Lire des magazines, les miens et ceux des autres, surtout ceux des autres. La nuit, me réveiller avec une fringale. Descendre l'escalier pieds nus, ouvrir le frigo et choisir ce qui me tente, une aile de poulet, ou un concombre cueilli l'après-midi, ou une poignée de framboises pas lavées. Et puis, pour les soirées où Étienne est sorti, ce qui est rare, m'étendre en jaquette devant la télévision avec une boîte de chocolats. Écrabouiller chaque bouchée. Remettre les mous dans la boîte. Croquer les durs, les sucer longtemps. Le septième ciel !

Et il y a aussi le plaisir de dormir seule. Celui de prendre toute la place dans le grand lit, d'écarter mes bras et mes jambes, de remonter ma couette sur mon nez et de penser à mon fils Claude, mon amour, en toute quiétude. Et quand j'ai des cauchemars, quelle joie que de me réveiller et réaliser que ce n'était qu'un foutu rêve. Et quand je suis couchée près d'Étienne, tout le plaisir de le sentir là, à portée de ma main, à portée de mon désir. Aussi, l'incomparable plaisir de boire un grand verre d'eau quand on a soif et celui de faire pipi quand on a longtemps retenu son envie. Je compte parmi mes satisfactions sensorielles les plus puissantes les odeurs de mon enfance, l'encre, l'odeur du cigare de mon père mêlée à celle de son after-shave, l'odeur de la poudre Coty de ma mère, l'odeur de la cire à prélarts, l'odeur de la térébenthine qui venait à bout des poux, l'odeur de l'encens à l'église, l'odeur sucrée du cream soda, l'odeur de l'alcool à friction pour faire sécher mes boutons, l'odeur des feuilles mortes l'automne, l'odeur javellisée du linge qui l'hiver séchait dans le corridor. Plus tard, l'odeur de l'école où j'ai enseigné, de la craie, des pommes rouges sur mon bureau, l'odeur âcre des adolescents et celle plus fruitée des filles. L'odeur du pain chaud et des oignons frits. J'ai même songé à créer un parfum «oignons caramélisés». J'aurais, j'en suis certaine, eu une énorme clientèle d'hommes. L'odeur des bébés, de la poudre Johnson, celle du lait suri sur l'épaule, là où on fait faire le rot.

Le plaisir des soldes! Le seul moment où économiser devient jouissif. Trouver le vêtement rêvé à rabais. Être celle qui, avant les autres, a repéré l'aubaine. Et je ne parle pas des plaisirs de la maternité. Il y en a. Se pavaner avec son gros ventre pour montrer qu'on est en train de fabriquer une petite merveille. Et puis, quand la merveille est née, sentir qu'on vaut quelque chose. Le plaisir du petit poing qui tient très fort le doigt. Le premier sourire qui n'est hélas souvent qu'une grimace due à une colique... Enfin, je m'efforce de me remémorer que les souvenirs heureux, les autres, je les oublie. À ressasser mes petits plaisirs passés, présents et à venir, je ne m'ennuie finalement jamais. Mon bonheur quotidien est fait de ces petits moments heureux que je sais reconnaître. Je les engrange pour me les rappeler avec délices quand ça va moins bien. C'est de l'argent en banque pour les jours tristes. Mais comment faire comprendre cela à ceux qui voient la vie en noir et gris, aux victimes? Est-ce que Nancy sait que, si la maternité a des plaisirs, il y en a aussi ailleurs, et qu'à attendre le bonheur que d'une seule source on risque de ne pas goûter aux autres? Bon, ma tisane dodo fait effet... Tiens... une autre volupté. Dormir et se réveiller le matin, prête à commencer une journée pleine de surprises agréables.

12

Il est dix-huit heures. Le soleil est encore haut. Magali a commandé un pichet de sangria qu'elle a déjà entamé. Elle attend Clara. Elle n'est pas maquillée. Ses cheveux gras sont emmêlés. Ses lunettes noires cachent ses yeux rougis et boursouflés par les larmes. Par cette chaleur, elle porte des vieux leggings gris, un t-shirt et des tongs déglinguées. C'est juste si Clara la reconnaît.

— Eh bien ! Me semblait que tu t'étais réconciliée avec ton chum… qu'il était revenu…

— Encore une chicane. Lui et moi, c'est fini. Il est reparti avec ses affaires.

— Bon.

— Qu'est-ce que j'ai fait de pas correct ? J'ai rien vu venir, puis clac, la hache tombe. Pourquoi ? On s'aime comme des fous !

Elle s'accroche au regard de Clara qui, plutôt neutre, se verse un verre de sangria dont elle savoure la première gorgée puis :

— S'aimer comme des fous, ça dure pas, ma belle. Ça peut pas durer. C'est toujours temporaire. Tu le dis toi-même. Le coup de foudre rend les amoureux cinglés. Le passé, le futur ne comptent pas. On vit que le moment présent. L'un près de l'autre, l'un pour l'autre, l'un dans l'autre. L'autre est unique, indispensable, extraordinaire. Il a pas de défauts. On se dit tout. On ne fait qu'un, un immense un… Eh bien, cette fusion, cet état passionnel intense dure pas, peut pas durer.

— Je sais, je sais, mais nous deux, c'était pas pareil. Nous deux, c'était… l'amour.

— C'était la passion, et la passion, ça dure pas.

— Vous êtes ben plate ! Vous me l'avez déjà dit la dernière fois qu'on s'est vues. Je comptais sur vous pour me conseiller, me consoler aussi… me trouver un moyen pour que Samuel et moi, ce soit comme avant. Comment retrouver notre passion, quoi ?

— Trouve-toi un autre amoureux.

— Elle est comique, elle ! C'est lui que je veux. Je l'aime, bon !

— Alors il faut passer de l'amour passion à l'amour véritable.

— C'est de l'amour véritable, nous deux !

— C'est de l'amour… passion. Maintenant, il vous reste à bâtir une relation, un lien solide, une petite société où vous serez deux partenaires égaux qui formeront un couple.

— Ouache ! C'est ben ennuyant ! Moi ce que je veux, c'est le grand amour ou rien pantoute. Je veux flyer ! Le nirvana ! Toute la patente !

— L'amour romanesque, l'emballement des sens. Je sais, je connais : on plane, on est fusionnels, on peut pas se quitter d'une semelle. Eh bien, cet amour-là est éphémère. Le véritable amour est fait d'attention à l'autre, de tendresse, de complicité. L'amour est toujours là, mais il a changé de forme en mûrissant. Et puis c'est vrai, je t'ai déjà tout dit ça, mais tu m'entends pas, tu veux pas m'entendre…

— La tendresse, la complicité, c'est juste bon pour les vieux couples. Je suis jeune, moi !

Elle prend un air boudeur, se croise les bras sur la poitrine, l'air obtus.

« Elle comprend rien à l'amour des jeunes. Qu'est-ce que je fous là avec une vieille ? »

Elle remplit son verre de sangria et l'enfile comme si c'était de l'eau, puis elle ramasse son cabas et se lève abruptement.

— Assis-toi, Magali !

Le ton est autoritaire et sans appel. Stupéfaite, Magali obtempère.

— Quand j'ai rencontré Étienne, j'étais comme toi. Je rêvais d'un amour comme dans les livres… un amour de roman à l'eau de rose. Je l'ai eu… trois ans presque. Un record. Et puis le quotidien a vite pris le dessus et la passion s'est estompée. Je me suis posé des questions. Est-ce que mon amoureux vaut la peine que je mise sur lui ? Est-ce que je l'aime autant qu'il m'aime ? Ai-je besoin de lui autant qu'il a besoin de moi ? Mon amour est-il assez fort pour passer au travers de la maladie, des chicanes ? Suis-je capable de changer mes habitudes pour lui ? Et l'aimer pour la vie, en suis-je capable ? Et que dire des compromis pour que notre relation dure ? Suis-je prête à l'accepter tel qu'il est, non pas à aimer ses défauts, mais à les accepter ?

Un petit sourire éclaire le visage de Clara. Elle se tait, sachant tout de même qu'elle a attisé la curiosité de sa jeune amie.

— Et puis ?

— Ce n'était que des « oui »…

— Des « oui » à tout !

— J'ai alors proposé à Étienne de se poser les mêmes questions. Ses réponses ont toutes été affirmatives. C'est d'un commun accord qu'on s'est alors embarqués dans notre projet de vie, notre couple. On est ensemble depuis cinquante ans et on s'aime plus et mieux que dans les premières années.

— Oui, mais la passion dans tout ça?

— C'est mon plus beau souvenir. Pendant mon étape passion, je courais au lieu de marcher, je sautais, je dansais. Je m'embrassais dans le miroir. Mon cœur battait. J'étouffais. Moi qui crois pas en Dieu, je le remerciais d'avoir mis Étienne sur ma route. J'aimais tout le monde. Je donnais des sous aux itinérants. J'embrassais les bébés dans les carrosses. Un thrill effrayant!

— Ce thrill-là, je veux l'avoir tous les jours de ma vie.

— Oublie ça! Impossible! Ce qui veut pas dire que tu seras pas heureuse. Moi, par exemple, la passion estompée, j'ai acquis autre chose, le calme, la sérénité, la complicité, l'intimité, l'amour, le véritable amour. L'amour avec un grand A, comme chante Ginette Reno.

— Moi, j'aime faire l'amour, j'aime baiser et jouir. Je veux le faire tout le temps.

Clara, qui ne veut pas dire de banalités, prend tout son temps pour répondre.

— Dans l'amour passion, ma belle, la satisfaction physique est un but. Dans une relation d'amour vraie, sa fonction essentielle, c'est le réconfort.

— On parle pas de la même affaire! Je vous parle de passion, vous me parlez de réconfort. On sait bien, à votre âge…

Clara s'impatiente, se rendant compte que c'est un dialogue de sourds. Elle empoigne son sac à main et sort son porte-monnaie.

— Je dois partir. Mon amoureux s'inquiète quand je retarde.

— Non ! S'il vous plaît. J'ai besoin de parler.

— Une autre fois, Magali.

« Discuter avec des jeunes, c'est carrément du temps perdu. Ils finissent toujours par invoquer l'âge comme argument final. Mais la vie va lui apprendre que l'amour est un besoin de partager et de compter vraiment sur quelqu'un. Faut dire qu'à son âge, aussi amoureuse qu'elle, j'aurais pas écouté personne si on m'avait débité le même maudit discours sur l'amour véritable. »

— Écoute Magali, tu me dis que votre passion s'éteint, je te proposais juste de la transformer en amour. C'est tout. Salut.

Clara quitte l'établissement bien décidée à ne plus la revoir en dehors des livraisons de paniers. Elle lui a tout dit et ne peut rien lui dire de plus. Elle ne lui en veut pas. Même qu'elle la comprend.

13

C'est un avant-midi tristounet. Il fait chaud et humide. Une pluie fine arrose le potager. Clara en profite pour faire les confitures de fraises dont ses clients sont si friands. Le téléphone sonne. Ennuyée, elle amorce le mouvement pour décrocher le récepteur. Mais :

« Je réponds pas ! »

Elle interpelle son mari une première fois, puis lui crie :

— Réponds ! J'ai les mains collées. Étienne !

Dans la remise, il ne peut l'entendre car il tranche à la scie mécanique le vieux cèdre abattu la veille. Clara essuie ses mains sur son tablier et décroche le combiné.

— Allô ?

— Allô !

— Vous voulez parler à qui ? Allô ? À qui voulez-vous parler ? I do not speak english !

— Maman !

— Claude !

Un long silence s'ensuit, fait de joie et d'inquiétude.

— Es-tu là, maman ?

— …

— On peut se parler, maman ?

— Oui oui. Ton père est dans la remise. Comment tu vas, mon trésor ?

— Ça va bien, très bien même.

— Attends que je ferme le feu sous les confitures.

Elle éteint les ronds de la cuisinière, jette un œil vers la remise, se tire la berceuse du pied et s'assoit, toute au bonheur de parler à ce fils qu'elle n'a pas vu en chair et en os depuis des années.

— Je m'ennuie de toi. Les courriels, c'est bien beau, même avec Skype, c'est pas comme te voir en personne, te toucher, t'embrasser.

— Tu pourrais venir à Toronto ?

— J'ai jamais fait un voyage sans ton père. Puis l'été, on peut pas partir à cause du potager. Et l'hiver, avec la neige dans le rang, on sort pas beaucoup. On est pas jeunes jeunes…

— Je voudrais tellement que tu voies où je vis.

— Je le vois un peu avec la caméra Web.

— J'ai du nouveau dans ma vie…

— Ah oui ?

— Je voudrais te présenter quelqu'un, maman.

Clara frissonne d'espoir. Et s'il avait changé, s'il était amoureux d'une femme…

— J'ai enfin trouvé l'amour.

— L'amour… Je suis contente pour toi, mon grand.

— Je pourrais même me marier, un jour.

— Ah… oui ?

« Il a changé, il aime une femme ! »

— Et on a l'intention d'avoir un enfant… même que c'est déjà fait. J'ai un bébé, un garçon.

Clara pose une main sur son cœur, qui veut sortir de sa poitrine.

— Il s'appelle Gabriel, comme l'ange. C'est un ange !

Clara tousse un peu pour raffermir sa voix et reprendre contenance.

— Je suis grand-mère !

— Oui… t'es grand-maman.

— Le rêve de ma vie ! Tu le sais que je rêvais d'être grand-mère, tu le savais ?

— Oui maman, je le sais. Il est beau. En santé. Il rit tout le temps. Je suis tellement heureux. J'aimerais que tu le voies et aussi j'aimerais que tu rencontres la personne avec qui je vis…

— C'est naturel, normal, mon chéri.

— C'est un enfant qu'on a adopté. J'ai pas voulu t'en parler avant. Le processus d'adoption a été très long.

— Claude, je vais essayer de trouver le moyen d'aller te voir, pas cette semaine, l'autre. Je peux plus te parler là, ton père s'en vient par ici. T'as pas idée du cadeau que tu me fais ! Puis dis à la femme que t'aimes qu'elle prenne soin de toi, t'en vaux la peine. Je suis heureuse, mais je peux plus…

— M'man, raccroche pas. C'est pas une femme que j'aime, c'est un homme, tu le sais bien. L'enfant, on l'a adopté ensemble.

Clara est déçue, mais ne veut pas le montrer.

— Ah ! Je pensais, excuse-moi. Je peux plus te parler. Ton père…

Elle raccroche comme Étienne ouvre la porte. Elle rallume le feu sous les chaudrons de confiture. Il remarque la berceuse à proximité du téléphone.

— J'ai au moins vingt deux par quatre de cèdre. Ça sent bon ici-dedans. Qui c'était au téléphone ?

— Magali. Elle veut que je l'accompagne à Toronto. Elle va voir une amie. J'en profiterais pour aller au congrès des fermières. Tu sais, où j'étais invitée, tu te rappelles? Je voulais pas y aller seule, mais là on serait deux à conduire.

« Je me pensais pas capable de mentir avec autant de facilité. »

Elle poursuit, presque fière de ce nouveau talent qu'elle se découvre.

— Mais je lui ai dit que je pouvais pas te laisser tout l'ouvrage...

— C'est sûr qu'en plein mois de juillet...

— Puis je veux pas t'abandonner une semaine surtout.

« Décidément, je suis plutôt douée. »

— Quatre jours, je dis pas, mais une semaine... C'est jamais arrivé qu'on soit loin l'un de l'autre...

— Tu partirais quatre jours?

— Ou trois? C'est un congrès de trois jours. Tu comprends, ces fermières-là doivent être occupées elles aussi en juillet. Tout comme moi. Juste trois petits jours.

— Si tu veux... Et puis chérie, t'as pas à me demander la permission.

« Non, je partirai pas, ce serait le trahir. Mais d'un autre côté, il y a mon petit-fils, je me meurs tellement de le prendre dans mes bras... »

— Clara, les confitures débordent !

***

Ce soir-là, la chambre est envahie du chant des ouaouarons et du bourdonnement de maringouins qui s'y sont faufilés, assoiffés de sang humain. L'air est léger et une bonne odeur de verdure fraîchement arrosée se mêle à celle des confitures de fraises qui embaume la maison. Clara fait mine de consulter un traité d'horti-culture. Étienne lit un polar suédois ou peut-être fait-il lui aussi semblant de lire.

— Ton fils vit à Toronto.

— Et?

— Tu vas pas aller le voir?

— Oui !

— Pardon?

Clara a soudain décidé de lui dire la vérité. Elle se sent odieuse de lui mentir. Jamais elle ne lui a menti aupara-vant. Enfin, presque jamais…

— Je vais pas à Toronto avec Magali. Le congrès, c'était pour te faire avaler le voyage, mais je veux pas de mensonges entre nous. T'as droit à la vérité.

— Bon…

— Je vais voir mon petit-fils.

— Quel petit-fils?

— Le fils de Claude. C'est lui qui a téléphoné cet après-midi. Il m'a annoncé la nouvelle. Il a adopté un bébé.

— Ça se peut pas. Claude est pas normal.

— Notre fils est normal, il est homosexuel !

Étienne est blanc comme un drap. Il est envahi par une colère qui se traduit par un tremblement de la lèvre inférieure et une voix basse.

— Je t'ai dit de jamais me parler de ça !

— Ça fait dix-neuf ans, chéri, que je te parle pas de l'homosexualité de ton fils, depuis que tu l'as mis dehors. T'as vieilli, la société a changé. Les… comme Claude sont maintenant acceptés…

— Me parle pas de lui !

Il quitte le lit, enfile sa robe de chambre et sort en claquant la porte derrière lui. Il dévale l'escalier et sort dans la noirceur de la nuit. Il s'éloigne en prenant de grandes respirations pour calmer son cœur.

Il est bientôt rejoint par Clara. Elle lui enlace la taille, le presse tout contre elle pour l'adoucir. Il se cabre, la repousse, l'affronte.

— Tu m'as choisi, moi ! Si tu veux le choisir lui… t'as beau ! C'est lui ou moi ! Et c'est pas négociable !

Elle rentre en serrant les dents et, comme pour nourrir sa colère, pour la millième fois, elle revit ce fameux soir, ce moment déchirant. Les images douloureuses reviennent.

***

Clara et Étienne veillent sur le balcon de leur logement au centre-ville. C'est un soir d'été étouffant. Ils rêvent, chacun dans ses pensées. Ils sont un couple amoureux, un couple qui a le bonheur d'avoir un fils affectueux, studieux. Clara rêve d'une petite ferme pour sa retraite. Étienne aimerait, lui, enrôler dans le sport – la natation – les enfants du quartier laissés à eux-mêmes. Puis Claude arrive en vélo, ce qui les extirpe de leurs rêveries. Il est radieux quand il les rejoint sur le balcon pour leur annoncer avec candeur qu'il est amoureux fou. Comblés, les parents échangent un regard attendri, se voyant déjà grands-parents. Enfin, leur fils amoureux, lui qui avait été tout à ses études d'ingénieur et qui n'avait pas pris le temps pour l'amour. Puis en bas, dans la rue, une voix enjouée :

— Youhou !

— Viens, monte vite !

Ils pensaient rencontrer une belle jeune fille, mais c'est un jeune homme qui grimpe l'escalier. Leur fils fait les présentations comme si c'était naturel d'être amoureux d'un homme. Étienne se fige raide, incapable de parler. Il se lève, livide sous son hâle de professeur de natation, et rentre à l'intérieur. Claude est profondément vexé par sa froideur. Clara hésite, mais elle sourit tout de même à l'amoureux de son fils, politesse oblige, pour ensuite les laisser seuls sur le balcon.

Étienne l'attend dans la cuisine. Il est calme, d'un calme qui fait peur. Elle ne l'a jamais vu comme ça.

— Je ne veux pas de ÇA dans ma maison ! Je reverrai Claude que s'il revient au bon sens. J'exige la même attitude de toi. Je t'avertis, Clara. Ce sera fini entre nous si tu obéis pas.

Elle tente de le raisonner. En vain. Ce n'est pas négociable. C'est son fils ou lui !

Par la suite, Claude a aussi essayé d'amadouer son père. Ce fut une fin de non-recevoir. Il a donc quitté le foyer familial pour vivre avec son amoureux.

Au cours de cette soirée fatidique, Étienne a erré des heures dans les rues du quartier. À son retour, il s'est couché comme si de rien n'était. Elle lui a demandé d'expliquer son comportement. Il lui a redit, glacial :

— Tu choisis, c'est lui ou moi !

Il a éteint la lampe de chevet, lui a tourné le dos, faisant mine de dormir. Dix-neuf ans plus tard, Clara se retrouve dans la même position, à regarder son dos, son dos de glace qu'il pose entre eux pour l'empêcher de discuter. Il fuit ce qu'il est impuissant à expliquer, à s'expliquer en fait. Elle rallume, se lève, contourne le lit et le force à lui faire face.

— Il y a dix-neuf ans, je t'ai choisi toi, mais aujourd'hui, je choisis mon petit-fils. Je vais aller le voir que tu le veuilles ou non.

On frappe à la porte, des coups répétés comme un appel au secours.

— Entends-tu?

— Je dors.

Devant sa mauvaise foi, Clara endosse sa robe de chambre et descend au rez-de-chaussée, suivie des chats qui roupillaient dans la pièce. Les coups ont redoublé. Elle allume et, un brin craintive, elle ouvre la porte à une jeune femme en pyjama, une veste de laine sur les épaules, qui se rue dans le vestibule.

— Fermez la lumière! Barrez la porte !

Clara obéit machinalement.

— Vous êtes qui?

— La porte arrière est-elle fermée?

— Ben non.

— Faut tout tout fermer !

Talonnée par l'inconnue qui reprend son souffle, Clara se rend à la cuisine et verrouille la porte arrière. Seule la lumière de la cuisinière les éclaire. Elle observe la jeune femme. Trente ans, pas davantage, assez jolie, un format moyen, des cheveux blonds, raides et longs.

— On se connaît?

— Fermez la lumière du poêle. S'il voit de la lumière, il va me retrouver. J'ai pas envie de me réconcilier. Qu'il me cherche un peu !

Clara éteint à contrecœur et elles sont aussitôt plongées dans l'obscurité.

— Qui, « il » ?

— Mon chum.

— Ah…

— Moi, c'est Charlène, votre voisine, ben depuis une semaine. J'ai loué la petite maison jaune au bout du rang, celle des Veilleux, ceux qui sont morts dans un accident de la route l'an passé. Je suis leur petite-cousine de loin, c'est comme ça que j'ai pu louer pour quelques mois. Mon chum est au coton. Il est psychothérapeute. Il a besoin de tranquillité pour se reposer. Puis, moi, je voulais prendre congé du bureau, je suis sur le bord du burn-out. On a deux enfants, j'ai pensé que l'air de la campagne leur ferait du bien. Lui a un gars de six ans, moi une fille de sept ans. Son gars aime pas ma fille, et ma fille c'est pas une idiote, elle l'aime pas non plus, ça fait que la vie est pas vivable. Moi je prends pour ma fille, lui prend toujours pour son gars. L'enfer ! À Montréal, ils allaient à l'école le jour, ils se voyaient que le soir, mais là qu'ils sont toujours ensemble… T'aurais pas une bière que je décompresse ?

— Écoute Charlène, il est passé minuit… tu penses pas qu'il faudrait rentrer…

— Non. Qu'il s'inquiète un peu… Il me tient trop pour acquise, il va voir que je peux découcher.

— Êtes-vous mariés ?

— Ben oui ! Moi je voulais pas, j'y avais déjà goûté, mais lui, il lui fallait le contrat signé. Je l'ai marié pour lui faire plaisir. Moi, je crois pas au mariage. Tu fais des bouts de chemin avec un, puis avec l'autre. Quand ça fait plus l'affaire, tu changes de partenaire…

— T'es une adepte des amours simultanées.

— Si tu veux appeler ça de même… Ouain.

— Et les enfants ?

— Les enfants ? Quoi, les enfants ? Ils s'adaptent, ils ont pas le choix, c'est ça ou pas avoir de parents pantoute.

C'est pas pire que mes arrière-grands-parents, qui ont fait élever leurs enfants par des bonnes, mes grands-parents qui ont mis tous leurs enfants dans des pensionnats. Il y a mes parents qui se sont mis à parler d'amour à propos des enfants. Avant, ça existait pas. On les aimait pas, on les élevait !

— Et toi, ton enfant ?

— Ma fille, c'est pas pareil. C'est un amour de petite fille. Pis c'est pas parce que c'est la mienne…

Clara décapsule une bière et la verse dans deux verres. Elle sait que ça va être long, elle indique la berceuse à sa visiteuse et se tire une chaise. Elle va l'écouter en essayant très fort de ne pas la juger. Et puis, cela va la changer de la bouderie d'Étienne.

— Si l'ex de mon chum le gardait, le petit maudit, il y aurait pas de problème. Mais non, elle l'a dumpé chez son père sous prétexte qu'elle voyage pour son travail. Elle là ! Elle là ! La grande Caro, la belle Caroline, elle est toujours rendue chez nous, soi-disant pour voir son petit gars qui fait de l'asthme. Mon œil ! Elle défait toute mon autorité. Il peut ben être le diable en personne, cet enfant-là, elle l'élève pas. Là, elle est en congé, ça fait qu'elle est chez nous en ce moment. Puis je sais pas ce qui se passe avec mon chum quand je suis pas là. Ils sont-tu en train de baiser ? Tout le monde sait comment c'est facile de retomber dans ses vieilles pantoufles. Moi, je suis pas comme Johnny – en fait il s'appelle Jean-Christophe, mais je trouve ça péteux, ça fait que je l'appelle Johnny –, lui, il est resté chummy avec ses anciennes blondes comme pour se faire un coussin au cas où… Moi, mes ex, je les vois plus, puis le beau Johnny lui… Je tourne la page. On divorce.

— Mais ta fille ?

— Mégane ?

— Ta Mégane, elle aime Johnny ?

— C'est son adoration, cet homme-là.

— Donc c'est un bon père.

Charlène pose son verre de bière vide sur la table.

— C'est ça, une autre qui prend pour lui !

— Je ne prends ni pour toi ni pour ton mari, que je ne connais pas. Je prends pour les enfants.

— Si c'était pas pour le faire baver en restant cachée, je sacrerais mon camp. Moi, me faire sermonner par une femme que je connais même pas. Là, je suis pognée ici jusqu'à demain matin. Ça fait que… je vais dormir sur ton sofa.

Clara se mord la langue. Elle a appris pourtant avec les années à ne pas toujours livrer le fond de sa pensée, mais c'est plus fort qu'elle.

— Tu devrais réfléchir aux conséquences d'un divorce pour ta fille. Bonne nuit.

— C'est moi qui divorce, pas ma fille.

— Les enfants divorcent aussi !

***

Au matin, Charlène est partie, sans un mot de remerciement, oubliant sa veste de laine en boule sur le sofa. Clara se rend à vélo chez ses nouveaux voisins pour la lui remettre. Un garçon lui ouvre.

— Bonjour madame.

— Charlène est là ?

— Elle dort avec papa. Pis quand papa fait dodo avec elle, c'est interdit de le déranger.

— Bon. Ta sœur elle fait dodo aussi ?

— Elle déjeune.

— C'est toi qui lui as fait son déjeuner ?

— Non, c'est ma maman à moi.

— Bon.

— Bye.

— C'est ça, bye !

Clara dépose sur un crochet du vestibule la veste de laine. Elle est déçue, elle aurait aimé voir ce terrible Jean-Christophe. Sur le chemin du retour, elle replonge dans ses problèmes : Claude, Toronto, l'entêtement de son mari. Elle voudrait bien mettre de l'ordre dans ses pensées en les écrivant dans son journal, mais Étienne doit l'attendre pour préparer les paniers bio. C'est aujourd'hui jour de livraison.

— Où étais-tu passée ?

— J'ai rapporté la veste de laine de Charlène, celle qui se sauvait de son mari cette nuit. Eh bien, imagine-toi donc qu'elle était couchée avec lui et que…

— Ça m'intéresse pas, leur histoire. On a quinze paniers à remplir avant que tu partes pour Longueuil.

— Moi je suis incapable de pas m'intéresser aux gens qui croisent ma vie. Qu'ils soient comme ils veulent…

— Il y a plus de fraises, les écureuils ont fait tout un ravage cette nuit, puis les framboises sont pas mûres…

— Mais je t'aime.

— Ça leur en fait un pli à nos clients que tu m'aimes si on a pas de fraises…

— Ça leur donne un exemple de couple qui dure malgré les tempêtes.

— Il y a les tempêtes quotidiennes et il y a les tsunamis.

— Notre amour est plus fort.

— Je me le demande.

***

Au point de chute de la livraison, Clara n'a écouté que d'une oreille les confidences de Magali, de Nicolas, de Mireille et des autres. Elle a la tête ailleurs. Elle est revenue à la ferme, décidée à affronter son mari, à exiger des explications. Elle a mijoté dans sa tête tous ses arguments. Étienne, qui est un être logique et raisonnable, va comprendre et il va accepter son fils tel qu'il est. Arrivée chez elle, elle remarque que la voiture d'Étienne n'y est pas. Sur la table de réfectoire, elle trouve un mot.

Je suis à Montréal.

Un mot comme une insulte, même pas signé, sans mots doux. Elle chiffonne le papier, le jette à la poubelle et se précipite dans la cuisine d'été où l'attend son confesseur virtuel.

Comment ai-je pu, il y a vingt ans, choisir de ne plus revoir mon fils, de ne plus lui parler, de l'exclure de ma vie? Comment ai-je pu ne pas remettre en question la décision de mon mari de me priver de mon fils? Parce que c'était ça ou perdre Étienne. Parce que je suis loyale, parce que je ressentais envers mon mari un très fort sentiment d'allégeance, de soutien et d'engagement. Parce que je savais que les enfants partent et que les maris restent. Parce que ça faisait mon affaire, peut-être... de retrouver la vie à deux après tant d'années de partage à trois. Parce que, même si j'ai aimé mon fils à la folie, je savais que je le perdrais un jour ou l'autre. Au début de notre union, l'amour que j'avais pour Étienne me satisfaisait pleinement. Mon mari m'épanouissait, mes élèves m'épanouissaient. L'enseignement

137

pour moi, c'était plus qu'une vocation, c'était une pas-sion. Existe-t-il quelque chose de plus excitant que de voir l'étincelle du savoir s'allumer dans les yeux de ses élèves ? J'avais trente enfants, je ne sentais pas du tout le besoin d'en avoir un de plus. La progéniture, ce serait pour plus tard, ce serait quand j'aurais mûri, quand Étienne aurait été prêt à accepter un intrus dans notre couple. Je n'étais pas pressée. Il n'est même pas certain que je désirais un enfant quand ma meilleure amie Francine est devenue enceinte. Elle était si épanouie qu'il me fallait aussi un enfant pour me prouver que j'étais une vraie femme. Étienne était plus ou moins d'accord, mais comme il m'aimait, on a essayé.

Le bébé de Francine est né. Moi rien. Je suis une entêtée et une orgueilleuse. Je me suis mise à faire de la recherche sur l'infertilité. J'ai tout essayé, les pilules des médecins, les tisanes des shamans, les herbes chinoises, les positions censées favoriser la rencontre des spermatozoïdes et des ovules. Un jour, après cinq ans d'efforts, le rendez-vous eut lieu : j'étais enceinte. J'ai porté cet enfant comme la coupe Stanley. J'ai aimé Claude autant qu'on peut aimer la chair de sa chair. Je l'ai amené jusqu'à ses vingt-trois ans en vivant pour lui, en ne pensant qu'à lui. Vers ses douze ans, j'ai perçu qu'il serait différent. Je n'en ai pas parlé de peur de me tromper. Trop souvent, j'avais pris mes craintes pour des intuitions. Un soir, j'ai tenté de confier mes inquiétudes à Étienne. Il m'a regardée droit dans les yeux, a pris un air que je ne lui connaissais pas, sérieux et très en colère, il m'a dit : «Si un jour j'apprends que Claude est... ce que tu penses, je me tue !»

Quand est arrivé ce fameux soir où Claude est sorti du placard, devant le choix qu'Étienne m'a imposé, j'ai choisi mon mari. Claude amoureux n'avait plus besoin de moi, et je pourrais revenir à ma vie de femme, m'occuper exclusivement de mon mari, que j'avais privé de mes attentions après la naissance de Claude. Je n'ai jamais compris l'homophobie d'Étienne. Lui qui n'est ni raciste ni sexiste, pourquoi déteste-t-il autant les homosexuels ? J'ai tenté de le savoir, il ne m'a plus jamais permis d'aborder le sujet. Et pourtant, on peut parler de tout sans qu'il s'offense. C'est un homme ouvert, excepté quand il s'agit de son fils et de sa différence. Si seulement on pouvait parler de l'homosexualité, je pourrais le faire changer d'idée. C'est justement parce qu'il ne veut pas changer d'idée qu'il ne veut pas m'en parler.

Cher journal, moi qui suis la confidente de mes clients et qui suis de bon conseil, à ce qu'on me dit, je ne sais plus quoi faire. Une chance qu'il y a l'écriture. À me relire, il m'arrive d'avoir le recul nécessaire pour y voir clair. Là, mon mari et moi, on peut dire qu'on se boude. J'attends un geste de lui. Je rêve qu'il me prenne la main, qu'il pose ses lèvres dans ma paume en me regardant dans les yeux, comme avant, avant Claude, et qu'il me dise qu'il aime son fils tel qu'il est. Je rêve ! Quand il s'agit de son fils unique, mon mari est un mur. Mais qu'est-ce que ça peut bien lui faire qu'il soit gai ? Il n'y est pour rien. Claude n'a pas plus choisi d'être gai que d'avoir les yeux bleus. Étienne est persuadé que c'est un choix que son fils a fait pour l'embêter. Qui choisirait de faire partie d'une minorité ridiculisée et démonisée ? Personne ! Je dois avouer que, même en sachant qu'être gai n'est pas un choix, c'est difficile à accepter. Moi-même qui ai tout lu à ce sujet, je me demande souvent si j'ai ma part de responsabilité. L'ai-je trop aimé, mal aimé ? Ce fils que j'ai mis tant de temps à concevoir, l'ai-je trop couvé ? Il m'est arrivé, assez souvent je l'avoue, de le pousser vers les filles dans l'espoir inconscient qu'il change et me donne des petits-enfants à aimer. Ne pas avoir de petits-enfants, c'est la conséquence la plus difficile à avaler pour une mère. Mais de quoi je me plains ? L'enfant, Claude me l'offre aujourd'hui, et je vais recevoir le cadeau avec joie, et tant pis pour Étienne si son homophobie le prive de cette joie. Il n'a pas le droit de me refuser ce bonheur. Pourquoi dois-je encore choisir entre deux amours ? Cette fois, je ne choisis pas, je les prends, et si Étienne ne veut pas me suivre, tant pis pour lui, qu'il sèche dans ses préjugés !

***

Étienne est né à Montréal de parents âgés. À sa naissance, sa mère avait quarante-deux ans, son père soixante. Ses parents sont morts quand leur auto a plongé dans le canal Lachine à la suite d'une crise cardiaque du père. Étienne avait dix ans et, grâce à ses cours de natation, il a pu nager jusqu'à la rive. Il a toujours cru qu'il aurait pu les sauver. Un oncle du côté maternel l'a pris en charge. Il est mort depuis.

Étienne n'a donc pas de famille à Montréal. Ni d'amis. Depuis la ferme, il n'a plus entretenu de contacts avec ses collègues de travail et amis d'enfance. Ce soir, il erre dans le centre-ville, distrait par la faune animée et les boutiques colorées. Il consulte la marquise du Quartier latin, choisit un film d'action. Un film est la meilleure façon de ne plus penser à rien pendant deux heures.

Après le film, il s'arrête à plusieurs terrasses de la rue Saint-Denis pour y boire des bières. Plusieurs heures plus tard, il a trop bu pour conduire son auto. Il décide de s'asseoir sur un banc du parc La Fontaine. Peu habitué

aux excès d'alcool, il est malade et vomit dans une poubelle. Il a honte. Il trouve finalement un abri sous une
immense boîte en carton dans une ruelle déserte. Décidément trop soûl, l'idée de louer une chambre d'hôtel ne
lui vient même pas à l'esprit.

« Si tu me voyais, Clara, mon amour ! »

***

Dans la balancelle, au beau milieu de la nuit, Clara
attend Étienne tout en peaufinant son argumentation.
Elle est prête. Son discours est structuré, tempéré et par-
semé de « mon amour ». Elle ne peut pas croire qu'un
homme intelligent comme lui se braque dans un préjugé
d'un autre temps. Elle va lui parler, il va comprendre. Elle
croit au pouvoir du dialogue. Tout devrait s'arranger.
Peut-être même qu'il l'accompagnera à Toronto.

Au loin, des phares apparaissent. Sur le qui-vive, elle
se lève à demi, puis éprouve une grande déception quand
le véhicule dépasse la ferme.

14

Magali ouvre les yeux, sa tête chavire, les murs tournent, le plafond semble vouloir s'écraser sur elle. Prise de nausées, elle se couche sur le ventre pour que cesse cette tornade, mais c'est le lit qui se met à valser. Elle lance un cri de noyée.

— Samuel ! Samu... el !

De l'escalier extérieur, il entend son cri. Vite, il entre dans le logement, lance sur le sofa les DVD des films qu'il vient de louer et retrouve Magali qui, à genoux sur leur lit, vomit dans les draps. Dégoûté, il recule prudemment et referme partiellement la porte. Non, il n'a pas à assister à ça. C'est presque machinalement qu'il insère un DVD dans le lecteur, allume la télévision et s'effondre dans le fauteuil tout en mettant ses écouteurs pour ne plus entendre les bruits répugnants qu'émet sa blonde.

Dans la chambre, Magali se lève péniblement et, d'un pas chancelant, elle se rend à la salle de bain sans remarquer Samuel au salon. Du coin de l'œil, il la regarde passer tel un fantôme. Devrait-il l'aider à nettoyer son dégât ? Ou encore la quitter cette fois-ci pour toujours ? L'aime-t-il encore ? Il ne sait plus, il stoppe le DVD, enlève ses écouteurs pour entendre les bruits d'eau dans la salle de bain.

« L'école me coûte un bras. J'ai pas d'argent pour louer un appartement. Si je la quitte, où est-ce que je vais aller ? Ici, je suis logé presque gratos, je baise à volonté pis, faut le dire, cette fille-là je l'haïs pas. Puis j'en peux plus de la drague, des drinks à payer pour décrocher quoi ? Des nounounes la plupart du temps. Magali, elle… Elle est belle, super sexée, intelligente. Nos corps s'accordent même si nos caractères peuvent pas se blairer. Quand on fait l'amour, je voudrais que le temps s'étire, que mon érection dure et dure. Quand on est l'un dans l'autre, tout est douceur, lenteur, chaleur et volupté. J'ai lu ça certain quelque part. Plus blotti que ça, t'es dans le ventre de ta mère ! Et puis je débande. L'érection, ça dure pas assez longtemps. A-t-on jamais parlé de la tristesse du gars qui débande après l'amour ? Le prince redevient grenouille et ma princesse redevient serveuse. Nos corps n'exultent plus. Le pénis rapetisse dans le condom qui pendouille. Le teint diaphane de ma belle n'est plus que la pâleur grise d'une fille qui boit trop. Ses ongles sont sales sous le vernis. Elle m'embrasse et son haleine m'assomme ; souvent un relent d'ail, d'oignon et de mojito. Ouache ! »

Il entend Magali qui fait pipi la porte ouverte. Il a un geste d'impatience.

« Elle pisse encore la porte ouverte ! Je déteste. Mes affreux frères pissent toujours la porte ouverte quand ils vont pas uriner dehors sur les fleurs de ma mère. Le pire, Magali porte des bas de laine au lit. Nue, mais en bas de laine. Frileuse des pieds, qu'elle dit. Même en été elle a ses crisse de bas de laine. Au début, ça m'amusait. Même que je trouvais ça sexé. Maintenant, ses maudits bas refroidissent ma libido ! Quand c'est sa semaine de règles, son moral monte, descend. C'est la tempête, l'ouragan ! Faut pas que je lui parle, elle prend tout de travers. L'enfer! Et puis elle vient s'asseoir sur mes genoux, me demande de lui flatter le ventre et elle s'endort dans mes bras. Là je me sens fort et protecteur. Je l'appelle "bébé" et je l'aime.

« Si, au moins, je pouvais lui dire ce qui me dérange chez elle, elle pourrait se corriger, s'ajuster. Mais non, elle n'a pas de défauts, qu'elle dit. Je suis le seul fautif et c'est à moi de changer. Pas elle. Je comprends pas. Si elle m'a aimé moi au début, pourquoi faut-il que je devienne un autre pour qu'elle continue de m'aimer? C'est comme pour mes chums, elle le savait que j'avais ma gang, pourquoi elle veut pas que je les voie? Pourquoi elle veut que je sois tout le temps avec elle? Moi, j'ai besoin de prendre mes distances… pour mieux revenir. Et puis, elle boit trop! »

Dans le bain moussant, Magali accuse intérieurement son amoureux de ne pas la comprendre et de la forcer ainsi à noyer ses déceptions, ses peines dans l'alcool. Il refuse le dialogue, il refuse de partager avec elle ses problèmes.

« C'est peut-être de ma faute si notre couple va mal! »

Elle s'extirpe de la baignoire et crème son corps qui a trempé trop longtemps.

« Et si papa avait raison? Je pourrais retourner aux études en même temps que Samuel… »

Enthousiasmée par cette nouvelle idée, elle s'enroule dans une grande serviette pour retrouver son amoureux au salon. Elle se plante carré devant lui et, langoureusement, laisse tomber sa serviette. Elle sait le pouvoir de sa beauté. Il ne la trouve pas drôle. Elle lui bloque la vue juste dans un moment crucial du film.

— Mag! Mets une paille à ta place!

Encore mouillée et glissante de crème émolliente, elle s'assoit sur ses genoux, l'enlace, l'embrasse.

— Crisse, j'étais dans le meilleur de mon film. Tu me respectes pas là !

— Arrête ton film, tu le finiras plus tard… Je passe avant, je pense. Y a rien que j'haïs plus que de me faire rejeter pour l'ostie de télé…

Irrité, il la repousse. Elle est à la fois étonnée et un peu effrayée.

— C'est un film que j'ai loué… pas la télé !

— Je passe avant pareil !

Il hausse les épaules et se remet à l'écoute de son film. Elle est furieuse.

— Et puis va donc chier !

Elle retourne à sa chambre, en ressort avec les draps salis pour les flanquer dans le lavabo.

***

Une heure plus tard, Samuel se compose un sandwich pastrami et gruyère, et comme si de rien n'était :

— Je t'en fais un aussi ?

Elle le rejoint à la table et lui fait un vague signe affirmatif.

— Qu'est-ce que tu voulais me dire tantôt, chérie ?

— Rien.

— Je te connais, t'avais quelque chose à m'annoncer.

— J'ai changé d'idée.

Il lui touche la main. Elle s'en dégage, détourne les yeux, l'air boudeur.

— Regarde-moi.

— Non !

— Qu'est-ce que tu voulais me dire, mon amour ?

Quand il prend sa voix de velours, qu'il dit « mon amour », elle fond littéralement.

— J'ai tout mon temps. Viens. On mangera tantôt…

Il l'entraîne vers le sofa, l'allonge et s'assoit dans le fauteuil tel un psychiatre avec sa patiente. Peut-être joue-t-il la comédie ?

— Je t'écoute…

— Je voulais… Je pensais retourner aux études moi aussi… peut-être. On serait deux étudiants, on quitterait la vie des bars… Je pense que je suis allergique à la boisson.

Samuel se lève pour ramasser des magazines sur le tapis. Il lui faut gagner du temps.

— Tu veux de l'eau ?

— Tu m'écoutes pas !

Il se rassoit cette fois à côté d'elle pour ne pas la regarder dans les yeux.

— Si tu travailles pas et moi non plus… qui va payer le loyer pis la nourriture pis le gaz pis…

— Mon père ! Il m'a toujours dit que, si je retournais aux études, il me ferait vivre.

— Toi, pas moi !

— Je te parle d'études, tu me parles d'argent…

— Pour faire des études faut de l'argent.

— Sam, m'aimes-tu ?

— On parle d'études !

— Moi je t'aime. Tu le sais hein que je t'aime ?

— Oui je le sais.

— Alors le reste, on va s'arranger. C'est l'amour qui compte. L'amour guérit tout.

— J'imagine oui…

« Je suis un lâche. Pire que mes frères. Moi, je sacre pas, je me bats pas, mais je me laisse enfirouaper par

147

une fille que… C'est pas que je l'aime pas. Dans le lit, c'est super, mais la cohabitation… C'est comme si on avait été sur un nuage puis que là, le nuage est crevé, on se retrouve dans la flotte. C'est rendu qu'elle mange l'air que je respire. Faut toujours être ensemble ! Collés ! Ben serrés ! Avant c'était correct, on se connaissait pas, fallait faire connaissance par le toucher, par le cul. Mais là, décolle, sangsue ! Au début, c'était ben correct de parler tout le temps, on se racontait nos vies, mais astheure, on s'est tout dit. Qu'est-ce qu'on pourrait se dire de plus ? J'ai juste vingt-cinq ans, je commence ma vie. Est-ce que c'est ça que je veux, m'engager pour… longtemps ? Plus le droit de sortir tard. Plus le droit de m'amuser. Plus le droit de draguer. Plus le droit de coucher avec une autre fille ? Plus jamais manger ce que je veux, pire aux heures que je veux. Toujours lui dire où je suis. Me rapporter si je suis en retard. La prison, ça doit être mieux. En plus, je déteste qu'elle me dise quoi faire dans tous les petits détails de la vie, qu'elle s'attende à ce que je lise dans ses pensées, qu'elle s'inquiète pour des riens. Et pis, quand j'ai une idée et qu'elle me coupe par un : "Veux-tu savoir ce que j'en pense ?" Elle attend pas ma réponse, elle me donne son avis, elle est déçue si je pense pas comme elle. Elle s'acharne à me prouver qu'elle a raison. Comme moi aussi je veux avoir raison, ben on se chamaille. Avoir toujours raison, tenir son bout, c'est ce qui tue le couple d'après moi. Magali est jamais contente de moi. Je fais jamais rien à son goût. Non, vraiment, je sais pas ce que je fais avec elle… »

***

Vêtue d'une minirobe noire moulante et décolletée, Magali admire sa silhouette dans le miroir. Elle se sent mieux quoique encore un peu chambranlante.

« C'est sûr qu'il y en a des plus belles que moi, des plus minces, mais des plus sexées, ça non, y en a pas. Sam aussi est sexé. Il est tellement beau, puis cool. On est un couple sexé. C'est pas le plus grand baiseur, mais bon, il est à la bonne école. Le plus excitant : toutes les filles le veulent et c'est moi qui l'a ! Mais il est plus comme avant et il change de jour en jour. Je lui ai tellement dit qu'il était sexé que, maintenant, il le croit. Au début, il regardait que moi. Maintenant au bar, je le vois bien qu'il reluque les filles, qu'il fait du charme aux plus pétards. Si j'étais pas là à le surveiller du coin de l'œil... Pourquoi il est plus comme avant ? On était si heureux avant. On était sur une brosse d'amour. Juste le frôler du bout des doigts, j'avais des frissons. Qu'est-ce qui est arrivé pour qu'on dessoûle ? Ça se peut-tu qu'il soit moins beau ? Ça se peut-tu que son nez ait allongé ? Là, je le trouve pointu, un peu trop pointu. Il se fouille dedans des fois, je voudrais le tuer. Il faisait pas ça avant. Puis la nuit, il grince des dents. Ça m'énerve ! Puis il pète. Ce beau grand corps qui pète ! Clara a peut-être raison, l'amour ça dure pas, ben cet amour-là, le seul que je veux, le seul qui est le fun. Non, nous deux, ce sera pas pareil. Clara connaît rien à la passion, elle est mariée depuis cent ans au même homme et elle a pas mes exigences. Moi, je veux l'amour avec un grand A et je vais l'avoir. J'ai toujours ce que je veux. J'appelle papa ! Il va être content que je reprenne mes études, et Samuel va vivre avec une étudiante en notariat. Notaire, c'est mieux que serveuse pis qu'acteur. J'ai lu que la moyenne du salaire annuel d'un acteur était de treize mille dollars par année. Je vais lui prouver à Clara que les jeunes sont pas aussi nonos qu'elle le pense. Faut que je parle du loyer à Samuel... Je pensais jamais que j'en viendrais à parler d'argent avec mon amoureux. C'est peut-être que je suis plus amoureuse ? C'était si simple avant. »

15

Pour une fois, Nicolas a confié les rênes de son restaurant à son jeune chef pour s'offrir un week-end au chalet avec Nancy. Une brise entre par la fenêtre panoramique de leur grande chambre et le soleil se faufile jusqu'au lit. Ils s'enlacent, se caressent, se cajolent; ils savent très bien qu'en cette grasse matinée ils vont finir par faire l'amour – toujours de la même façon, comme on reprend un chemin fréquenté depuis toujours. Il connaît ses zones érogènes, elle sait ce qui l'excite. Chacun s'applique à faire plaisir à l'autre avec des préliminaires tout doux, sans pénétration. Et puis le désir se faisant plus impérieux, elle le chevauche et, tout de suite, il la retient d'une main et de l'autre ouvre le tiroir de sa table de chevet.

— Attends, attends…

— Oh mon amour, non…

— Ce sera pas long.

— Qu'est-ce que tu fais?

— Un condom… Je dois mettre un condom.

D'un coup de rein, elle se retire, horriblement vexée.

— C'est une farce?

— Je te truste pas. Je le sais que t'as arrêté la pilule!

Elle se lève d'un bond, attrape sa robe de chambre, qu'elle enfile en jetant un œil furieux à son conjoint, qui tient entre ses doigts le condom qui a éteint son désir.

— La vérité choque.

— Tu fouilles dans mes affaires maintenant ?

— Veux-tu m'écouter une minute… Reviens ici !

— T'as compté mes pilules !

— J'ai vu que t'as pas renouvelé ton ordonnance depuis deux mois, c'est toujours la boîte avec la même date dans l'armoire.

— Tu m'espionnes ?

— Écoute-moi.

— Toi, m'écoutes-tu ?

— Tu vois comment tu es ?

— Je suis comment ?

— Pas parlable !

— Toi t'es parlable peut-être ? Dis-le donc tout de suite que tu m'aimes plus.

— Je peux pas dire ça, c'est pas vrai.

— Je veux un bébé…

— Je peux ne pas vouloir ce que tu veux et t'aimer quand même.

— Non ! Si tu m'aimes, tu veux mon bonheur.

— Et toi, si tu m'aimes, hein ? Tu le sais que j'en veux pas d'enfants…

— o.k. d'abord on s'aime pas ! On va se séparer et je vais trouver quelqu'un qui va m'en faire un bébé.

— Le beau gynéco martiniquais de ta clinique, peut-être ?

— Bonne idée, tiens ! Écoute chéri, je veux un enfant… de toi. Je nous vois avec des enfants, ici, heureux. Clara dit toujours qu'un couple doit avoir un projet commun. Y a pas de plus beau projet commun qu'un enfant !

— Clara dit aussi que jamais un enfant a sauvé un couple qui va mal.

— Nous autres ce sera pas pareil. Nicolas, je vais t'aimer dix fois plus…

— Parce que j'aurai fait ce que t'as voulu. T'as pas eu beaucoup de « non » dans ta vie, hein ?

— Ce que je demande est tellement raisonnable, tellement normal. Je suis une femme, j'ai des ovaires, un utérus, un vagin, des seins…

— Tu lâches pas, hein ?

— Toi non plus !

— Tu recommences.

— C'est toi qui recommences là.

Visage fermé, il abandonne le duel d'accusations qui ne mène nulle part. Il s'habille en vitesse, annonce qu'il va préparer une super omelette aux cèpes pour le petit-déjeuner et quitte la pièce.

Nancy s'enferme dans la salle de bain. Si elle est en colère contre Nicolas, elle l'est encore plus contre elle.

16

L'ambiance est glaciale dans le potager malgré la journée chaude. Clara et Étienne travaillent côte à côte depuis trois heures sans se regarder ni se parler. N'en pouvant plus du silence pesant, elle se plante devant lui.

— Tu voudrais quoi ? Que je reste ? Dis-le donc si tu veux pas que j'aille à Toronto !

Il est éreinté – il a passé la nuit précédente couché sur des cartons dans une ruelle à Montréal. Mais ça, il ne le lui dira jamais. Il fuit son regard, il ne veut pas entrer dans l'arène, il ne se battra pas.

— T'es libre.

— C'est pas Claude que je vais voir, c'est le petit. Notre petit-fils, Gabriel.

— C'est même pas un vrai !

— Quand l'amour se présente, on demande pas d'où il vient, on le prend.

— Vas-y, mais je veux pas en entendre parler.

— Je peux y aller ?

— Que je le veuille ou non, tu vas y aller pareil, mais reviens pour la livraison de paniers jeudi. Puis prends l'avion, c'est loin Toronto en auto. Je vais aller te reconduire à l'aéroport.

Elle ne comprend plus rien. Y aurait-il un piège ? Non. Il n'est pas du genre à la piéger.

— Mon avion est à huit heures demain matin. Faut que je sois là trois heures avant.

— T'as déjà ton billet ?

— Ben oui. Par Internet. J'aurais encore pu l'annuler si t'avais pas voulu.

— Me semble, oui !

Clara a cru sentir un brin d'humour, et quand il y a de l'humour, il y a de l'espoir... Elle l'enlace, lui souffle à l'oreille :

— Je te comprends pas, mais je t'aime pareil.

— Je te comprends pas, mais je t'aime pareil.

— Faudrait qu'on se parle si on veut se comprendre.

— On a pas le temps, on a du travail...

Ce soir-là, elle écrit dans son cher journal.

🖋 Demain, je vais connaître mon petit-fils, mon ange Gabriel. Claude va venir me chercher à l'aéroport avec sa... son... mari. Non, ça voudrait dire qu'il est la femme dans le couple et il n'a rien d'une femme, à moins que ce soit Claude le mari et elle, lui... la femme. STOP ! Ne plus me poser de questions dont je n'ai pas les réponses. Accepter les faits tels qu'ils sont. Mon fils et un homme forment un couple et ils ont un enfant. D'une manière ou d'une autre, c'est une famille que je vais aimer. Point. C'est plus facile à écrire qu'à vivre. Est-ce que je pourrai y arriver ? Je ne suis pas une sainte. Moi aussi, le nouveau, l'inconnu me dérange. J'ai beau avoir lu sur l'homosexualité, il reste que des gais j'en ai jamais fréquenté. Il faut que je garde l'esprit ouvert ! Grand Dieu que je vais essayer de ne penser qu'à cet enfant qui ne demande qu'à être aimé. Comme je vais l'aimer même s'il est… comme mon fils. Et pourquoi serait-il comme son père ? L'homosexualité ne s'attrape pas, pas plus que l'hétéro-sexualité. La preuve : Claude est le produit d'Étienne et de moi, un couple hétéro.

Je pars quand même infirme. Privée de ma moitié, je boite. J'ai hâte à demain. Je sens que ma vie déjà comblée va déborder de bonheur. On va finir par se parler, Étienne et moi, et ça va se terminer comme chaque fois qu'on se parle ; il va comprendre. J'espère !

***

Clara tente de repérer son fils Claude parmi les voyageurs. Elle ne le voit pas, regarde à la ronde, proche de la panique. Des larmes lui montent. Non, elle ne va pas pleurer ! Elle opte pour une direction et revient sur ses pas. Finalement, elle se laisse choir sur un banc, sort de son sac à main son carnet d'adresses et son portable, puis elle l'aperçoit derrière une poussette. Il a la tête rasée pour cacher un début de calvitie et a fière allure, avec sa barbe de trois jours, ses lunettes noires de style aviateur, son jean noir bien coupé et son veston décontracté de lin blanc. Il est très élégant, très mode. Elle court vers lui, ils s'enlacent tendrement, longuement. Elle s'en détache pour le regarder dans les yeux.

— C'est toi ! C'est bien toi ! Mon petit gars !

— Je suis en retard, le petit a régurgité juste comme on partait, j'ai dû me changer, je m'excuse. Laisse-moi te regarder en entier. Depuis des années que je te vois juste le haut du corps à l'écran de l'ordi… T'es belle, maman ! Tu vieillis pas !

— Arrête ça !

Rouge de plaisir, elle se penche vers la poussette, où un bébé dort, sucette en bouche.

— C'est Gabriel ?

— C'est lui ! Comment tu le trouves ?

— Il est... spécial.

— Comment ça, « spécial » ?

— Je l'avais imaginé autrement.

— Blanc ?

— Oui... comme toi et moi.

— Eh bien, il est jaune avec des yeux en amande et des petits cheveux noirs ben raides sur le coco ! Il est du Vietnam.

— Il est beau. Vraiment beau.

— Je le trouve splendide. Et c'est pas parce que c'est le mien.

L'enfant ouvre les yeux et bâille tout en étirant ses petits bras. Clara s'accroupit, lui caresse d'un doigt sa joue ronde.

— C'est mamie ! Je suis ta mamie ! Il me sourit... Claude, il me reconnaît ! Il a quel âge ?

— Sept mois.

— Je peux le prendre ?

Claude sort son fils de la poussette pour le tendre délicatement à sa mère. Elle le bécote, lui murmure des petits mots d'amour, le serre contre son cœur, lui fait des sourires, des grimaces puis...

— Ouf ! Il a besoin de changer de couche.

— Il y a pas de table à langer dans les toilettes des hommes. Sorry mom ! Je te donne une couche et tout ce qu'il faut.

Tout en cherchant les toilettes des femmes, Clara s'inquiète, puis :

— Euh, l'autre, ben l'autre… ton, ton… Il est pas là ?

— Francis travaille. Il était pas prêt à s'occuper d'un enfant à temps plein, ça fait qu'il travaille, lui. Tu vas le voir au souper. Gabriel lui ressemble, c'est un rouspéteur comme lui.

— Ça va bien vous deux ? Votre couple ?

— Oui. On est en période d'ajustement. Depuis la venue du bébé, il trouve que je le néglige, je trouve qu'il s'implique pas assez. Ça va s'arranger… Papa et toi, ça s'est toujours arrangé, non ?

— La toilette des femmes. Je vais aller le changer.

— Pas pour un autre j'espère ! Gabriel, c'est mon fils à moi, comme je suis ton fils à toi.

Clara cache dans le visage de Gabriel ses larmes de joie.

***

Dans la fourgonnette Mercedes, Clara jette souvent un œil vers la banquette arrière, où Gabriel roupille en tétant sa suce. Elle revient à son fils qui – comme s'il voulait reprendre les années perdues – est particulièrement bavard.

— C'est pas juste les femmes qui ont une horloge biologique, les gars aussi. Pas tous, mais plus que tu le penses. J'ai toujours rêvé d'être un papa, mais comme j'aime les hommes, c'était pas possible. De vingt à trente-cinq ans, j'y ai pas trop pensé. J'ai travaillé comme un fou pour devenir cadre de ma compagnie d'engineering. J'ai couru la galipote, pas mal merci ! Des passions, j'en ai eu. Un gars après l'autre. Des amours qui durent pas. Je me suis tanné. C'est pas ça que je voulais. Je voulais une vie de couple simple, remplie de tendresse, comme la vôtre, puis je voulais un enfant à aimer. Comme vous m'avez aimé. J'ai eu envie de faire la même chose que vous, d'être heureux comme vous. Pendant les cinq dernières années, mon désir d'enfant était tellement fort ! Mais l'élever seul, pas question. Je voulais qu'on soit deux, qu'on lui présente la meilleure image possible d'un couple. Je suis pas fou. Je sais que l'idéal c'est un papa et une maman, mais le second idéal, c'est deux papas ou deux mamans, non ?

— L'idéal, c'est l'amour, d'où qu'il vienne.

— Ça fait que je suis parti à la chasse, mais sérieusement cette fois-ci. Je voulais un amoureux qui embarquerait avec moi dans mon projet de paternité. Ç'a pas été facile. Les gais sont pas habitués de se faire dire après l'amour : « Je veux être père, je me cherche un partenaire qui désire aussi un enfant. » Il y en a qui riaient de moi, d'autres me décourageaient, d'autres pensaient que j'étais tombé sur la tête. Puis, miracle, il y a deux ans, dans un sauna… Je te scandalise pas là, maman ?

— Tu me surprends, mais non, tu me scandalises pas.

— Ça me fait tellement de bien de te parler de moi librement, en personne, sans mentir, ni masquer la vérité. Toujours est-il que… J'étais au sauna, je rencontre un gars…

— Un gai ?

— Ben oui !

— Il aurait pu ne pas être gai ! Il y en a qui fréquentent les saunas qui sont pas gais à plein temps. Ta mère est pas née de la dernière pluie. Et puis, depuis que je sais que tu l'es… eh bien gai, comme tu dis, j'ai lu pas mal de livres, des articles là-dessus. Continue, mon chéri…

— Je lui ai fait ma demande et il a pas dit non. Il venait d'une grosse famille et il était fou des enfants. Il reconnaissait que ce qui était le plus difficile dans l'homosexualité était de se priver d'être père. Il m'a mis ses conditions. Il fallait qu'on se fréquente un bout pour savoir si on ferait un bon couple, qu'on se marie…

— T'es marié?

— Non. Je trouve ridicule d'imiter les hétéros. Je préfère inventer notre couple et notre paternité. J'ai fini par en convaincre Francis, mais je sens qu'il va un jour remettre l'idée du mariage sur la table.

Clara boit les paroles de son fils. Elle veut à tout prix redécouvrir cet homme mûr qu'il est devenu. Surtout ne pas le juger.

— On a cohabité pour tester si on pouvait vivre le quotidien. On a passé au travers… enfin avec les mêmes difficultés que beaucoup de couples, je dirais.

— La répartition des tâches, l'argent, les sorties… l'égalité.

— Oui. L'égalité, ça c'est facile, on est deux hommes, il y en a pas un qui sert l'autre, il y en a pas un qui veut dominer l'autre.

Elle se mord la langue. Ce n'est pas le temps de lui dire que, chez les humains, dès que deux êtres sont en présence l'un de l'autre, il y a forcément lutte de pouvoir, lutte de territoire. Non, elle reste en mode écoute.

— Et puis?

— On s'est mis en quête d'un enfant. Je le voulais bébé naissant, lui il le voulait après les couches. J'ai réglé le conflit en lui disant : « On prendra ce qu'on pourra avoir. » Et puis on a cherché… cherché… Je te passe les détails, toutes les démarches qui avortent dès qu'on se déclare un couple gai. Finalement, Gabriel est là.

— C'est tout ce qui compte.

— Je suis heureux, m'man, tu peux pas savoir comme je suis heureux. Puis je suis heureux que tu sois là, que tu connaisses ton petit-fils, que tu le trouves de ton goût. Ça te fait pas peur qu'il soit asiatique?

— Non! Je suis heureuse de te savoir heureux. Je t'aime tant.

Il se gare sur l'accotement. Des larmes lui sont venues qui lui brouillent la vision; pudique, il regarde ailleurs.

— Qu'est-ce qu'il y a?… Claude…

— Il y a pas de windshield wipers pour les yeux. Merci d'être là, maman. Merci! Il manque juste papa.

De la main, elle force son fils à la regarder et elle essuie ses larmes.

— Ton père, faut le comprendre…

— Il me comprend-tu, lui?

— C'est pas toi qu'il comprend pas, c'est lui.

Il lui sourit tristement en redémarrant. Le rejet de son père, il a su s'y adapter, mais revoir sa mère en chair et en os lui rappelle douloureusement l'abandon paternel.

La fourgonnette se gare dans l'entrée d'un townhouse coquet de brique rouge, entouré d'arbres et de bosquets de fleurs. La porte d'entrée s'ouvre sur Francis, l'amoureux de Claude, un grand Noir genre joueur de basketball. Rapidement, il descend les quelques marches pour ouvrir familièrement ses bras à sa belle-mère et l'accueille avec des mots anglais.

17

Un beau dimanche matin de juillet. Mireille est allongée au soleil sur une chaise longue, et Robert, en bedaine, bermuda et bas courts dans ses sandales, à l'aide d'une longue épuisette, retire les saletés de l'eau de la piscine. Derrière leur haie de cèdre, chez leur voisin de droite, retentissent les cris assourdissants des ados sur un trampoline. Du côté gauche, des enfants plongent et se chamaillent dans une piscine hors terre. Ennuyée par le boucan, Mireille se lève tout en zieutant son mari. Sans le quitter du regard, elle enlève sa robe de bain telle une strip-teaseuse, dévoilant son maillot de bain tout neuf acheté dans un sex-shop. Mais il poursuit sa cueillette de déchets comme s'il s'agissait de mines antipersonnel. Même pas un coup d'œil en coulisse à sa femme. Piquée, elle s'avance vers le bord de la piscine et, sous prétexte de vérifier la température de l'eau, elle y plonge son gros orteil tout en se tortillant pour mettre ses plantureuses courbes en valeur. Rien n'y fait. Il l'ignore totalement. Elle entre dans l'eau, se laisse flotter sur le dos, ses seins comme des bouées de sauvetage pour un homme à la queue paresseuse.

— Viens me rejoindre. L'eau est tellement bonne!

Elle se souvient que, très souvent, la piscine a fait partie de leurs préliminaires sexuels. Il ne lui répond pas. Elle est déçue.

« C'était le fun la piscine parce que c'était rare qu'on l'ait à nous deux, seuls. On pouvait se livrer à des cochonneries sous-marines. Maintenant que les enfants sont partis, qu'on a la piscine à nous deux, monsieur se baigne plus pantoute. Il a toujours été excité par mes maillots sexés, pis je l'ai payé une fortune ce maillot-là et il me regarde même pas. Il m'aime plus, c'est clair. Je suis laide, trop grosse, trop vieille. Et puis je suis plus une femme, je suis une ménopausée ! Bonne à jeter aux vidanges ! À quoi je sers si je peux même plus exciter mon mari ?

« Avant, du temps que les enfants vivaient à la maison, je me sentais utile, nécessaire même. Notre vie était remplie par eux, par leurs bons coups comme par leurs mauvais. Comme Jonathan jouait au hockey et que Geneviève étudiait le ballet, on les voiturait, les encourageait, les consolait. On avait pas de vie ; on vivait pour les enfants. Et quand on avait un petit moment à nous deux, on en profitait au boutte. Quand ils ont quitté la maison, c'est comme si on nous avait amputés des deux bras. Bien sûr, on a fait semblant d'être heureux de se retrouver en couple, mais on est morts. Je suis morte. Non, moi je suis pas morte puisque je suis pleine de désirs pour Bob. Lui ? Il a plus de vie entre les jambes ! Des érections artificielles, j'en veux pas. Je veux que ce soit moi qui les provoque ses érections, pas une maudite pilule bleue. »

— Bob, t'as eu des nouvelles des enfants ?

— Non, toi ?

— Non.

— Ils appellent pas souvent.

— Faut croire qu'ils s'ennuient pas.

— Tu leur as pas téléphoné toujours? Je t'avais dit de les laisser tranquilles.

— Non, j'ai pas téléphoné.

— Moi non plus.

La conversation est terminée. Ils ne savent plus quoi se dire. Robert range son épuisette sans regarder Mireille.

— Je vais aller faire un tour.

— Voir ta maîtresse?

Il hausse les épaules et la laisse mijoter dans le doute. Elle sort de la piscine, se trouve tout à coup ridicule dans son maillot rouge métallique qui met surtout en valeur ses riboudins de graisse. C'est d'un œil mauvais qu'elle le regarde entrer dans la maison.

« Demain, je me mets au régime. Plus de peanuts, de chips, rien que des bâtonnets de carotte et de céleri. Pis non, au diable la diète! Il en fait-tu une diète, lui? Y a pas juste moi qui a engraissé, lui aussi il est gros. Puis moi je l'aime pas moins pour ça... C'est vrai qu'un bedon d'homme c'est impressionnant, ça donne de la prestance, tandis que le gros ventre d'une femme... »

Sonnerie du téléphone qui est sur la table de la terrasse. Mireille s'enfarge, se heurte le petit orteil et prend l'appel en même temps que Robert, qui décroche dans la cuisine.

— Allô!

— Allô!

— C'est Jonathan.

— Puis Geneviève. On veut juste vous dire qu'on s'ennuie de vous autres puis qu'on vous aime même si on appelle pas souvent.

— Vivre en ville c'est excitant. On a toujours quelque chose à faire. Si vous saviez… Puis nos jobs d'été, ça prend beaucoup de notre temps.

— Geneviève, oublie pas que t'es allergique aux agrumes… Dans les cocktails, il y en a des fois…

— Ben oui, maman !

— Jonathan, c'est papa, oublie pas tes c-o-n-d-o-m-s. Les filles de la ville, tu sais comment elles sont, elles sautent sur les gars…

Les deux jeunes sont déçus, ils appelaient dans le fond pour se faire dire : « On s'ennuie de vous autres et on vous aime », mais les parents sont tous pareils avec leurs maudites recommandations, leurs jérémiades, quand ce n'est pas : « Vous appelez pas assez souvent… On vous voit plus… »

— Venez souper, les enfants ! C'est dimanche. Votre père va faire un barbecue. On a des gros steaks et je peux faire un shortcake aux framboises.

— o.k. On a justement le goût de manger de la vraie bonne nourriture de maman et papa. On va arriver par l'autobus vers six heures. Bye !

— Bye !

Le couple raccroche, heureux. Robert sort sur la terrasse.

— T'as entendu ?

— J'ai entendu.

— Tu vois, tu te faisais des drames pour rien, ils nous ont pas oubliés.

— Ils nous aiment.

— Ben oui, un grand amour, ça part pas tout d'un coup.

— Non, hein ?

— Écoute Mimi, enlève c't'affaire-là, c'est tout mouillé, habille-toi comme du monde, j'aimerais te parler.

Elle est certaine qu'il va lui avouer une infidélité ou deux ou plusieurs. Elle enfile son peignoir de bain et se dirige vers la maison.

« Il est macho, mais il parle de ses émotions. Moi aussi. On est un couple qui s'exprime… fort ! »

***

Elle a revêtu un short et un chemisier transparent sur un soutien-gorge pigeonnant de dentelles noires. Elle a voulu faire sobre. Elle le rejoint au salon climatisé et s'assoit dans un des fauteuils de cuir. Il semble embarrassé. Elle s'attend à des révélations importantes, elle espère même les connaître, ses fameuses rivales, afin de sauter à pieds joints dans un drame qui mettrait un peu de piquant dans leur quotidien. Les drames, ça brasse les couples ! Elle espère déjà des torrents de larmes suivis de cascades de rires qui deviendront des cris d'émois langoureux dans le lit. Mais il semble vouloir gagner du temps.

— Faut pas que j'oublie de sortir les gros steaks du congélo ! Ton fils, il est comme moi, un gros mangeur de viande rouge, mais ta fille elle… elle a assez peur d'être grosse qu'elle mange comme un oiseau… Tu lui feras une crevette ou deux.

— Qu'est-ce que tu voulais me dire ? Pis je sais pas si je veux entendre ce que tu vas me dire.

— J'en ai pas de maîtresse !

— Ça se peut pas. Si tu couches pas avec moi, faut que tu couches avec une autre.

— Pourquoi ?

— Parce qu'un homme c'est de même.

— C'est comment un homme?

— Ça pense toujours à ça.

— À seize ans oui. Après ça se calme. Je suis calmé. Je pense que c'est ça que j'ai, je suis calmé.

— T'es supposé être en plein démon du midi !

Le téléphone sonne, Mireille prend l'appel.

— Allô?

— C'est Geneviève. Sais-tu là, maman, on est bien embêtés. Mon boss vient de m'appeler, je dois remplacer une employée malade. Pis Jonathan est parti aider son chum à déménager. On pourra pas aller souper finalement.

— C'est correct, ma puce. De toute façon, on avait annulé un barbecue chez des amis, on va pouvoir y aller finalement. Ça va être le fun…

— T'es fâchée?

— Moi? Pas du tout !

— Papa veut qu'on travaille pour payer nos études. Il va comprendre, lui.

— Ben oui. Il comprend tout, ton père.

— À la semaine prochaine. Peut-être…

— C'est ça. Peut-être la semaine prochaine. Bye.

— Bye.

Ils ne sont pas surpris. Déçus, mais pas surpris. Les parents, ça passe après, quand il n'y a rien d'autre à faire, ni personne d'autre à voir, quand on a besoin d'argent ou de se faire consoler d'une peine d'amour.

« Un autre dimanche plate en perspective. Je vais faire ma sauce à spag avec des boulettes épicées pour passer le temps. Il va s'affaler comme un gros lard devant la télé et regarder son sport en buvant de la bière. Je vais lui préparer une assiette. Il va manger devant la maudite télé ce que j'ai mis des heures à cuisiner, sans l'apprécier, comme pour se débarrasser d'une corvée. Il va me dire "Délicieux !" sur le même ton qu'il le dit depuis qu'on est mariés. C'est rendu que ce mot-là me donne le goût de tuer. Et puis il va monter se coucher tôt pour dormir avant que je me couche, au cas où j'y demanderais de s'exécuter. S'exécuter ! Il a-tu toujours fait ça avec moi, s'exécuter ? Si la nuit je me frotte contre lui, il me repousse en se virant de bord. Si je lui touche le pied, il le retire comme s'il avait pilé dans une bouse de vache. C'est vrai qu'avec mes maudites chaleurs, je suis une vraie fournaise. Bon, il se lève. »

— Où tu vas ?

— Je vais regarder la télévision en haut.

— Je vais aller la regarder avec toi d'abord.

— C'est du base-ball. T'aimes pas ça.

— Bob !

Elle tire sur son bermuda et lui tend la main. Il hésite avant de s'asseoir à ses côtés. Elle place sa main sur un de ses seins. Il la retire vite fait.

— T'as mal au cœur de moi ?

— Non !

— C'est quoi d'abord ?

— Rien ! C'est rien ! Tu comprends pas, un homme c'est pas une femme.

— Je sais.

— Ben non, tu sais pas. Ç'a pas l'air que tu sais, sinon tu me laisserais tranquille.

— T'as toujours aimé ça me tamponner.

— Là j'aime plus ça. C'est-tu clair ?

— Tu m'aimes plus.

— J'ai pas dit ça.

— Tu dis quoi, maudite marde ? Qu'est-ce que tu voulais tant me dire quand tu pensais que les enfants venaient souper ? Que t'avais pas de maîtresse ? Puis après ?

— Ça me tente plus…

— Je te tente plus ?

— Non, pas toi… le sexe. Le tien puis les autres. J'ai plus de désir pantoute. Puis je veux que ça reste entre nous, que tu contes pas ça à personne, surtout pas au salon de coiffure. Ça regarde personne, nos affaires de couchette.

— Ah c'est ça. T'as mal au cœur de moi, mais il faut pas que ça se sache ?

— Je suis en panne, Mimi ! Je vais me faire dépanner. Ça va revenir comme avant.

— Il y a des garages pour pénis ramollis ?

— Il y a des docteurs.

— T'en vois un ?

— Une ! C'est une femme médecin, c'est elle, la prescription pour le Viagra.

— Tu parles de nos histoires de couchette avec une autre femme ?

— Un docteur !

— Femme !

— Je t'aime, Mimi.

— Ça se dit bien ça, je t'aime. Ça en bouche un coin. Je te trompe, mais je t'aime. Va dire ça aux pompiers, ils vont t'arroser. Tu me donnes des chaleurs. Fais de l'air !

Envahie par une bouffée de chaleur, elle enlève son short et son chemisier, qu'elle foule du pied. Elle ouvre brusquement la porte moustiquaire de la terrasse, se débarrasse de son soutien-gorge et court se jeter dans la piscine. Découragé, malheureux, la queue basse – et ce n'est pas un euphémisme –, il monte à la chambre, allume la télé et s'étend de tout son poids sur le couvre-lit en satin embossé.

« On a pus les dimanches qu'on avait. Avant, du temps que je bandais, on se levait toujours de bonne humeur parce qu'on savait que, l'après-midi, on ferait une sieste sexée, porte barrée. Juste savoir ça, ça nous mettait du pep dans le toupet dès le déjeuner. On se frôlait, on se bécotait, on se caressait dans le dos des enfants. On s'émoustillait. On payait le cinéma aux enfants, et quand ils étaient partis… Youpi ! À leur retour, on était rassasiés pour la semaine. Je m'ennuie de ces dimanches-là. Je l'aime pas moins, ma Mimi. Je la trouve toujours aussi fine… mais juste entre deux chaleurs. C'est moi, il paraît. C'est pas mon pénis en tant que tel, la docteure m'a fait passer tous les tests et il est en parfaite condition, c'est dans ma tête, ç'a l'air. Qu'est-ce que j'ai dans la tête de pas correct ? Puis si c'était vrai, ce que la docteure dit, et que c'est Mimi qui m'excite plus ? La chanson d'Aznavour *Tu te laisses aller*, c'est ma femme tout craché. Elle a plus la taille qu'elle avait, elle en a plus pantoute de taille. Moi non plus, faut dire, mais moi c'est pas pareil. Je suis un costaud. Elle, elle est grosse. Puis elle a pris un coup de vieux. Même si elle se fait teindre, je le vois bien que sa repousse est grise. Moi, j'ai pas de cheveux gris. Faut dire que j'en ai plus beaucoup de cheveux, rien qu'une petite couronne autour du coco, mais au moins je me teins pas. Ça se peut pas que ce soit parce qu'on vieillit qu'on désire plus. Je vois des hommes de soixante-cinq ans avec des jeunes filles et ils bandent ; ils font des enfants. C'est autre chose, mais je sais pas quoi. Astheure qu'on a le temps, qu'il y a plus d'enfants dans le chemin, qu'on pourrait faire l'amour à toute heure du jour… ça me le dit plus. Je peux pas croire que je guérirai pas. Je peux pas croire que je vais rester pogné de même. Au diable le base-ball, je vais me mettre sur mon trente et un, je vais sortir et je reviens pas tant que j'ai pas trouvé si c'est moi ou elle la cause. »

18

C'est le début d'août, il reste un grand mois d'été. Dans le potager luxuriant, Clara et Étienne s'activent à cueillir petits fruits et légumes pour une livraison de paniers. Ils ne se parlent pas. Une armure de glace les entoure. Elle se relève et fixe le dos courbé de son compagnon. Elle est triste, extrêmement déçue par l'hermétisme d'Étienne depuis son retour de Toronto. Elle lui lance comme un poignard :

— Il a sept mois ! Il s'appelle Gabriel ! Il est beau comme un cœur…

Étienne répond tout en poursuivant sa besogne :

— Tu m'en parles pas !

— C'est pas parce qu'on parle pas de quelque chose que ça existe pas. T'as un petit-fils que tu le veuilles ou non. Et j'ai l'intention de le voir le plus souvent possible.

— Eh bien, ce sera lui ou moi. Choisis !

Elle lui décoche un regard malveillant, lui crie :

— Je choisis les deux !

Elle continue à mettre en bottes les radis fraîchement cueillis. Elle fulmine.

« Pourquoi ? Pourquoi il est comme ça ? Je comprends pas. Il est intelligent, ouvert, pourquoi il se braque autant ? Pourquoi il punit notre fils unique d'être ce qu'il est, puisqu'il peut pas être autrement ? Pourquoi il me punit, moi ? Est-ce que j'ai voulu ça, moi, que mon fils soit différent ? Bon, il me fixe. Il va faire comme toujours quand on se chicane, il va faire comme si de rien n'était. Ça m'énerve ! »

Elle choisit de prendre les devants, alors qu'il empoigne un panier rempli d'aubergines et de courgettes.

— Ne fais pas comme si de rien n'était. Cette fois-ci, tu vas me parler, tu vas me dire pourquoi t'en veux à Claude et pourquoi tu veux ignorer son bébé.

— Parler en même temps que travailler, ça va pas vite, puis t'as une livraison aujourd'hui.

C'est avec rage qu'elle se jette sur les fèves, les arrache pour les lancer dans un panier. Il est ébranlé, mais il joue la carte de l'indifférence.

— Je me coucherai pas ce soir sans savoir ce qui t'empêche de voir ton petit-fils. T'as besoin d'avoir une maudite bonne raison.

— C'est assez de fèves jaunes. Mets-en des vertes aussi.

— Des fois, toi ! Des fois !

— Toi aussi, des fois !

« Je me tais, j'ai trop peur de ce qui pourrait arriver, de ce que je pourrais décider sous le coup de la colère. Je le connais, orgueilleux comme il est, il serait capable de me laisser partir, et c'est pas lui qui viendrait me chercher. J'ai toujours fait les premiers pas, je lui ai toujours obéi. Quand je pense que j'ai accepté de pas revoir mon fils pendant des années parce qu'il me l'avait défendu, et cela sans même me donner de raisons. On s'est écrit, on s'est parlé au téléphone, on s'est envoyé des photos, mais j'ai pas trahi mon mari. Il m'avait fait jurer de pas revoir Claude, c'est tout. Je l'ai pas revu en chair et en os avant l'arrivée de mon petit-fils. Skype ça ne compte pas ! Je peux pas le toucher, l'embrasser, enlever les taches sur son chandail, remettre en place une mèche de ses cheveux. À Toronto, j'ai serré mon grand fils dans mes bras, et quand j'ai bercé Gabriel, c'était comme retrouver mon petit gars à moi, mon petit Claude. C'était merveilleux. Quand je l'ai endormi, il serrait mon doigt dans sa petite main, c'est là que j'ai juré à Gabriel de toujours l'aimer, de pas le laisser tomber quoi qu'il arrive. Ce soir, Étienne va m'expliquer son comportement ou je le quitte pour toujours. Je vais déménager à Toronto ! »

19

En fin de journée, à son point de chute, Clara a discuté distraitement avec ses clients, qui n'ont eu que des éloges pour ses produits. Elle sait par instinct que l'échange prévu avec Étienne sera grave et qu'il peut même aboutir à la rupture de leur couple. Elle ne veut pas vivre avec un homme qui s'entête à ne pas être grand-père. Cette fois, elle n'achètera pas la paix, elle ne cédera pas. Soudain, une pétarade la tire de ses obsédantes pensées. C'est Magali sur son scooter. Clara n'a pas vraiment envie de lui parler.

— J'allais partir.

— Je me suis inscrite à l'université aujourd'hui !

— Toi, à l'université !

— En notariat s'il vous plaît.

— Doux Jésus, qu'est-ce qui s'est passé ?

— Samuel va étudier à l'École de théâtre, je vais étudier moi aussi.

— Tu te lances pas dans de longues années d'études juste pour faire comme lui ?

— On va se marier. Mon père exige pour nous faire vivre qu'on soit mariés « en bonne et due forme ». Il veut pas investir dans un gars qui est pas certain de rester avec sa fille.

— Toi, veux-tu te marier?

— Non, mais s'il le faut pour avoir un logement, une auto, pourquoi pas?

— Samuel… Qu'est-ce qu'il en dit du mariage?

— Il le sait pas encore qu'on va se marier. De ce temps-là, je le vois pas beaucoup. Il fête encore son admission à l'école d'art dramatique. Mais je suis pas inquiète, il va accepter; il a pas une maudite cenne.

— Un mariage d'intérêt! Comme au xixe siècle!

— Ça marche peut-être mieux que les mariages d'amour. Puis si ça marche plus, on divorcera.

Clara est troublée par tant de cynisme et de désinvolture. Elle range rudement ses paniers vides dans la camionnette. Magali tente de l'aider.

— Mettez vos cartes sur la table. Dites-vous les vraies affaires. Ne vous cachez rien. Ce qu'on se cache finit toujours par rebondir. Et si je peux te donner un conseil, ne te marie avec lui que si tu penses l'aimer vraiment. La vie de couple, c'est l'apprentissage constant des différences entre un homme et une femme. C'est pas facile. Si on met pas toutes les chances de son bord…

— Je pensais que vous seriez contente d'apprendre que je vais me marier.

— Je le suis en autant que vous vous aimiez profondément.

— Disons qu'on est redescendus sur terre.

— L'aimes-tu?

Magali semble réfléchir sérieusement à la question.

— Si je l'aime? Ça doit! Je suis mieux avec lui qu'avec d'autres. Avec lui, je ressens un grand sentiment de paix, de confiance. C'est mon meilleur ami. Quand il est pas là, il me manque quelque chose. Je m'ennuie jamais avec lui. Ses défauts me tombent pas sur les nerfs. Et j'aimerais ça passer ma vie avec lui, faire des enfants avec lui, vieillir ensemble finalement.

— Mais c'est ça le véritable amour.

— Ah oui?

— Celui qui dure.

— Rien que ça?

— L'amour, c'est un besoin de partager. C'est le partage qui nourrit le sentiment amoureux. Après l'amour passionné vient l'amitié passionnée, une relation proche, tendre, sensuelle et sexuelle. On réfléchit ensemble. On parle ensemble. On rit ensemble. On a du plaisir ensemble... Et des problèmes ensemble aussi...

— C'est exactement ça que je veux.

— Et Samuel?

— Lui... il m'aime, enfin c'est ce qu'il me dit quand on fait l'amour. Mais lui, il a peur de la routine.

— La routine, c'est souvent ce qui tient un couple ensemble.

— C'est ce que vous vivez avec votre Étienne?

Clara baisse les yeux, et Magali prend son silence pour de la pudeur.

— Vous êtes mon modèle !

— Non non, je suis pas un modèle ! J'ai mes difficultés comme tout le monde.

Magali éclate de rire. Elle n'en croit pas un mot. Elle dépose ses sacs de légumes et de petits fruits dans la boîte arrière de son scooter, puis pose deux becs retentissants sur les joues de sa vieille amie sans remarquer son désarroi. Elle démarre et file vers son bonheur. Clara s'installe au volant de sa camionnette, pensive.

« J'ai tant d'assurance quand il s'agit des autres couples et tant d'hésitations quand il s'agit du mien. »

20

De retour à la maison, Étienne n'y est pas. Elle présume qu'il est allé jouer au pool et prendre une bière au village. Ça lui arrive quand il a besoin d'éventer leur relation. Elle ressent une forte pulsion de se confier à son cher journal.

🖋 Je vais faire comme Étienne, je vais agir avec lui comme si je n'avais pas de petit-fils ni de gendre, comme si je n'étais pas allée à Toronto. Je lui sers sa propre médecine jusqu'à ce qu'il craque et m'avoue... son homophobie. Tant qu'il est dans le déni, rien n'avance. Je vais lui refiler des livres, des articles que j'ai découpés sur les gais. Il est intelligent, il va comprendre. J'ai tellement aimé mon séjour chez Claude, dans son townhouse. Le premier soir, c'est juste si j'ai mangé, occupée que j'étais à prendre soin de Gabriel, qui, lui, a tout un appétit. Claude croit qu'il a dû manquer de nourriture pour manger autant. Avec lui, pas besoin de « l'avion rentre dans le garage ». Il saute sur la cuillère, tout juste s'il ne l'avale pas. C'est Francis qui avait fait le souper. Un bien bel homme. Son gigot d'agneau était succulent, servi dans des assiettes carrées et noires. A-t-on idée de manger dans des assiettes carrées noires! J'ai donné le bain au petit Gabriel et l'ai couché. J'ai lu une histoire à mon bel ange. Il s'est endormi rapidement et je l'ai regardé longtemps pour me l'approprier. Francis est retourné au travail ce soir-là. Il prépare un défilé de mode. Je n'ai pas trop bien compris sa fonction. J'étais plus à l'aise seule avec Claude. Il a débouché une bouteille de champagne pour fêter mon courage de contrer son père. On a parlé, parlé. On avait du retard à rattraper. Il m'a raconté sa vie, sa course à l'argent et les difficiles démarches de l'adoption, son grand bonheur d'être papa. Il ne m'a pas caché sa déception de ne pas avoir ses deux parents près de lui pour partager sa joie. Je n'ai pas l'habitude du champagne alors j'ai aussi beaucoup parlé. Francis est revenu vers une heure du matin et on était encore là à placoter. Ces deux-là ont l'air de s'aimer très fort. Ils font attention l'un à l'autre, ils s'admirent. Cela se voit qu'ils se respectent. Et puis on s'habitue à la peau noire. Au début, je ne voyais que sa peau tissée plus serrée, plus luisante aussi, et noire presque bleue. Ses mains me fascinaient. Le dessus noir, l'intérieur blanc. Et ses dents d'un blanc qu'aucun dentiste ne peut copier. Claude devait souvent me traduire ce qu'il me disait. Que sa mère d'origine jamaïcaine est décédée quand il avait cinq ans et de moi qu'il voudrait... comme mère. Je n'ai pas pu m'empêcher de brailler. Je me suis jetée dans ses bras en disant : «Yes! Yes! Yes! Me mother, you son. My son!» J'espère que j'ai pas eu l'air trop ridicule. C'est à cause du champagne. J'étais légère quand je me suis couchée dans le grand lit de leur belle chambre d'invités. Francis et Claude ne sont pas que gais, ce sont deux belles personnes! Ils s'aiment et ils ont un enfant, une famille : ma famille. Personne ne va m'empêcher de les aimer.

— Hum!
— Étienne! Tu m'as fait peur!

— Je m'excuse.

— C'est rien. Mais quand j'écris…

— À Claude?

— Non.

— Tu écris jamais à Claude?

— J'écris pas à Claude là.

— Tu lui as déjà écrit?

— J'écris mon journal.

— Tu me mens !

— Et toi, tu me mens jamais?

— Il y a que les menteurs pour répondre à une accusation par une question. Les menteurs et les lâches.

— Oui, j'ai écrit à mon fils. Et je lui ai téléphoné pour garder le contact. Et quand l'ordinateur est entré dans la maison, je lui ai envoyé des courriels, mais avant d'aller à Toronto, je l'avais pas revu puisque tu me le défendais.

— Et sur Skype?

— C'est pas comme le VOIR pour vrai ! Je peux pas le toucher, ni le prendre dans mes bras, ni l'embrasser.

— Donc tu m'as menti tout ce temps-là !

— Tu m'y as forcée en me défendant de le voir. Entre te trahir et le trahir lui, j'ai choisi le mensonge. Pour te garder parce que je t'aime, pour le garder lui parce que c'est mon enfant, mon fils unique.

— Je le savais que tu me jouais dans le dos !

— Toi aussi tu me mentais puisque tu faisais semblant que tu le savais pas. T'es pas mieux que moi.

— Je voulais juste que tu me dises la vérité pour que t'arrêtes de me jouer dans le dos.

— Je te jouais dans le dos parce que je connaissais pas les raisons de ta haine des gais.

— Il y a pas de raison. Je suis de même, c'est tout. Tu me changeras pas. Si tu peux pas m'accepter tel que je suis...

— Je veux pas te changer. Je sais que je pourrais pas, mais toi tu peux changer.

Étienne se calme, il lui parle doucement.

— O.K., je te demande plus de pas voir ton fils ni de pas lui écrire, ni de pas lui parler sur ta damnée patente de fous... De toute façon, t'écoutes pas. Tout ce que je te demande, c'est de pas m'en parler.

Il la quitte. Elle reste interdite. Elle ne le reconnaît plus.

— Attends ! Étienne !

Elle le rejoint, l'entoure de ses bras.

— Mon cœur est assez grand pour toi et eux !

Il la repousse.

— Si tu penses que t'es pas capable de faire ce que je te demande...

— On va se séparer, c'est ça ?

— C'est pas moi qui l'aura voulu !

Elle est atterrée. Comment, eux qui s'aiment depuis si longtemps, eux qui partagent une vie douce et pleine de tendresse, ont-ils pu en arriver là ? Elle sort dans le jardin et va se réfugier dans la balancelle pour sangloter tout son soûl. Elle ne voit pas un homme dans la belle cinquantaine qui avance vers elle. Elle ne sent qu'une main légère sur son épaule. Elle lève les yeux sur l'étranger. Elle a pendant un instant cru que c'était son mari.

— Je faisais une marche de santé et je vous ai entendue pleurer. Je suis votre voisin.

C'est un homme aux tempes grisonnantes, les cheveux courts et frisés. Les sourcils et la barbiche poivre et sel. Un teint presque transparent. De taille moyenne, mais sûrement un adepte des poids et haltères. Il est vêtu d'un ensemble de jogging bleu ciel. Il a l'allure d'un romantique du XIXe siècle.

— C'est rien, c'est fini, je pleure plus…

La surprise lui a coupé les larmes. Elle essuie ses yeux avec ses doigts, lisse ses cheveux, se mouche. Il sourit en s'assoyant avec elle.

— La vérité est que je tournais autour de la maison. J'hésitais. Ma femme est venue vous voir l'autre nuit. Vous lui avez fait tellement de bien que je me disais que j'aimerais aussi rencontrer sa bonne fée.

— Johnny?

— Je m'appelle Jean-Christophe. Je déteste qu'on m'appelle Johnny.

— Savez-vous, c'est pas le bon moment…

« Et puis, pourquoi pas? Il y a rien comme les malheurs des autres pour me faire oublier le mien. »

Elle respire profondément, un brin mal à l'aise.

— Je peux revenir un autre jour, mais je vous avoue que, quand j'ai entendu votre chagrin… Est-ce que je peux vous aider?

— OUI !

Clara se surprend de son gros « oui ». Un « oui » comme un cri lui venant des tripes.

— J'ai tellement besoin de parler à quelqu'un.

— Vous pouvez tout me dire.

Elle lui renvoie un sourire tristounet tout en jetant un œil vers les fenêtres de la maison. Non, Étienne n'y est pas. Il doit être au lit. Elle, qui est plutôt habituée à écouter les autres, est au début désarmée. Mais vite, elle en vient à raconter son mariage, la naissance de Claude, jusqu'au dilemme dans lequel elle est plongée. Ses mots déboulent comme une avalanche. Il ne la quitte pas des yeux, il ne l'interrompt pas. Quand elle en a terminé, elle regarde l'heure à sa montre : deux heures du matin.

— Excusez-moi, Jean-Christophe. Je sais pas ce qui m'a pris. Je vous connais même pas. Pardon. Que je suis folle ! Jamais au grand jamais je me suis ouverte à quelqu'un de cette façon-là. Tout ce que j'avais sur le cœur, c'est sorti, comme ça ! Je m'excuse.

— Cela vous a fait du bien ?

— Je suis soulagée. Merci. Ça règle pas mon problème, mais je l'ai sorti de ma tête, où il tournait en rond, et je l'ai déposé dans vos oreilles. Ça soulage. Merci. Tout le monde se confie à moi, j'ai jamais eu la chance de déballer mes états d'âme, mais ce soir… Je sais vraiment pas ce qui m'a pris.

— Votre mari va peut-être s'inquiéter.

— Il dort. Jean-Christophe ?

— Je suis une tombe. Bonne nuit, Clara.

Il prend sa main et y dépose un baiser galant pour ensuite s'éloigner dans la nuit. Seule, elle s'en veut de ses confidences faites à un pur inconnu. Elle reconnaît cependant qu'elle se sent légère et apaisée. Si Étienne savait comme la parole est libératrice.

21

Nancy et Nicolas se la coulent douce dans leur grand lit antiacarien en latex. Ils ont pris congé pour deux semaines et partent en soirée vers la Toscane, où ils ont loué une villa chez un vigneron. De là, ils pourront visiter Sienne, Pise, San Gimignano et Florence, et ils envisagent de faire un saut à Venise et à Rome. Des journées à flâner, à manger, à découvrir le plus romantique de tous les pays du monde.

— Tes valises sont faites, Nancy?

— Je prends mon temps. C'est si rare que j'aie du temps à moi le matin.

Elle se love dans ses bras.

— On a pas tant de temps que ça !

— Je te désire.

— Moi aussi, mais là moi j'ai pas le temps…

— Ce sera pas long.

— On dit ça, on dit ça… Allez.

— Viens…

Elle monte à califourchon sur lui et s'active à lui faire perdre la tête pour qu'il oublie… le maudit condom. Nicolas la repousse tout doux.

— Je dois appeler au resto, transmettre des détails de dernière minute à mon chef. J'ai pas la tête à ça !

Elle a compris. Elle se roule à ses côtés pour ensuite se lever, fâchée. Elle enfile un ample t-shirt et un short en spandex.

— On va avoir tout le temps en Toscane !

— Ta Toscane, tu peux te la mettre là où je pense !

— Nancy, bâtard ! On a pas vingt ans pour faire l'amour sans arrêt. J'ai mille choses à régler avant notre départ !

— My eye ! Tu veux pas baiser parce que t'as peur que, dans le feu de l'action, t'oublies le condom et que tu me fasses un bébé…

— Tu fais pas l'amour avec moi par passion, mais par calcul. T'es comme la pute qui compte son argent dans sa tête en baisant. Toi, c'est pas à l'argent que tu penses, c'est à l'enfant. C'est pas des dollars que t'attends de moi, mais des spermatozoïdes…

— Arrête !

— Tu me donnes pas d'ordre !

Un silence pesant presque haineux s'abat sur eux.

— Regarde-nous ! Juste parce que tu veux pas de bébé.

— C'est de ma faute si on se chicane ?

— T'aurais juste à oublier le condom et ce serait comme avant entre nous.

— C'est avec le condom ou rien pantoute. Pis je suis fatigué de ressasser ça.

— J'irai pas faire un voyage d'amoureux en Toscane si on fait pas l'amour.

— On va faire l'amour, mais avec condom, comme on l'a toujours fait depuis que tu prends plus la pilule. On aime ça tous les deux faire l'amour…

— C'est fini ce temps-là ! Je fais plus l'amour si tu te protèges de moi.

— Bon bon bon ! Vas-y donc toute seule, en Italie. Je me vois pas passer quinze jours à me faire achaler pour faire un petit. Non merci !

— Good for me ! Je vais me le faire faire par un jeune Italien !

Elle sort de la chambre. Il est médusé par son arrogance. Eux, si près l'un de l'autre, si intimes, si complices, si amoureux depuis tant d'années, comment en sont-ils arrivés à se crêper le chignon ? Il se lève, attrape son portable sur sa table de chevet et compose un numéro.

— Ah Clara, tu es là ! Merci ! Merci d'être là !

Au bout du fil, Clara éclate de rire tant le ton de Nicolas est inhabituel.

— Mon doux, qu'est-ce qui se passe ?

Elle le croit en manque de laitues ou d'oignons verts pour son menu du soir. Mais il n'en est rien, ce sont des conseils qu'il veut et, au téléphone, en demander lui vient plus aisément. Il lui raconte sa dispute avec Nancy. Elle comprend vite l'enjeu et réalise que, la veille, c'était elle qui se confiait à son voisin. De son côté, Nicolas s'est tu, dans l'attente.

— Nicolas, vous partez en voyage, il me semble que c'est pas le temps des décisions. Rendus en Italie, à la terrasse d'un café, à tête reposée, vous allez pouvoir calmement discuter de l'éventualité de la venue d'un bébé et en explorer les avantages et les désavantages.

— Je veux plus discuter ! Depuis presque un mois on en parle tous les jours. On avance pas, on fait du surplace.

— Votre priorité, c'est votre relation à vous deux. Vu sous cet angle, les décisions seront plus faciles à prendre.

— Je veux pas lui en faire un.

— Tu lui fais pas un enfant… vous faites un enfant, vous deux. Un enfant à vous. Vous le faites à deux ou pas du tout.

— Mais j'en veux pas !

— Alors trouve-toi des raisons valables. Il y a bien une raison ou deux à ton obstination.

— Je veux pas, c'est tout !

— On peut pas discuter intelligemment sans arguments…

— Elle ira pas coucher avec un Italien, toujours ?

Clara éclate de rire.

— T'oublies qu'elle t'aime et que tu l'aimes.

— Elle va divorcer si je veux pas d'enfant.

— Bof ! De nos jours, on se lance des « On divorce ! » comme on se lançait des « Je te déteste » il y a quelques années. À mon idée, c'est pas sérieux.

— Je peux partir en voyage tranquille tu crois ?

— En tout cas, les vacances sont propices à la discussion. Puis écoute-la. Quand elle parle, ne l'interromps pas. Laisse-la aller au bout de son raisonnement, comme ça quand ce sera ton tour tu pourras exiger la réciproque. Et puis prenez pas de décisions hâtives. En revenant du voyage, si vous êtes pas arrivés à une entente, vous pourrez toujours consulter un psychologue, un thérapeute dont c'est le métier de conseiller les couples.

— T'es bonne là-dedans.

— Moi, je crois savoir des petites choses que la vie m'a apprises. Puis on voit toujours mieux ce qui se passe dans les autres couples que dans le sien. Je suppose que c'est parce qu'on est pas impliqué émotionnellement. Comme toi, Nicolas, t'as sûrement une opinion sur mon couple…

— Vous êtes notre couple modèle.

L'affirmation la trouble. S'il savait ! Elle conclut la communication avec des souhaits plutôt banals de bon voyage. Elle est encore troublée quand elle écrit dans son journal intime.

🖋 Imposteure ! Je ne suis qu'une imposteure ! Je donne des conseils aux autres quand c'est moi qui en aurais besoin. Mais pourquoi je serais parfaite ? Ce n'est pas parce que je suis vieille que je sais tout, que je comprends tout. D'accord, l'expérience m'a appris plusieurs choses sur le couple, mais il reste que la réussite d'un couple est complexe et je me sens souvent ignorante. J'aime Étienne, mon couple est ma priorité. Il y a juste que son acharnement à nier l'identité de son fils est en train de tuer notre amour. On ne se parle plus. Il fuit mon regard. On ne fait plus l'amour. On ne se caresse plus de peur que nos gestes nous amènent à faire l'amour. Il m'embrasse le soir du bout des lèvres, me tourne le dos et fait semblant de dormir. Il m'en veut de lui désobéir. J'ai peut-être eu tort de lui faire des cachettes, mais il n'a pas le droit de m'empêcher de voir mon fils et mon petit-fils ! C'est inhumain.

Ce petit Gabriel aux yeux en amande et au sourire d'ange a fait ma conquête instantanément. On peut parler de coup de foudre ! Je suis devenue folle de lui. Je pense à lui sans arrêt. Je voudrais l'avoir près de moi pour retrouver ce que j'ai connu avec mon fils quand il était bébé, l'embrasser, lui chanter des berceuses, le faire rire, le consoler quand il pleure. Embrasser son ventre quand je le lave et lui faire des « prooout » sur le nombril. J'étais faite pour être grand-mère, je l'ai compris quand je l'ai vu si menu, si vulnérable dans ce pays qui n'est pas le sien, avec des parents qui parlent une langue inconnue pour lui et qui sont... deux hommes. Cher trésor de mes vieux jours, je ne renoncerai pas à toi pour... Étienne !

Je vais lui parler. Je veux savoir pourquoi il se bute quand il est question de son fils. Avant que Claude se déclare homosexuel, il s'entendait bien avec lui, aussi bien qu'un père et un fils peuvent s'entendre. Je veux savoir exactement pourquoi il le renie, sinon je ne pourrai pas vivre coincée entre eux. C'est une position qui m'étouffe. Je ne peux pas choisir entre deux amours. Je veux les deux, et c'est légitime, ils sont tout ce que j'ai. Je vais lui parler, non, le laisser parler, l'écouter sans le juger. En somme, suivre le conseil que j'ai donné à Nicolas.

22

Robert se réveille dans un lit double inconnu, avec une femme flambant nue qui dort à ses côtés et qu'il sait avoir déjà vue. Où déjà? Il a mal à la tête, il n'a pas l'habitude des shooters. Il en a pris combien au juste? Il n'en a pas la moindre idée. Il soulève sa tête. Il a une roche à la place du crâne. Il détaille l'étrangère. Elle est jeune, pas si jeune finalement à en croire la mollesse des joues et la peau fripée du cou, enfin ce n'est pas une petite jeunesse. Il soupire de soulagement. Elle a les cheveux blonds teints – étant expert en teinture, il peut nommer la marque et le numéro de la bouteille de son blond. La femme se tourne sur son flanc. De côté, elle est assez jolie, mais maigre, un vrai cure-dent. Ses fesses blanches, plates et basses, d'une teinte plus pâle que le reste, portent les traces d'un string de bikini. Lui qui est habitué à l'opulence des seins de Mireille, que fait-il avec deux œufs sur le plat? Il lui faut sortir de là, retourner à la maison! Il tente de se lever, mais retombe sur le lit, en proie à des étourdissements. Il réalise qu'il est nu lui aussi. Ses vêtements? Où sont ses vêtements? Il aperçoit un de ses souliers, juché sur une commode, et une bobette, la sienne, par terre près de la porte. Il prend de grandes respirations, ce qui lui fait tourner la tête encore plus. Dans quel guêpier s'est-il fourré?

Il regarde sa montre. Plus de montre! Il s'est fait voler sa montre, sa belle montre que sa femme lui a donnée pour ses cinquante ans, une montre qui indique l'heure à Londres, à Paris et à Rome, pour lui qui n'est jamais sorti du Québec et n'a pas le goût d'en sortir non plus. Il regarde sur la table de nuit, elle est là. Dieu merci! Il plisse les yeux pour voir l'heure.

« Pas quatre heures et dix du matin! Mimi va me tuer! »

Quand il sort avec ses chums, il ne rentre jamais plus tard que deux heures du matin. C'est une règle entre eux. Elle fait de même quand elle va aux danseurs avec ses chums de filles. Un soir pour lui, un soir pour elle, mais il faut rentrer à deux heures du matin. Comme si les dangers commençaient après deux heures du matin.

« Qu'est-ce que je vais pouvoir trouver comme excuse? Mimi est une p'tite vite, elle a tôt fait de déceler mes menteries, et je mens comme un pied. »

Sa tête nébuleuse cherche une excuse béton et elle n'en trouve pas. Soudain, un bruit qui semble venir d'un cercueil. C'est le bâillement de la femme nue. Comment un bruit si lugubre peut-il sortir d'une si petite carcasse? Puis une voix éraillée qui s'échappe d'une bouche à l'haleine de poisson pourri.

— Une cigarette?

— Non merci, je fume pas.

— Le cave, je te demande pas si tu fumes, je te demande une cigarette.

— Je fume pas.

— o.k., va m'en chercher dans la cuisine... sur la pantry. Merci man!

— La tête me tourne trop, je peux pas me lever.

— Faut que tu te lèves de toute façon... Mon mari est trucker, il revient des États vers cinq heures. Faut que tu y laisses la place.

Robert se lève subito presto. Les murs vacillent. Il s'accroche au poteau du lit, enfile bobette et pantalon, cherche sa chemise, la découvre toute chiffonnée sous le lit, il enfile ses souliers.

— Salut !

— J'ai un nom.

— Je sais ben.

— Salut qui ?

— Écoute mad... demoiselle, je sais pas ce qu'il y avait dans les shooters hier soir, mais je te connais pas.

— Tu te souviens même pas de mon nom ?

— De rien rien rien. Même pas de ton nom.

— Sandra. Moi je me souviens du tien. Bob Leblanc ! Faut croire que je porte mieux la boisson que toi.

— Je peux-tu te demander ce qui s'est passé pour que je me retrouve ici ?

— Tu t'es assis au bar à côté de moi pis tu m'as payé une bière et je t'en ai payé une, puis une bière puis une autre, puis là tu t'es mis à me raconter ta vie, que tes enfants étaient partis de la maison, puis que tu te ramassais fin seul avec ta femme, pis que c'était plate à mourir, que vous trouviez plus rien à vous dire, puis là on s'est mis à boire des shooters puis là le bar a fermé puis je t'ai demandé de venir me reconduire à la maison, j'étais pas en état de conduire mon char, ni toi le tien. On a pris un taxi...

« C'est pas vrai, j'ai pas de char, mais le taxi est rendu hors de prix, puis ça pogne toujours quand une femme soûle demande à un gars encore plus parti qu'elle de venir la reconduire. Il pense qu'il a des chances de coucher avec elle. »

— En chemin, tu m'as parlé de ta Mimi puis de tes problèmes érectiles, puis là je t'ai invité à prendre un nightcap pour te remercier pour le taxi. On a pris un nightcap puis deux puis là, ben…

— Puis puis puis… ?

— Quoi « puis puis puis » ?

— Puis ben, on s'est endormis ?

— On a dû.

Robert est extrêmement soulagé, mais il reste sur sa faim pour ce qui est de la suite des choses.

— Mais avant de s'endormir… Il s'est-tu passé quelque chose ?

Sandra – dont ce n'est pas le vrai prénom – connaît les hommes mariés. S'il y avait une faculté des sciences des maris à l'université, elle aurait son doctorat.

— Un vrai étalon.

— Non ? Tu me fais marcher là…

— Puis pas juste une fois.

— Combien ?

— Trois.

— Moi ça ?

— Toi ça.

« L'épais, je lui dirais qu'il l'a fait dix fois d'affilée, il me croirait. Son dernier shooter, s'il savait que ce qui faisait des bulles c'était un petit tranquillisant. Comme ça, je suis pas obligée de payer de ma personne pour le taxi. Ils dorment et, le lendemain, ils sont reconnaissants. Il y en a même qui me laissent un cinquante ou un brun. Puis je peux me vanter à mes chums de filles qu'on a pas besoin de faire la pute pour faire le motton. »

Il savoure son tour du chapeau. Si sa femme savait qu'il est capable de scorer trois fois de suite, elle qui le croit impuissant...

— Là, faut que je rentre, Mimi va être inquiète.

— Tu y diras que ton char a pas parti, que t'as pas trouvé de garage ouvert... Ça marche toujours.

— Ben là, Sandra, je sais pas quoi te dire ni quoi faire pour te remercier. Dis-moi ce qui te ferait plaisir. Des fleurs ?

— Des fleurs à cette heure-là ! Laisse-moi l'argent, je vais aller les acheter moi-même, les fleurs.

— Oui oui, maudite bonne idée.

Il sort de sa poche arrière une liasse de dollars retenue par un élastique – comme dans l'ancien temps – et il en extirpe un cinquante dollars tout neuf puis, voyant l'air déçu de Sandra, il en sort un autre. Il dépose les billets sur la commode. Sandra, satisfaite, joue bien sa partition en enfilant des gommes à mâcher.

— C'est comme trop...

— Tu viens de sauver mon couple, ç'a pas de prix. Trois fois, hein ? C'est comme ben plate que je m'en souvienne pas parzemble !

Il voudrait quasiment l'embrasser tellement il est heureux d'avoir retrouvé sa virilité. Mais la voir mâcher en faisant des bruits de bouche ne l'attire guère. Cette femme lui a confirmé que sa libido est vigoureuse. Trois fois d'affilée comme à vingt ans !

Il sort de l'appartement situé dans un entresol et marche devant lui d'un pas vacillant. Il décide d'aller cuver sa boisson dans le parc. La nuit est belle et chaude. Le parc est désert à part deux policiers qui plus loin délogent un itinérant allongé sur un banc. La nuit, il est défendu de traîner dans le parc. Robert décide de s'allonger derrière un épais buisson. Il sourit, plein de contentement. Il ferme les yeux, il voudrait dormir, mais ses pensées le ramènent à son dilemme. Reconnaître l'infidélité qu'il croit avoir commise ou bien mentir ? Mais avouer à Mireille son crime – ce qu'il croit être un crime – lui ferait tellement de bien. Faute avouée est à moitié pardonnée. Maintes fois, sa mère lui a dit : « Si tu dis la vérité, maman ne te punira pas. » Il a vu sa femme, à la suite de confessions de ses enfants, accorder son pardon et jurer de ne plus en parler. Elle disait à l'enfant repentant : « C'est oublié, maman a tout oublié. »

« Ouais, mais Mimi c'est pas ma mère, c'est ma femme. Ça me ferait tellement de bien de tout lui dire et qu'elle me pardonne. On pourrait tout recommencer à neuf. »

Il jubile en pensant aux trois fois d'affilée à son âge.

« Je me sens coupable d'avoir trompé ma femme, mais mon infidélité va peut-être servir à mon couple, le sauver même… »

Il a maintenant la preuve qu'il n'est plus en panne d'organe. Mais un léger doute s'immisce dans sa tête.

« Et si Sandra m'avait menti ? Mais non, elle a aucune raison de me mentir. C'est une bonne fille. De toute façon, la tromperie compte pas si je m'en souviens pas. Si je lui dis que je l'ai trompée, moi je suis soulagé, mais elle ? Je la connais, elle va me le renoter jusqu'à la fin de mes jours. Mimi c'est une "renoteuse" perpétuelle. Puis peut-être qu'elle va me laisser. La fidélité pour elle, c'est sacré. Je suis mieux de garder ça pour moi. Oui, mais je vais faire de la culpabilité, j'en dormirai pas. Puis si je continue à revoir l'autre – comment elle s'appelle déjà? Chose? –, ça peut être que bon pour mon couple. Je vais être de bonne humeur, et c'est ma femme qui va en profiter. Puis la fidélité, c'est pas naturel! Pas pendant des années en tout cas. La preuve: de tous les gars que je connais – puis j'en connais une gang à mon club de "hasbeen" du hockey, puis au travail, d'après eux autres, j'ai toujours eu l'air d'un beau nono –, j'étais le seul fidèle. C'est donc plate que je me souvienne pas de mon exploit. Trois fois! On rit pas! Étalon, qu'elle m'a appelé. À cinquante-quatre ans, c'est le plus beau des compliments. Mais n'empêche que si j'allais me confesser à Mimi, ça me ferait tellement de bien d'avoir son absolution. Je sais pas quoi faire, surtout je sais pas à qui en parler. Je vais aller prendre un café ben corsé et rentrer à la maison avant qu'elle se lève, puis je verrai ben... »

***

Le soleil brille à travers la fenêtre grande ouverte de la chambre. Le climatiseur n'est toujours pas réparé. Mireille ouvre un œil puis l'autre, s'étire, constate qu'elle est trempée de la tête aux pieds. Elle rejette le drap de coton qui la couvre. La ménopause doublée de la canicule, c'est trop.

« Tiens, Bob est pas là! Il a dû aller dormir dans une des chambres des enfants. Il dit que je suis une vraie fournaise avec mes chaleurs. Je comprends les hommes de son âge de s'acoquiner avec des femmes plus jeunes, elles ont pas de chaleurs. Pauvre lui! Je peux comprendre qu'il bande pas après tout ce que je lui fais endurer. »

Elle se lève et va jeter un coup d'œil dans les chambres des enfants, qui sont restées intactes depuis leur départ. Constatant qu'il n'y est pas, elle descend au rez-de-chaussée, l'interpelle et vérifie s'il n'est pas en train de tailler les branches de la haie de cèdres. Elle ouvre la porte patio juste comme il arrive.

— Bob! D'où tu viens pour l'amour du ciel?

— Je suis allé te chercher des croissants. Un normal et deux à la pâte d'amandes. Puis un bon latte comme t'aimes.

— Mais t'es donc ben fin !

— J'avais trop chaud, ça fait que je me suis levé de bonne heure et je me suis dit que t'aimerais ça des croissants chauds avec un bon café fancy.

— Tu dois avoir quelque chose à te faire pardonner, toi?

— C'est ça les femmes, on peut pas leur faire plaisir sans qu'elles nous soupçonnent de quelque chose de pas honnête. Je voulais juste te faire plaisir, un mari a ben le droit.

— Je m'excuse là !

— C'est correct. Repose-toi aujourd'hui, je vais faire tes commissions.

— Je peux y aller avec toi.

— Je te l'offre. T'es en vacances !

— Je le sais que je suis pas fine des fois.

— Veux-tu que j'achète de la crème glacée noix et érable?

— Non, plutôt au chocolat double ! La plus écœurante que tu puisses trouver. J'ai besoin de compenser. Puisque tu me l'offres, je vais lire, je suis en retard dans mes magazines de « fammes ».

— C'est ça.

— T'es fin.

— Je le sais.

Il entre à sa suite dans la maison, tout fier de sa stratégie et particulièrement étonné de sa facilité à mentir.

«Je mens pas pour moi, mais pour elle, pour l'empêcher de souffrir. Qu'est-ce que ça lui donnerait de tout savoir? J'ai pour mon dire qu'un couple dure en autant qu'un gars ferme sa gueule. Heille! Trois fois de suite! À soir, Mimi, elle va y goûter pas à peu près!»

23

Clara range outils et autres accessoires dans la grange et, talonnée de près par ses chats, rentre dans sa cachette d'écriture. Elle se hâte, elle a trop besoin de se confier à son journal intime. Et, heureusement, Étienne a déjà mangé et sommeille devant un quiz télévisé.

🖊 Pas encore confronté Étienne. J'ai peur de l'issue, on dirait. Je vais faire comme j'ai conseillé à Nicolas, je vais l'écouter sans l'interrompre, l'écouter avec bienveillance, sans le juger. Je vais parler au «je», me méfier du «tu» qui accuse. Il faut que je comprenne son attitude envers notre fils sinon je ne pourrai plus l'aimer. Est-ce que je peux – après autant d'années d'amour – cesser de l'aimer? Oui! Si je ne peux plus le respecter, l'admirer, ou du moins le comprendre, c'est possible. Mon cœur se serre, je ne veux pas vivre sans lui. C'est mon seul ami... Quel dilemme. Ou bien on continue de vivre ensemble, mais séparés de corps et d'esprit, ou bien je le quitte et je me retrouve seule. Je vais lui demander de me parler! Je le connais, plus je lui demande de parler, plus il se ferme. Au secours, mon couple se noie!

Un orage électrique se déchaîne juste au moment où Clara se sent prête à entamer le sujet avec Étienne. Elle a une peur maladive des éclairs. Et les grondements du tonnerre lui font bondir le cœur. Elle n'a qu'un désir : se cacher dans le fond d'une penderie et attendre que l'orage passe. Étienne, lui, sort sur la galerie pour admirer ce qu'il juge être le plus beau spectacle du monde, un feu d'artifice naturel. Il adore regarder les arbres plier sous les rafales, les nuages noirs qui menacent les maisons. Et puis l'éclair qui perce l'atmosphère comme une épée de feu le ravit. Pour se calmer, elle feuillette le bulletin d'Équiterre quand soudain l'électricité tombe en panne. C'est la noirceur totale. Un éclair illumine le salon et, presque en même temps, un coup de tonnerre tonitruant éclate. La maison en est ébranlée. On dirait un tremblement de terre. Malgré ses peurs, elle ouvre la porte et appelle Étienne. Le gros érable devant la maison est blessé à mort, fendu en deux comme par une hache géante. Étienne est assis sur la chaise en métal, raide comme une barre, blanc comme un drap.

— Étienne ! Qu'est-ce que t'as ?

Elle le secoue, lui prend la tête, la colle sur sa poitrine. Il ne réagit pas.

— Étienne mon amour, dis quelque chose !

Elle lui frotte les bras comme s'il avait froid. Le sang revient à ses joues, à ses oreilles, à son front. Il tente de se lever, mais il retombe assis. Elle l'entoure de ses bras, l'aide tant bien que mal à se relever. Il la repousse délicatement, il se sent mieux.

— Tu m'as fait peur.

— J'ai senti l'électricité traverser mon corps. J'ai été comme électrocuté.

— C'est dangereux, les éclairs ! J'ai pas peur pour rien ! Je le savais…

— T'as toujours raison ! J'ai toujours tort. Madame sait tout, hein ? Pousse-toi, je suis correct là !

— Pourquoi tu me parles sur ce ton-là ?

— Parce que je suis tanné.

— De quoi ?

— De toi !

— Puis moi hein ? Pense pas que je suis pas tannée de vivre avec un étroit d'esprit qui parle pas ! Moi qui dis à tout le monde qu'un couple doit se parler pour se comprendre, j'ai l'air de quoi ?

Il s'achemine vers la porte moustiquaire, la fait rebondir. Elle fait claquer la porte à son tour et lui hurle :

— Si tu veux claquer la porte, je peux la claquer moi aussi !

— C'est ça !

Et il la claque encore. Et elle la claque aussi. Un gros coup de tonnerre vient ponctuer leur dispute. Apeurée, elle se réfugie tout de go dans ses bras. Ils se regardent un temps et éclatent de rire, comme si le tonnerre leur avait joué un tour. Dans l'obscurité, se tenant la main comme deux gamins, ils vont au salon, là où Clara se sent le plus en sécurité. Il allume les chandelles des bougeoirs de bronze.

— Tu sais, chérie, j'ai eu vraiment peur quand la boule de feu est tombée sur l'érable.

— Pour me faire sortir sur la galerie en plein orage électrique, il faut que je t'aime…

— J'ai eu tort de me moquer de ta peur.

— On a chacun nos peurs, moi des orages, toi des homosexuels !

Il se lève, irrité de son obstination à tout ramener à l'homosexualité de leur fils alors qu'il faisait une tentative de rapprochement.

— J'ai pas peur, je veux pas qu'on en parle. C'est trop te demander ?

— Oui, c'est trop me demander.

Il ne voit pas distinctement son visage, mais il sent dans sa voix qu'elle ne lâchera pas le morceau tant qu'il ne se sera pas expliqué. Il la rejoint, mais à l'autre bout du divan.

— Je… tu remarques, Étienne, je te parle au Je. Je suis très inquiète. Je trouve que notre relation est en train de s'effilocher à cause des différents points de vue que l'on a toi et moi sur… l'homosexualité de notre fils.

— Moi, je te parle au Tu. Tu veux aller le voir à Toronto. Tu veux aller vivre avec lui puis son…

— … conjoint.

— Son conjoint noir puis un enfant adopté qu'on sait pas d'où il vient. Eh bien vas-y !

— Raciste en plus !

— Je suis pas raciste ! Je veux juste souligner que ton fils se conduit comme un dénaturé sur toute la ligne. Qu'il fasse ce qu'il veut, il est libre, mais je suis pas obligé d'accepter ça, puis de l'accueillir, lui puis son cirque, en criant hourra et en tapant des mains.

Clara garde son calme. Elle sait très bien que le lien qui les attache l'un à l'autre est fragilisé et que, s'il casse, ce sera la fin de leur couple.

— Je reviens au Je. Je pense que notre relation est en train de mourir parce que je découvre en toi des préjugés que j'avais pas détectés, trop occupée que j'étais à t'aimer, et ça me fait de la peine parce que je suis bien avec toi et que j'espérais finir ma vie avec toi. Me semble que la vie de couple, c'est l'art du compromis…

— J'ai fait un compromis majeur quand je suis venu m'installer à la campagne. Tu pourrais en faire un toi aussi : ne pas me parler de Claude.

— Je... Moi, ce qui me jette par terre, c'est que tes préjugés sont plus forts que l'amour que t'as pour moi.

— Je t'aime et je te le prouve tous les jours en restant dans le fond d'un rang alors que je suis un gars de la ville. Je t'aime en travaillant dans un potager qui rapporte si peu d'argent que, si on avait pas tous les deux des pensions, on serait obligés de se mettre sur le b.s.

— Étienne ! Je... je crois que tu préfères qu'on se chicane sur nos goûts respectifs que sur ce qui est important.

— Je veux pas de chicanes, c'est toujours toi qui commences. Je sais pas ce que t'as depuis quelque temps...

— Un petit-fils !

— Ce que tu veux, c'est que j'ouvre les bras à Claude puis à son... ce que tu dis, puis que je tombe en amour avec un bébé qui a pas la même couleur de peau que moi. Je peux pas, Clara. Tu comprends pas ça ? Je peux juste pas.

— Pourquoi ?

— Parce que... c'est au-dessus de mes forces.

— Pourquoi ?

On n'entend plus que les ronrons des chats que l'orage a apeurés aussi. Étienne brise le silence.

— Claude, dès qu'il est né, je me suis vu avec lui dans une piscine, à lui transmettre mon savoir en natation. Je le formais, il devenait champion de nage au Québec, puis au Canada. Je partais avec lui aux Olympiques. Il gagnait une médaille d'or et moi j'étais fier de lui. Il me continuait, mieux, il me dépassait.

— C'est un rêve normal. Il y a pas un homme qui rêve pas que son fils le perpétue puis le dépasse.

— Claude lui s'est acharné à briser mon rêve. Il avait peur de l'eau ! Il était allergique au chlore. Il était pas sportif pour une cenne, puis toi Clara, tu l'encourageais à rester à la maison avec toi, à lire. C'est dans tes maudits livres qu'il a pris ses idées de… de ce que tu sais. Puis quand j'ai su… ben, son genre de… d'infirmité, j'ai dit adieu à jamais à mes rêves. Je tombais de haut. On se relève mal d'une chute en bas de ses rêves. Claude, c'est une déception d'un bout à l'autre de ma vie. Je suis pas un monstre ; il y a pas un père qui peut dire qu'il est content que son fils soit pas comme les autres. Toi, Claude, il a répondu à toutes tes attentes. Il était bon en classe et, pour une maîtresse d'école, c'est le summum de la valorisation. Il était doux, tendre, attentionné, une vraie fille. Il a été une déception pour moi. Une déception ! Un HOMOSEXUEL !

— Tu parles de lui comme s'il était que sexualité, c'est un homme aussi. Puis c'est pas un choix. Il peut pas choisir de pas l'être, il l'est, homosexuel.

— J'ai fait des choix toute ma vie. Un choix c'est dur à faire, mais des fois, il faut faire des choix.

— Des choix que tu regrettes ?

— Quand tu choisis une chose, t'en laisses tomber une autre. C'est ça, un choix. Puis si j'ai été capable, moi son père, de faire des choix, je vois pas pourquoi lui il serait pas capable.

— Il a pas plus choisi d'être gai que toi t'as choisi la couleur de tes yeux.

Ils se taisent comme s'ils avaient épuisé tous leurs arguments.

— Dis quelque chose, Clara !

— Je t'écoute.

— Tu me juges.

— Je t'écoute.

Et l'électricité revient. L'orage s'éloigne, les roulements du tonnerre sont plus espacés. Clara souffle sur les chandelles et annonce qu'elle va écrire sur son ordinateur.

— Bonne nuit.

— Bonne nuit.

Il se penche pour recevoir son bec, mais elle est déjà en route vers son refuge. C'est la première fois en cinquante ans qu'ils ne s'embrassent pas en se souhaitant bonne nuit.

Étienne sort de la maison et, devant l'érable coupé en deux comme lui, seul, sans personne autour, il se donne la permission de pleurer, alors que Clara confie à son journal :

✎ Je dois me rappeler pourquoi j'ai aimé cet homme sinon je prends ma valise et je sacre mon camp. Je l'ai aimé parce que je le trouvais beau : il l'est encore. Parce qu'avec ses cheveux drus sur la tête, son corps d'athlète, il avait l'air viril. C'est un homme viril. Parce qu'il était tendre, il l'est encore. Parce qu'il était bon, il l'est encore. Parce qu'il m'admirait, qu'il me trouvait intelligente et belle et bonne. Je pense qu'il m'admire encore. J'aimais qu'il m'aime, qu'il me le montre et qu'il me le dise souvent, ce qu'il fait encore. J'aimais quand il me faisait l'amour sans se presser, en pensant à mon plaisir à moi. Ce qu'il fait encore, moins souvent mais avec autant de ferveur. Il y a juste que… qu'en vieillissant, il est devenu étroit d'esprit. L'était-il plus jeune ? Sûrement, mais j'ai comme rien détecté. Comme il m'avait demandé, commandé même de ne pas parler de la différence de notre fils, j'ai obéi, alors que ce n'est pas du tout mon genre d'obéir. J'ai obéi pour ne pas l'indisposer, pour ne pas le perdre et surtout pour renforcer le lien qui nous unissait. J'ai toujours favorisé notre relation. J'ai décidé en l'épousant que je serais heureuse et qu'il le serait par le fait même et cela a fonctionné jusqu'à ce jour.

Parce que notre fils a un conjoint et un enfant, je me retrouve aujourd'hui avec un lien usé, une relation sur le point de s'effriter et je ne sais pas quoi faire pour la renforcir. Une relation, ça reste fort quand on est deux à l'entretenir. Il n'aurait qu'à me parler, à me divulguer les causes de son homophobie, je comprendrais. Moi, j'ai besoin de comprendre et là, vraiment… Je sais que je n'aurais qu'à ne plus voir mon fils, son conjoint et mon amour de petit-fils, et l'harmonie entre nous reviendrait, mais je ne peux pas. Je suis grand-mère !

✱✱✱

Sous la douche, Étienne laisse couler l'eau sur son visage pour bien effacer les traces de ses larmes. « N'empêche, brailler ça fait du bien. » Il se demande pourquoi les hommes doivent retenir leurs écluses, alors que les femmes les ouvrent pour un oui ou pour un non. Il les jalouse.

« Qu'est-ce qui m'a pris de lui parler de ma déception ? C'est elle, c'est de sa faute. Elle a juste à arrêter de me parler de Claude. Qu'il soit ce qu'il voudra, il a pas à m'imposer l'autre puis l'enfant. Il fait sa vie, qu'il me laisse faire la mienne. J'ai raison. C'est moi qui a raison ! J'entends ma femme me dire : "Qu'est-ce que tu veux, avoir raison ou être heureux ?" Je l'étais heureux avant qu'elle aille voir Claude et le bébé, qu'on sait même pas d'où il sort ce bébé-là. Il y a toujours ben un boutte à la tolérance. Claude est libre d'aimer un Noir, un Jaune ou un Rouge puis d'avoir des enfants carreautés, mais qu'il me les impose pas. Je dirai jamais ça à Clara, elle va m'accuser de tous les "istes" du monde. Mais si je perds Clara à cause de leurs chinoiseries – il est-tu chinois, le petit, ou vietnamien ou coréen ou cambodgien ? Ils se ressemblent tous ! –, ils vont me le payer. Ah oui, je me rappelle maintenant : c'est un Viet. »

Autour de minuit, Clara rejoint au lit son mari endormi. Elle s'allonge loin de lui, au bord du lit. Cet homme qu'elle croyait connaître s'est révélé ce soir un pur étranger.

24

Nancy et Nicolas sirotent debout un thé glacé, place Saint-Marc à Venise. Une chaleur étouffante de sauna. Les touristes et les badauds se bousculent presque. Les pickpockets sont à l'œuvre. Le tricot de coton de Nicolas est trempé de bord en bord. La robe soleil imprimée de Nancy – achetée Via Veneto à Rome – est mouillée sous les bras et dans le dos. Elle boude.

— Je te l'avais dit que Venise au mois d'août… c'était pas endurable !

— T'avais dit que ça te tentait de revoir Venise.

— En mai, en septembre ; pas en été.

— Je voulais te faire plaisir : un petit voyage d'amoureux.

— Tu le sais que j'haïs ça être mise devant les faits. «Tiens, deux billets d'avion pour l'Italie… » Si tu m'avais consultée aussi.

— Tu veux rien de ce temps-là.

— Au contraire, j'ai jamais tant voulu quelque chose.

Il sent la soupe chaude et, pour détourner la conversation, lui propose un tour de gondole. Elle grimace.

— Ça fait trop touriste. Et puis je déteste faire la queue.

— On va marcher d'abord.

— J'ai mal aux pieds.

— On peut aller se reposer dans la chambre. C'est climatisé…

— Pour quoi faire ?

— L'amour, on est en voyage d'amoureux.

— L'amour comme tu me le fais, non merci.

— Comment ça ?

Il a bel et bien compris l'allusion, mais il se refuse à aborder LE sujet. Il tente de la faire sourire.

— Je suis pas un bon amant ?

— Ça me dit plus rien, faire l'amour pour faire l'amour.

— C'était entendu qu'on parlait pas de « ça » en voyage.

— Faire notre enfant en Italie, à Venise, ce serait un bon départ pour lui.

— Nancy, je vais pas mettre au monde un enfant dont je veux pas, il serait malheureux, je serais malheureux et toi aussi.

— Je t'aime Nicolas, je veux un enfant de toi, une réplique de toi que je vais pouvoir continuer à aimer quand tu seras plus là.

— Puis si tu meurs avant moi, je vais être pris avec ?

— Tu m'écœures !

— Puis toi, hein, ton égoïsme m'écœure pas tu penses ?

— C'est ça, on s'écœure mutuellement.

Elle virevolte sur ses talons et s'éloigne en courant. Surpris, il arrive à la suivre un temps, mais il la perd vite de vue parmi la faune bigarrée des touristes.

« Pourquoi, pourquoi elle comprend pas ? On a tout pour être heureux et elle veut la seule chose que je veux pas. »

Essoufflée, Nancy entre dans le premier bar et va s'accouder au zinc. Les hommes la reluquent, mais elle n'y voit rien. D'un ton blasé, elle commande un Campari soda. Le barman lui sert son drink qu'elle enfile cul sec tellement elle est assoiffée. Les yeux embués, elle signale au barman de lui en servir un second.

« Pourquoi il veut pas me donner la seule chose que je veux vraiment ? »

Le barman la dévisage et, soudainement, elle se rend compte de son air de séducteur. Elle rougit comme une midinette. Et il est beau en plus, un Mastroianni en peinture.

— La signora est tristeu ?

— Non, non.

— Si si. Je connais les fammmes… J'adoore les fammmes tristes parce que je peux les consooler.

« Son accent est tellement érotique. C'est le David de Florence en chemise blanche et jean noir. Le géniteur parfait. »

Elle n'a jamais été infidèle. Comblée sexuellement par Nicolas, elle n'a même jamais été tentée de l'être. Faire un enfant avec ce bel Italien, ce serait joindre l'utile à l'agréable. Elle enfile son deuxième verre et se met à flirter désespérément.

Il est deux heures du matin quand elle rentre à l'hôtel. Nicolas a passé des heures à guetter son retour à la fenêtre. Il est furieux, mais tout de même rassuré qu'elle soit là en un seul morceau.

— As-tu vu l'heure ?

— J'ai une montre.

— Mais où étais-tu ? J'étais sur le point d'appeler la police.

— Je me suis égarée.

— Tu aurais pu téléphoner à l'hôtel ou prendre un taxi. Tu la savais, l'adresse de l'hôtel.

Nancy retire ses sandales qui lui scient les pieds. Une idée s'insinue chez Nicolas, il s'en empare.

— Tu l'as fait !

Contre toute attente, elle se jette dans ses bras en pleurant.

— Réponds ! Tu t'es fait faire un enfant !

Et Nancy de lui raconter en hoquetant sa rencontre avec le barman, les quatre drinks bus trop vite, le flirt qu'elle a joué avec lui, et, à la fin de son boulot, comment l'Italien lui a demandé de le suivre et comment elle a accepté en croyant qu'il l'emmènerait chez lui pour… Comment, par la suite, dans un cul-de-sac sombre, il lui a ordonné de lui faire une pipe, en précisant qu'il fallait faire vite car sa femme l'attendait. Comment elle a tant bien que mal pu se dégager de sa poigne. Comment, horrifiée, elle a fui. Comment elle a tourné en rond, pensant chaque fois être sur le chemin menant à l'hôtel. Combien elle a eu peur jusqu'à ce qu'elle rencontre un couple de touristes français qui, gentiment, l'a reconduite jusqu'à l'hôtel.

Ce n'est que plus tard, accoudé à la fenêtre et fixant les mirages de l'eau sale du grand canal, que Nicolas parle enfin. Elle a pris une douche chaude et s'est étendue sur le lit non défait.

— Le désir de tromper, c'est déjà une infidélité.

— Je désirais pas cet homme, je voulais juste qu'il me donne ses spermatozoïdes. Si j'avais pu les lui voler à la pointe du revolver, je l'aurais fait.

— Je sais que tu veux un enfant, mais si fort que ça…

Elle reprend espoir. Dans la voix de Nicolas, il y a de la compréhension. Il s'allonge à ses côtés, la prend dans ses bras, la serre contre lui.

— Viens, on va essayer.

— Tu veux ? Oh merci, merci, merci !

Il l'aide à enlever sa chemisette puis se débarrasse de son slip. Il l'embrasse, retrouve ses zones érogènes, qu'il connaît si bien. Il est attentionné. Elle lui murmure à l'oreille :

— Laisse faire les préliminaires.

— C'est pas juste pour toi.

— Pénètre-moi ! Viens en moi, je te veux…

— Je peux pas vite comme ça !

D'une main, elle vérifie l'état de son pénis. C'est un petit oiseau mort qu'elle tient dans sa main. Pourtant, il est fougueux d'habitude et, dès qu'il voit sa nudité, son pénis se dresse. Piteux, il s'excuse à répétition. Elle est en colère mais tente de le cacher en s'enfermant vite dans la salle d'eau. Nicolas regarde son pénis ratatiné de honte et enfile son slip. Il cogne quelques coups à la porte de la salle de bain.

— Mon amour ? J'ai dû prendre trop de vin au souper. Ou la pollution de Venise… Je m'excuse.

La porte s'ouvre sur Nancy qui a les yeux comme des poignards.

— C'est pas de la faute du vin ni de la pollution, c'est ton inconscient qui t'empêche de bander, et moi je sais pas comment on deale avec un inconscient. D'ailleurs, c'est pas important…

— Ah !

C'est un « ah » de soulagement.

— … je te laisse, Nicolas.

Elle empoigne sa valise, la lance sur le lit, la dézippe. Elle ouvre des tiroirs, la penderie, ramassant ses vêtements et autres effets en pagaille qu'elle enfouit dans son bagage. Il est totalement désarçonné.

— On va se reprendre. Ça arrive ces choses-là. Il y a pas un homme à qui c'est pas arrivé un jour… Tu peux pas partir comme ça en plein milieu de la nuit !

— Ça doit ben se trouver un homme qui veut des enfants ! Je vais mettre une annonce sur Réseau Contact genre « Femme cherche géniteur ».

— Nancy, arrête !

— Je suis tannée de te quêter un enfant. Tu veux pas, tu veux pas ! It's okay with me. T'es pas le seul qui a des spermatozoïdes sur la planète, tu sais.

Il croit bien faire en la prenant dans ses bras et en la projetant sur le lit.

— On va le faire là !

Elle le repousse si fort qu'il tombe en bas du lit. Nancy, qui a eu peur un instant de l'avoir blessé, le rejoint. Elle ne voit que son dos qui se soulève. Elle croit qu'il rit, ce qui attise davantage sa colère. Son désir d'enfant n'est pas risible, c'est ce qu'il y a de plus sérieux dans sa vie. Elle prend l'épaule de Nicolas, le retourne pour l'apostropher, mais elle réalise qu'il pleure à chaudes larmes. Lui qui n'a jamais versé une larme, même au cinéma, voilà qu'il pleure avec la maladresse de ceux qui ne pleurent jamais. Sa colère tombe d'un coup. Elle l'enlace, le berce, lui fredonne leur chanson : *Une chance qu'on s'a*. Il se cale tout contre elle, se laisse bercer. Il a des hoquets, des reniflements et puis il s'endort.

***

Quelques rayons du soleil chatouillent leurs corps nus. Sur le tapis moelleux au pied du lit, ils dorment, accrochés l'un à l'autre tels deux noyés qui auraient tenté de survivre.

C'est l'engourdissement d'un bras, d'une jambe, qui ramène à la réalité le couple, surpris de se trouver ainsi sur le sol. C'est en riant qu'ils grimpent dans le lit et font l'amour. C'est Nancy qui pense au condom et c'est Nicolas qui le refuse.

25

Devant la petite maison jaune au bout du rang, Charlène observe sa fille et son beau-fils qui s'aspergent d'eau avec le boyau d'arrosage. La camionnette de Clara se gare dans l'allée de graviers. Elle sourit en descendant et va chercher à l'arrière un panier rempli de légumes.

— Les courgettes sont parties en peur cet été et mon mari est fatigué des courgettes en salade, des courgettes en soupe, des gâteaux aux courgettes. Tiens, je t'ai aussi mis des recettes simples. Elles sont savoureuses.

— C'est drôle, je pensais à toi justement, je voulais te remercier pour l'autre nuit, et m'excuser aussi. Je savais pas trop où aller, ni à qui parler. Ma mère est morte j'avais quinze ans... Mégane, ôte-toi de son chemin si tu veux pas qu'il t'arrose ! Je suis fatiguée de faire la police. C'est tout ce que je fais dans la journée, les guetter pour pas qu'ils s'arrachent la tête. Émile, je vais le dire à ton père quand il va revenir, tu vas y goûter ! Ils sont après me rendre folle.

— Je m'en charge... Les enfants, arrêtez, je veux vous parler ! Venez ! Plus près. Là... J'ai une demande à vous faire. Bon. Bonjour Mégane. Bonjour Émile. Moi, c'est Clara. Je suis la quatrième voisine, la maison fleurie, loin de la route, avec le potager. J'ai une petite ferme et j'aurais besoin de bras. Oui oui, les vôtres sont assez gros. Charlène, je les emmène avec moi et je te les ramène après souper.

— Non non, ils sont pas endurables. Tu vas voir. Ils se battent tout le temps.

Ce soir-là, après sa journée de gardiennage d'enfants, Clara confie à son journal :

🌿 Passé une journée délicieuse avec les enfants. Ils ont joué avec les chats puis ont cueilli à la main les insectes ravageurs, doryphores, chenilles, papillons du céleri, saute-relles et autres. Ces enfants de la ville allaient de découverte en découverte. «Les carottes poussent dans la terre ?» «Les concombres piquent ?» Ils ont goûté à tous les légumes, même aux betteraves crues. Après leur journée et un lunch de légumes grillés au romarin et de framboises cueillies par eux, je leur ai chanté des chansons de La Bonne Chanson, dont ils ont repris les refrains avec moi. La chanson à répondre a été une autre découverte. Ils ont adoré. Pas une bousculade, pas une engueulade. Quand je les ai ramenés, ils dormaient presque. J'ai frappé à la porte au moins dix fois puis sont apparus Charlène et Jean-Christophe. Ils avaient les cheveux épars, leurs robes de chambre couvrant à peine leur nudité encore toute chaude de leurs ébats. Ils avaient profité amplement de ce moment de répit. Ils étaient fripés, mais heureux. Ces deux-là s'aiment et voudraient que leurs enfants en fassent autant tout de suite, et c'est là l'erreur. Il faut donner du temps aux enfants pour s'acclimater, s'ap-privoiser entre eux d'abord. Il ne se sont pas choisis, eux. J'avais décidé de ne pas me mêler de ce couple mais… il y a les enfants. Si je peux les aider à former une vraie famille. Me taire, être capable de les enlever de ma tête, les laisser vivre leur vie, mais il s'agit d'enfants que déjà j'aime. C'est mon devoir de transmettre ce que je sais, le peu que je sais, mais que je sais pour de bon.

Le lendemain midi, Clara et Étienne cueillent des framboises quand un klaxon insistant les fait sursauter. N'étant pas très porté sur la cueillette des framboises, il en profite pour courir au-devant d'éventuels nouveaux clients. Elle ramasse les petits fruits à toute vitesse, elle n'a qu'un désir : retrouver son ordi. Claude lui envoie constamment des photos de Gabriel prises sous tous les angles. Ainsi, elle le voit grandir, grossir. Il est beau, avec son visage rond et ses yeux en amande. Elle se meurt de l'embrasser encore pour vrai.

Elle est surprise de voir les enfants de Charlène et de Jean-Christophe qui courent vers elle.

— Eh bien, de la belle visite !

Émile et Mégane lui sautent au cou. C'est à qui la serrera le plus fort. Arrive ensuite Charlène, suivie d'Étienne, qui doit de force décoller les petits de Clara.

— J'ai apporté le souper. Un macaroni que j'ai cuisiné ce matin. Il y a juste à le réchauffer.

Clara consulte Étienne du regard. Il salive déjà.

— Merci, madame, c'est gentil. Je vais apprendre à vos enfants que les petites fèves poussent pas dans les boîtes de conserve.

— Je reviens les chercher au début de la soirée. Salut les enfants !

Étienne est ravi que ces nouveaux petits voisins viennent rompre la tension dans son couple. Pas Clara, pour qui le projet était de joindre Claude par Internet et de faire des « guili guili » à son petit-fils.

« Désormais, je me mêle de mes affaires. Je donne plus de conseils à personne. Qu'ils s'arrangent ! N'empêche que ces deux beaux enfants-là ont pas demandé que leurs parents divorcent. On les a mis devant le fait accompli et on leur a dit : "Nous deux, on s'aime. Alors il faut que vous vous aimiez vous aussi comme frère et sœur." Eux qui se connaissent pas ont pas les mêmes affinités ni les mêmes goûts, ni le même milieu social. Déjà qu'il y avait pas de mode d'emploi pour les familles d'hier, il leur faudra inventer un nouveau code pour la famille reconstituée. Claude, son conjoint Francis, leur fils Gabriel, eux aussi forment une famille originale et très nouvelle, ils vont avoir besoin de beaucoup beaucoup d'invention et surtout de beaucoup d'amour et de communication pour la réussir. »

Et Clara, tout en cueillant des framboises avec l'aide des enfants, se revoit à Toronto avec cet amour de bébé, qui lui tenait le doigt en toute confiance pendant qu'elle lui donnait le biberon.

« Rien, rien ne va m'empêcher de profiter de ce cadeau de la vie : un petit-fils. »

Après le souper, Jean-Christophe et Charlène sont venus chercher les enfants. Émile s'est jeté au cou de son père et Mégane s'est coulée dans les bras de sa mère. Ils se font des grimaces, ils se donnent des coups de pied. Clara, qui veut parler à Charlène, lance :

— Les enfants, prenez la lampe de poche et allez vite montrer à Jean-Christophe comment débusquer les limaces des radis. Celui ou celle qui en rapporte le plus aura droit à un tour de tracteur.

Mégane saisit la main d'Émile. Il lui sourit et s'écrie :

— C'est moi qui vas gagner !

— Non, c'est moi !

Ils partent en courant et en se chamaillant mais cette fois comme de vrais copains.

— T'as le tour, Clara.

— Ils se sont pas choisis, ces deux-là. Ils ont subi un divorce qu'ils désiraient pas. Ils ont chacun un parent blessé à qui ils veulent pas faire de peine, c'est normal qu'ils soient insécures.

— Qu'est-ce que je devrais faire pour qu'Émile m'adopte comme mère ?

— T'es pas sa mère, tu le seras jamais... Il en a une mère et il l'aime. Essaie pas de la remplacer, tu y arriveras pas.

— Oui, mais je vais être qui, moi, pour lui ?

— L'amoureuse de son père, la mère de Mégane et... sa grande amie.

— Oui, mais qui va faire la discipline ?

— Charlène, le mieux dans les familles recomposées, au début surtout, est que chaque parent discipline son propre enfant selon ses valeurs. Ainsi, tu évites les discussions sur l'art d'élever les enfants qui séparent tant les nouveaux couples.

— C'est vrai que c'est notre grand sujet de discorde. Il gâte trop son fils. Je le trouve trop sévère avec ma fille. On se chicane tout le temps là-dessus. Je voudrais tellement que ça marche, notre petite famille. Il y a juste son garçon qui sème la bisbille. Il est pas du monde.

— Va pourtant falloir que tu fasses sa conquête si tu veux garder le père.

— Comment je vais faire ? Cet enfant veut rien savoir de moi.

— Essaie de l'aimer tel qu'il est, de passer du temps de qualité avec lui, et surtout, n'essaie pas de calquer ta famille sur la famille traditionnelle. Une famille recomposée est une famille à inventer.

— J'aurais dû discuter du cas d'Émile avant de me marier, mais j'étais follement en amour avec son père, alors j'ai inclus son fils dans mon amour en pensant qu'il en ferait autant. Quand on aime, on a le cœur grand ouvert. Je pouvais pas prévoir que ce serait si compliqué, nous quatre, qu'on en viendrait son père et moi à se déchirer, à vouloir même se quitter à cause des enfants. Et pourtant, on s'aime. On s'aime tellement. Si c'était pas des enfants… Moi qui rêvais d'une famille unie où le bonheur règne… J'ai pas connu ça avec mes parents ni avec mon ex. Ce que je veux, dans le fond, c'est qu'on vive heureux comme vous deux. Ç'a l'air d'aller tellement bien, vous deux.

Clara fait mine de ne pas avoir entendu ces dernières paroles.

— Ça va aller mieux dans votre couple si tu bâtis une relation amicale avec le fils de ton amoureux et si tu l'entretiens chaque jour… Une relation rien qu'à vous deux, unique. Jean-Christophe fera de même avec ta fille. Les enfants, ils ont leur vie à eux, chacun leur caractère, tu peux pas tout contrôler. Surtout, jamais se chicaner devant les enfants. Toujours présenter un front uni quand il y a une décision à prendre. Soyez solidaires…

Elles sont interrompues par le retour des enfants et de Jean-Christophe. Émile brandit un pot d'eau savonneuse rempli de limaces mortes. Il se proclame le roi des cueilleurs de limaces. Il saute de joie. En larmes, Mégane tente d'expliquer qu'elle en avait elle aussi un plein pot, mais qu'il lui a glissé des mains dans le champ de fraises.

Jean-Christophe essaie de minimiser le drame et, tandis que la mère console la fillette, Clara a une idée.

— Pour féliciter Émile et pour consoler Mégane, vous aurez droit chacun à un tour de tracteur…

Tout le monde est heureux.

***

Ce soir-là, fatiguée, Clara écrit dans son journal.

🖎 Si je pouvais avoir autant de discernement pour moi que pour les autres. Le recul! Voilà ce qui me manque pour juger de ma situation. Je n'ai pas de recul. L'arbre me cache la forêt. Mais à qui parler? Qui aurait ce fameux recul? Il faudrait alors raconter mon histoire, mais à qui? Mon fils Claude? Il prendrait aveuglément pour moi. Il n'a pas de recul, il m'aime trop. Mes amies de femmes? Depuis que je suis fermière, je ne les ai presque pas revues, trop occupée à planter des choux. Je n'ai pas d'amis d'hommes. Je suis d'une génération où les femmes ne faisaient pas confiance à l'amitié entre hommes et femmes. L'ami masculin était soupçonné de cacher un désir secret. Jean-Christophe! C'est le seul. Je me suis confiée à lui dans un moment de faiblesse. Il en sait un bon bout sur moi. Mais c'est bête, je suis contente de l'avoir fait. J'ai été délivrée d'un secret lourd à porter. Il est intelligent, raffiné, il pourrait peut-être m'aider. Après tout, il est psychothérapeute. Mais comment l'attirer ici sans sa femme et les enfants? Comment lui parler en privé sans que sa femme et mon mari en prennent ombrage?

26

C'est la mi-août. Il fait un temps splendide. Magali se fait dorer la peau sur sa galerie arrière. Ça la distingue des autres serveuses du bar pâlottes presque vertes. Et puis Samuel est fou du hâle. Une peau dorée l'excite au plus haut point. Mais ce n'est pas tant le hâle qui l'excite que la ligne de démarcation entre le doré et ce que sa culotte cache. Allongée sur une serviette de plage, en string et les seins nus, elle ne se formalise pas de la présence des deux ouvriers qui, en break, fument sur le toit d'en face. Leurs regards concupiscents ne lui déplaisent pas. Tout le contraire. Ce sont des caresses sur son corps. Elle est seule aujourd'hui. Samuel, parti depuis le matin, ne reviendra pas avant cinq heures. Elle s'interroge.

« Qu'est-ce que je veux ? Si je pouvais savoir ce que je veux… Pourquoi à mon âge je sais pas encore ce que je veux ? Je veux Samuel, ça c'est sûr, mais est-ce que je le veux pour toujours, à la vie, à la mort ? Nous deux dans un lit, c'est divin, c'est magique, c'est méga super bon… ça, je veux que ça continue. On travaille puis on fait l'amour. On fait l'amour puis on travaille. Mais le reste, est-ce que je veux le reste, genre le quotidien ? Et puis quand on fait l'amour, je sais où il est, j'ai le contrôle. C'est pas que je sois une control freak, mais j'ai peur de le perdre. Toutes ces comédiennes avec qui il va étudier, si on peut appeler ça des études, jouer à faire semblant d'être le méchant, le bon, l'amant. Dans le fond, l'idée qu'il va embrasser une autre fille au cinéma ou sur scène me rend malade. Faire semblant! Son pénis, il le sait pas lui qu'il fait semblant! Je veux pas qu'il soit comédien, mais je réussirai pas à le faire changer d'idée. Il changera pas d'idée, il veut être acteur depuis qu'il est né, pour être un autre, qu'il me dit, pour être tout le temps dans la peau d'un autre comme si la sienne était pourrie. Lui, il s'aime pas, mais moi celui que j'aime, c'est lui, tel qu'il est. Il a pas besoin de changer de peau et de devenir acteur pour que je l'aime. Je pense que je suis jalouse de son métier. Je veux-tu endurer ça, qu'il fasse semblant d'aimer d'autres femmes, de coucher avec?… S'il m'aimait vraiment, il changerait de métier. »

***

Dans un wagon du métro, Samuel marmonne comme s'il s'adressait à un auditoire.

« Oh, être un grand acteur, faire vibrer le public, l'attendrir, le toucher, le faire rire, le manipuler, le mettre à ma main. Je ris, il rit, je pleure, il pleure. C'est ce pouvoir-là que je veux. Donner du bonheur aux gens, les émouvoir, les amener ailleurs, leur faire oublier les malheurs de la vie. Il y en a dont le but est de devenir premier ministre, moi ce que je veux – et ça, depuis que je suis tout petit –, c'est m'emparer du public et l'émouvoir jusqu'aux tréfonds de son âme. J'aurais le pouvoir de changer les individus en les faisant réfléchir ou rire ou pleurer, un pouvoir plus grand que celui d'un premier ministre. Je veux ce pouvoir! Je vais être le meilleur, le plus célèbre et pas juste au Québec, partout dans le monde. Je sais ce que je veux et je vais l'obtenir. Et c'est pas Magali qui va m'en empêcher. Merde! J'ai oublié d'acheter le bœuf haché, ma blonde va me tuer! Ma blonde! C'est bon d'être aimé, je sais, et elle m'aime, mais comme je change de vie, je devrais peut-être changer d'amoureuse. Les amours interchangeables! Un beau titre pour une pièce de théâtre. Disons que Magali ne me convient plus, c'est le mot juste. J'ai changé, elle pas, donc elle me convient plus... Pas question de lui dire "Je t'aime plus", je m'embarquerais dans des discussions sans fin. Je suis mieux de la tromper, c'est plus simple. Le cave, j'ai pas besoin de m'embarquer dans une histoire avec une autre, j'ai juste à lui faire accroire que je l'ai trompée... Si je suis pas capable de jouer cette scène-là, je suis mieux de changer de métier. »

— Elle m'a-tu dit d'acheter des pains hamburger aussi?

« Tu peux pas être Hamlet le soir et le matin nettoyer les toilettes. Je veux être libre pour me donner à corps perdu à ma carrière. Pas de femme, juste le jeu, le théâtre, les téléséries peut-être ! »

**

Tassés sur la galerie entre le minibarbecue et le bac de recyclage, Magali et Samuel grignotent leurs hamburgers sur pain tranché. Ils ne parlent pas. Il sent le besoin de briser le silence pour préparer sa scène des faux aveux d'infidélité.

— Pas trop cuit?
— Je pense pas.
— Comment ça, tu penses pas?
— Parce que...
— Parce que quoi?

— Parce que !

— C'est pas une réponse, ça.

— J'ai d'autres choses à faire dans la vie que de vérifier si la viande est trop cuite ou pas assez.

— T'es ben à pic !

— Je suis pas à pic !

— Qu'est-ce que t'as encore ?

— Rien.

— Tu dois faire la baboune pour quelque chose ?

— Tu veux savoir ce que j'ai ? Tu vas le savoir...

— Bon !

— Je suis enceinte.

Un ange passe, puis deux et trois et puis tout un bataillon d'anges et d'archanges.

— Dis quelque chose, Samuel !

Il est assommé raide. Sa scène de rupture mise au point et répétée dans le métro, il ne pourra pas la jouer. Le scénario vient de changer de façon dramatique. La réalité encore une fois dépasse la fiction.

— Tu veux rire ?

— J'ai-tu l'air d'une fille qui rit ?

— Tu prends la pilule.

— Ça s'oublie, une pilule.

— T'as pas oublié ta pilule ? Crisse, c'est la seule responsabilité que t'as !

— J'ai oublié.

— T'es enceinte ?

— Ben, c'est ce que dit le test de grossesse.

— Ça se trompe.

— Trois tests d'affilée ? Et une visite au CLSC ?

Il se lève, dévale l'escalier en colimaçon et fuit par la ruelle. Il court droit devant comme pour égarer ses problèmes. Au bout d'une heure, il est plus calme et revient par la porte d'entrée cette fois. Magali est dans la chambre, très concentrée à retoucher le vernis de ses ongles d'orteils.

— T'es enceinte !

— J'ai pas fait exprès, je te le jure. J'ai oublié de prendre la pilule pendant une couple de jours. Il y a pas d'autres raisons ni d'autres motifs. J'avais déjà pensé à devenir enceinte pour te garder, mais je trouvais pas ça honnête. Je m'en voudrais de baser ma vie avec toi sur un mensonge.

— T'es pas enceinte. Ça se peut pas. Je commence mes études !

— Désolée, je suis bel et bien enceinte…

— Tu vas pas le garder ?

— Ça dépend de nous deux. Pas de toi seul ni de moi seule, mais de nous deux.

— C'est pas moi qui a oublié la… les maudites pilules ! Crisse crisse crisse de crisse…

— Pogne pas les nerfs !

— Je venais pour te dire que je t'avais trompée et tu m'annonces que t'es enceinte, il y a de quoi capoter solide.

— Tu m'as trompée ?

— Non, non, je t'ai pas trompée, j'avais inventé ça pour qu'on se laisse.

— Tu veux me laisser ?

— Je sais plus. Je suis tout mêlé.

Ils ont l'air de deux enfants perdus. Magali prend une grande respiration, sa voix est basse, presque douce.

— Je suis pas folle, je vois très bien qu'entre nous la passion est éteinte, mais si on le veut, tous les deux, on peut commencer à bâtir une relation à trois, toi puis moi puis le bébé. Clara a coutume de dire que ce qui compte dans un couple, c'est la qualité de la relation. Moi je suis prête à y mettre du mien, si tu y mets du tien… puis la venue du bébé va arranger le reste.

— Magali, j'ai besoin de réfléchir. Je peux pas penser à trois affaires en même temps, je suis pas une femme. Je pense que je vais aller faire un tour par chez nous, il y a longtemps que j'ai pas vu ma famille, mes amis. Je reviens dans une semaine et on en reparlera.

— Je serai peut-être plus là…

— Ça réglera pas le problème.

Magali est morte de peur. Son amour agonise. Comment le ranimer ? Elle a un enfant dans son ventre qui n'aura pas de père. Clara ! En parler à Clara. Parler pour se défouler, lui refiler son fardeau pour qu'il pèse moins lourd. Parler pour comprendre, se comprendre au fil des mots. Pour trouver des solutions ou découvrir qu'il n'y en a pas. Parler pour se soulager, pour se faire bercer de mots rassurants comme seule Clara en est capable.

Pendant que Samuel jette ses effets dans son sac à dos, Magali, défaite, se couche en position fœtale sur le lit et pleure doucement, juste assez pour donner mauvaise conscience à son amoureux. La vie pour elle n'a plus de sens.

***

Dans l'autobus qui l'amène vers son Abitibi natale, Samuel, seul sur sa banquette, marmonne :

« Maudites femmes ! Toutes pareilles ! On les aime, puis après, tout ce qu'elles veulent, c'est nous mettre en cage en nous faisant un petit. Si encore on s'aimait comme avant. Magali et moi, on s'est aimés à la folie. On a fait l'amour passionnément. Pourquoi ç'a changé ? Je veux pas de vie de couple, je veux la passion. Je suis un être passionné. Il me faut de la passion. L'amour, c'est pas assez. Je suis prêt à retourner avec Magali à condition que ce soit comme avant quand on s'adorait. Je veux être au septième ciel tous les jours. J'ai le droit de vouloir rien que le meilleur de l'amour quitte à me servir de plusieurs femmes pour obtenir ce "high". C'est comme ça qu'on acquiert de l'expérience, du vécu qui nous sert après pour jouer au théâtre. Mais je la connais, tout ce qu'elle veut c'est retourner aux études en notariat, redevenir la petite péteuse d'Outremont, se marier avec moi et avoir une famille. J'haïs la famille ! La mienne en premier puis toutes les autres. Je suis pas fait pour vivre le quotidien, rien que la passion. C'est pas grave, je vais retrouver avec une autre fille la passion que j'ai connue avec Magali. C'est facile. Il y a plein de filles autour de moi qui demandent pas mieux que je les embarque dans une ride de romantisme. C'est ça qu'elles veulent les filles dans le fond, du romantisme cucul comme dans l'ancien temps puis le mariage avec la robe longue, le kit. Elles se disent pour l'égalité entre les hommes et les femmes, mais elles veulent que tu les traites en princesses, puis là, quand toi t'es bien accroché, que t'es tombé en amour, elles décident qu'il est temps de mettre du sérieux dans la relation : elles oublient de prendre leur pilule.

« Magali est enceinte ! De moi ? Depuis que j'ai appris la nouvelle, j'ai ce maudit doute qui me trotte dans la tête. Quelque part, tous les hommes doutent de leur paternité. Je suis un homme comme les autres. Et s'il est de moi… Je veux pas être père, devenir comme le mien, une brute ivrogne. Je pourrais être le contraire : un père aimant comme j'en vois des fois dans la rue, qui poussent les poussettes et qui s'inquiètent du bébé et qui lui sourient et qui l'embrassent à chaque lumière rouge. Moi, je ferai pas comme mon père, moi je vais l'aimer, lui dire qu'il est intelligent, qu'il va réussir quoi qu'il entreprenne. Je vais lui dire souvent que je l'aime. J'en parle comme si c'était déjà fait. C'est concombre, mais je le vois dans le beau ventre de Magali. Il est petit petit, puis il me ressemble. Si c'est une fille, elle peut ressembler à sa mère, qui est une maudite belle fille. Puis j'aurai pas à me bâdrer de courir la galipote pendant que j'étudie pour devenir comédien, je vais avoir une petite famille. Et me faire photographier par les journaux à potins avec mon bébé dans les bras. Yes ! Moi, le nono de la famille, celui qui a pas réussi dans le métier de mineur, celui qui se lance à corps perdu dans le métier le moins sûr du monde, celui d'acteur, moi je vais avoir une petite famille ! Je capote, moi là ! C'te maudit p'tit embryon-là, il est en train de m'avoir !

« Ç'a pas de bon sens ! Je commence quatre ans d'études. Puis je suis même pas sûr d'aimer Magali pour la vie. La vie ! Je veux pas. Je peux pas passer ma vie avec la même fille ! Je vais mourir d'ennui. Je suis pas fait pour m'attacher pour la vie ! C'est trop long la vie astheure. Puis je le voulais pas, moi, cet enfant-là. Je commence mes études en art dramatique, je vais pas m'embarrasser d'une famille. Je veux pas ! Je veux être libre ! »

27

C'est un jeudi de la fin d'août. Il a plu toute la matinée. Les trottoirs reluisent. Les feuilles des arbres sont d'un beau vert, et le gazon du parc sent la chlorophylle. C'est distraitement que Clara désigne un panier à un client volubile qui s'extasie sur la grande qualité de ses produits bio. Elle a la tête ailleurs. Elle songe à son petit-fils et à son désir de le serrer dans ses bras. Grâce à Internet, elle peut le voir tous les jours, lui parler même, mais ça ne règle pas son besoin de le toucher, de l'embrasser. Elle n'ose pas partir pour Toronto et laisser tout le travail à Étienne. Août et septembre sont leurs mois les plus productifs. Elle a remis à la fin d'octobre sa visite à Toronto. Mais ce délai lui paraît interminable. De mauvaise humeur, elle décide de ne pas attendre ses clients retardataires. Elle a trop hâte d'appeler Claude par Skype. Au volant de sa camionnette, sur son départ, elle aperçoit Mireille qui, sortie de sa voiture, court bras levés dans sa direction.

— Je partais, Mimi. Je m'excuse, je suis attendue. Bye !

Elle démarre, mais la coiffeuse se plante d'autorité devant la camionnette.

— Clara ! J'ai flushé six clientes pour venir. Je leur ai dit que j'étais malade, que je devais vite aller à l'urgence.

Faut absolument que je te parle, ce sera pas long. Allez…
S'il te plaît…

Clara soupire. Elle sait que ce sera long et de plus elle a perdu confiance en son jugement.

— Je te paye un drink.

— J'ai pas le temps. J'ai un rendez-vous…

— Aha, un rendez-vous galant, comme on lit dans les romans?

— Un enfant. Un rendez-vous avec un enfant.

— Quel enfant?

— Embarque si tu veux me parler, mais juste une minute.

Clara n'a jamais confié quoi que ce soit de sa vie personnelle à ses clients, qui ignorent tous qu'elle a un fils et savent encore moins qu'il est gai, sauf Jean-Christophe.

— Et puis toujours?

Mireille a étalé ses kilos sur le siège avant. Ce n'est pas la vie de Clara qui l'intéresse, mais la sienne.

— Je le sais pas ce qui est arrivé. Je sais pas si c'est son docteur femme qui lui a prescrit du Viagra, mais il arrête pas de baiser. Ma foi du bon Dieu, il est devenu un vrai lapin. Je te donne pas les détails, mais j'ai le dedans des cuisses irrité… c'est te dire. Trop c'est comme pas assez. Mais ça, ces moments-là remplissent pas sa vie ni la mienne. Après l'acte, il reste bien du temps. Sans les enfants qui vont et viennent dans la maison, je trouve ça ben ennuyant et, quand je m'ennuie, j'y cherche des poux pis la chicane pogne. Je me demande même si je fais pas exprès pour que la chicane pogne, pour qu'il se passe quelque chose. Avant, ça arrêtait pas, les problèmes avec les enfants, mais ça m'occupait. Je lui en parlais le soir, il était jamais du même avis que moi. On en discutait. On se boudait. On se chamaillait. Au moins, on se parlait. Là, on est comme deux chiens errants. Lui, il veut pas le dire, mais il est pareil, il tourne en rond. Sans enfants à la maison, il ronge les bords des châssis tant il sait pas quoi faire. C'est rendu qu'il trouve qu'il y a rien de bon à la télé malgré qu'on ait deux cents postes. Faut-tu être rendu désespéré! Remarque que je m'en viens comme lui. Il me semble que j'ai tout vu, tout lu. Je serais-tu mieux de vivre seule? Des fois, je me le demande. Je te le demande, Clara, et je vais dire comme Deschamps: « Le couple, quossa donne? »

— Tu le sais très bien ce que ça donne. De l'amour.

— C'est ben beau l'amour, mais qu'est-ce qu'on fait après?

— Je te parle pas de l'amour physique, je parle de l'amour, de la relation qui existe entre ton mari et toi, de votre intimité, du lien qui vous tient attachés l'un à l'autre.

— Ah ça!

— Ça, que tu dois entretenir, qu'il doit entretenir pour que votre relation dure.

— Pour moi, de l'amour qu'on est obligés d'entretenir, c'est pas de l'amour.

— L'amour, si on l'entretient pas, il meurt.

Clara est excédée. Il lui semble qu'elle lui tient le même discours qu'à Magali. La seule excuse de Magali est qu'elle est plus jeune. À son âge, dans la cinquantaine, Mireille devrait savoir tout ça déjà, avoir à tout le moins une certaine maturité.

— La passion, c'est pas de l'amour. L'amour commence quand on décide à deux de créer un lien solide et de voir à ce que ce lien se rompe pas.

239

— Comment on fait ça ? Ç'a l'air tellement compliqué.

— C'est tout simple pourtant. Après trente ans de mariage, tu devrais savoir ça.

Mireille lui lance un regard innocent. Clara soupire de découragement.

— Je te donne un exemple que tu vas comprendre. T'as une belle chevelure, mais tu l'entretiens sinon tu sais très bien que tes cheveux deviendraient ternes et cassants. Ça te semble normal d'entretenir ce que t'as, pourquoi ç'a l'air compliqué d'entretenir l'amour que tu portes à ton Bob ? T'es experte dans l'art d'entretenir tes cheveux qui sont magnifiques, tu devrais l'être aussi dans l'art d'être heureuse avec ton mari. Ce qui vous a tenus jusqu'ici ensemble, c'était d'élever des enfants, de les rendre autonomes. Maintenant qu'ils sont partis, vous n'avez plus de projet commun. Et c'est ce qui vous sépare. Même s'il te fait l'amour comme un lapin, c'est pas une garantie que votre amour va durer.

— On veut pas se séparer ! On s'aime, nous deux.

— Alors trouvez-vous un projet dans lequel vous allez vous investir. Cela devrait ranimer l'intérêt que vous avez l'un pour l'autre.

— On pense faire un voyage en France, à la foire de la coiffure.

— Deux semaines…

— Une semaine.

— Qu'est-ce que vous allez faire les cinquante et une semaines qui restent ? Un voyage est pas un projet valable, il faut trouver quelque chose qui va prendre toutes vos énergies toute l'année durant. Quand Étienne et moi, on a pris notre retraite de l'enseignement, on risquait de perdre notre amour dans l'inactivité. C'est là que j'ai pensé à la ferme. Pas juste pour moi, pour occuper Étienne.

— La terre, tu y penses pas! Mes ongles!

— J'ai vécu moi aussi le syndrome du nid vide. Quand mon fils a quitté la maison, j'ai perdu mes repères…

— Je savais pas que t'avais un fils…

— Je le vois pas souvent… Il vit à Toronto. Bon, je continue, j'avais plus d'autre rôle que celui d'épouse, il me fallait plus. Il nous fallait plus. La ferme, les légumes bio, les paniers, monter une clientèle…

— Bob et moi, on est pas encore à la retraite. Pis comment trouver quelque chose à faire qu'on va aimer tous les deux?

— C'est pas facile facile. Peur du changement, peur de quitter vos zones de confort. Peur de l'inconnu. La paresse. Aucune envie de faire des efforts.

— C'est tout moi!

— Le bonheur, Mimi, c'est un choix. Demande à tous les couples heureux, ils ont choisi de l'être, ils y travaillent tous les jours, consciemment ou non.

— Travailler à l'amour, c'est pas de l'amour!

— L'effort d'aimer, c'est de l'amour. Mais attention, ça se fait pas du jour au lendemain. C'est la continuité de l'effort qui donne des résultats. La vie amoureuse qui dure a ses hauts et ses bas, mais au final, elle vaut la peine qu'on se batte pour elle. Bon, assez de faire la psy, je dois filer à la maison, Étienne m'attend. Tiens, juste pour ça, avoir quelqu'un qui t'attend, ça vaut la peine de se marcher sur le cœur et de ravaler quelques déceptions. À la semaine prochaine.

— Merci. Merci. Si je t'avais pas, Clara… Je vais réfléchir au projet commun.

— Merci à toi aussi, Mimi. Tu me donnes l'occasion de me rappeler des principes de vie que j'oublie des fois.

Mireille et Robert sont attablés devant des pâtes aux légumes grillés et une salade d'épinards.

— Les légumes bio, ça goûte vraiment meilleur.

— Quoi?

— Les légumes de Clara, je disais qu'ils sont succulents.

— Ah!

— Où es-tu?

— Nulle part.

— Ça pis « je pense à rien » quand je te demande à quoi tu penses, c'est pas des réponses.

— Où tu veux que je sois?

— Ici avec moi.

— Ah!

— Laisse faire. Tant qu'à me dire des niaiseries, t'es mieux de pas parler.

— C'est ce que je fais!

Ils continuent à manger en silence. Puis, comme s'ils s'étaient donné le mot, d'un bond et ensemble, ils se lèvent pour allumer la télévision, la pratique télévision qui meuble la vie des gens qui n'ont rien à se dire.

— Tu vois où on est rendus? On ouvrait jamais la télé à l'heure des repas quand les enfants étaient ici.

— Mimi, commence pas ça.

— Je vais commencer si je veux. C'est pas une vie qu'on vit. En tout cas, moi, je veux pas vivre comme ça... comme deux statues de plâtre!

— Une autre affaire! Tu te plaignais qu'on baisait pas... astheure qu'on baise t'es pas contente, tu cherches autre chose à me reprocher.

— Bob, je t'aime, t'es un homme merveilleux, plein de belles qualités, je suis une femme pas pire, mais je sens que si on continue comme ça, on va finir par s'haïr puis par... divorcer.

— Je sais ben. Pense pas que j'ai pas peur de ça moi aussi.

— J'ai parlé à Clara.

— Oui pis?

— Il paraît qu'il nous faut un projet commun.

— On en a un, gagner notre vie, caltor !

— Un autre projet !

— On a pas les moyens... Arrive-moi pas avec une croisière.

— Dis pas non tout de suite. Écoute-moi une seconde.

— Je fais juste ça, t'écouter...

— Si on trouvait quelque chose qu'on aime tous les deux, quelque chose qui serait comme une passion, qu'on préparerait pour quand on va prendre notre retraite. Un projet, tu sais, pour notre avenir, quand on sera vieux.

— J'aime ben jouer au poker avec ma gang.

— Une passion com-mu-ne, pour sauver notre couple ! Ça vaut le coup d'essayer de s'en trouver une. Com-mu-ne !

— On a pas besoin de ça. Ça va bien nous deux, me semble... on s'aime... On s'aime-tu?

— Ben oui, on s'aime, gros bêta ! Ça empêche pas qu'on peut s'aimer pis pas être capables de s'endurer.

— On peut toujours essayer l'affaire, là, ben le projet. Si Clara le dit !

Ils ramassent la vaisselle en discutant de leurs goûts respectifs et, ce soir-là, au lieu de regarder la télévision, l'un dans la chambre, l'autre dans le salon, minuit sonne sans qu'ils l'aient vu venir. Ils sont encore à cent lieues de trouver ce qu'ils aimeraient faire ensemble.

— À moins que t'aies ton projet de fille, moi mon projet de gars.

— Ah ben non ! C'est un projet à deux qui deviendrait notre enfant, comme notre enfant. Pour remplacer les enfants.

— Pour se faire jeter quand le projet aura vingt ans.

— Viens te coucher, mon trésor.

Il est surpris. C'est la première fois depuis longtemps qu'elle lui sert un mot d'amour. Ils feront l'amour et ce ne sera pas un amour de performance, mais un amour tendre et doux comme la soirée qu'ils viennent de passer à parler ensemble d'un futur projet.

***

Le lendemain matin, Mireille bourrasse dans la cuisine en sortant les ingrédients pour faire des crêpes. Robert se sert un café et attaque.

— En tout cas, tu m'amèneras pas vivre dans le fin fond d'un rang comme Clara a fait à son pauvre mari, oublie ça.

— Je vivrai pas dans un chalet de pêche au bord d'un lac. Le bois, c'est un nid à allergies. Je vais passer mon temps à me moucher et à éternuer. Pis j'ai peur des guêpes. Imagine-toi les ours…

— De toute façon, moi à ma retraite, je veux rien faire. Je veux voir personne. C'est ça, une vraie retraite. Tant qu'à travailler à la retraite, aussi bien pas la prendre.

— La retraite, c'est pas rien faire, la retraite c'est faire un travail aussi forçant mais pas payant, comme… le bénévolat.

— C'est ça, je vais torcher les autres et je serai pas payé en plus.

— Bob, si t'étais pas si bon dans le lit…

— Je l'ai, je vais être gigolo à plein temps! C'est ça mon projet! Emmenez-en des p'tites madames en manque de sexe.

— Le pire, c'est que t'aurais un succès bœuf… jusqu'à temps que tu tombes en panne.

— Je connais une bonne dépanneuse.

Le sourire de Robert, un brin égrillard, réveille les vieux soupçons de Mireille sur la maîtresse.

— Qui ça?

— Toi, mon amour.

«Maudit projet à marde! J'ai fait des projets toute ma vie, me marier, avoir des enfants, faire de l'argent, avoir des bons clients, garder mes bons clients… Je peux-tu me reposer des projets, prendre ça lousse un peu? On est heureux de même! Pourquoi faut toujours que les femmes nous arrivent avec des affaires à faire? Ça commence avec nos mères qui nous tiennent les mains occupées de peur qu'on se masturbe, puis on se marie et ça continue. Ce qu'on fait, c'est jamais assez. Elles ont des bons maris, c'est pas assez. Elles ont des bons papas, c'est pas assez. Des bons pourvoyeurs, c'est pas assez… Les femmes sont jamais satisfaites. Là, Mimi, il lui faut un projet à son goût! On est pas sortis du bois. On s'entendait bien là depuis la… dépanneuse. Il fallait que Clara se mette le nez dans nos affaires. Je vais y parler moi, à la fermière.»

«Maudits hommes! Eux autres quand ça marche bien dans la couchette, toutte marche. Ils pensent pas qu'un couple c'est plus que deux corps qui se baisent, c'est… qu'est-ce que c'est donc? Moi je suis une fille pas compliquée, puis mon gros Bob je l'aime, je l'adore, mais astheure que les enfants sont plus là, je commence à le trouver ben ben plate. Des fois je me mets à penser que si je l'avais pas lui dans ma vie, je pourrais peut-être trouver LE prince charmant. Recommencer la passion. Les fleurs, les chocolats cochons aux cerises, les petits mots doux, les sorties au clair de lune, tout le kit romantique. Je suis une princesse et ça doit bien exister quelque part un prince charmant qui me sortirait de mes années de mariage. »

— Mimi, j'ai une idée !

— Moi aussi !

— Dis la tienne.

— Non, la tienne.

— J'ai pensé qu'on pourrait, sans se séparer, chacun de notre côté vivre notre vinaigrette. Il paraît qu'il y en a qui font ça. J'ai une maîtresse, t'as un amant.

— T'es malade dans la tête !

***

Clara enlève les feuilles roussies des choux. Elle n'a pas prêté attention à la voiture venue se garer dans son entrée. Puis la voix de Robert qui l'apostrophe la fait sursauter.

— Toi là ! Toi là, puis tes idées de fou. Moi pis Mimi, on a passé la nuit à se chercher un projet. On en a pas trouvé qui fasse l'affaire des deux. C'est juste si on en est pas venus aux poings. C'est de ta faute aussi avec tes idées de relation, de lien qu'il faut travailler pour son couple. Je vais te montrer moi qu'on a pas besoin de simagrées pour s'aimer. On va s'aimer malgré toi. Tu vas voir.

— Ça c'est un beau projet !

Il reste bouche bée devant l'air moqueur de Clara. Il se confond maladroitement en excuses, s'enfargeant dans ses justifications.

— Je suis venu prendre d'avance mon panier. Pis j'avais envie d'un petit tour à la campagne.

— Ah…

Après avoir pris son panier, Robert file sans même lui dire au revoir. Elle l'observe tandis qu'il s'engage dans le rang. Elle est triste. Il n'a pas compris son conseil d'un projet à deux.

***

Dans sa cuisine d'été, elle vérifie ses courriels. Rien de Claude. Elle lui écrit :

Des nouvelles au plus vite, j'ai tout à coup des inquiétudes. Cela fait quatre jours que tu ne m'as pas écrit. Maman xxx

Et elle revient, tristounette, à son cher journal :

🖋 Ma vie est un échec. Je n'arrive pas à aider mes clients alors que tout ce que je veux est leur rendre service. Au lieu de m'occuper des autres, je devrais m'occuper de moi, qui n'arrive pas à me décider à quitter Étienne ni à déménager à Toronto près de mon amour, mon nouvel amour, Gabriel. Je n'arrive à rien. C'est de la faute d'Étienne aussi. S'il avait aimé son fils, il l'aurait accepté tel qu'il est. Je l'accepte bien, moi, pourquoi lui en est incapable ? S'il était comme moi, juste un peu, ouvert à la différence, à la nouveauté, Claude viendrait ici souvent, on irait aussi chez lui, on formerait une vraie famille. Mais non, lui, c'est la famille traditionnelle ou rien. La famille, ce n'est plus comme avant, un père, une mère, des enfants. La famille, c'est un parent, un enfant, jaune ou noir ou carreauté, des grands-parents, un conjoint de sexe différent ou du même sexe.

Tant qu'il y aura des êtres humains sur la terre, il y aura cette obsession de fonder une famille. Pourquoi? Parce que l'Homme avec un grand H n'est pas fait pour vivre seul, mais en groupe. De quoi sera fait la famille dans l'avenir, je ne sais pas. Ce que je sais, c'est qu'il y aura des couples et des enfants. Le pire est qu'Étienne et moi, on s'aime, mais nos opinions sur la vie nous empêchent de vivre notre amour. De ce temps-ci, on s'évite : «Passe-moi le sel. As-tu chargé la camionnette? Bonjour... Bonne nuit.» J'ai plus le goût de faire l'amour depuis que le petit Gabriel est entré dans ma vie. Comme s'il comblait mon besoin de tendresse, d'affection. Comme si un amour en chassait un autre. Faut que je fasse quelque chose... Il le faut...

28

Début de septembre, Nancy se retrouve à l'hôpital atteinte d'une fièvre dont elle ignore la cause. Elle est vivement contrariée, d'autant que, depuis leur réconciliation à Venise, Nicolas et elle s'essayaient à faire leur bébé tous les soirs, tous les matins et parfois les midis. Être père n'est pas encore tout à fait le projet de Nicolas, mais il aime sa femme. Elle veut un enfant ; il va lui en faire un. Comme on accepte un caprice de celle qu'on aime. Elle attend Nicolas, qui lui a promis de passer la soirée avec elle. Son Nicolas qu'elle ne voit plus que comme un pusher de spermatozoïdes. Il surgit dans la chambre, tenant un bouquet d'iris blancs, ses préférés. Il lui sourit doucement. On sourit toujours doucement aux malades.

— Allô sweetie !

— Allô papa !

— C'est pas encore fait.

— Ce sera pas long.

— Comment vas-tu ?

— J'ai passé je sais plus combien d'examens, personne sait ce que j'ai. Je dis que c'est un virus attrapé des enfants à ma clinique, mais lequel ? Le spécialiste pense que c'est pas un virus. Il connaît rien. C'est un abruti !

Il rigole. Malade, sa femme se permet de juger ses pairs, alors que, bien portante, elle les défend toutes griffes sorties.

— Viens plus près, mamour.

— T'es toute chaude.

— J'ai le goût de… « tu sais quoi »…

— Pas ici, voyons.

— Ferme la porte. Je dois pas être la première hospitalisée qui fait l'amour dans son lit de fer.

— Nancy, non.

— Je te jure, le personnel frappe avant d'entrer.

— Je veux pas !

Air boudeur de Nancy, qui remonte sa couverture jusque sous son nez.

— Ç'a pas de bon sens de faire l'amour à tout moment. J'ai l'air de quoi, un étalon ?

— Ben, il en faut !

— Je me sens pas bien sous pression. Je suis restaurateur, je vis déjà sous pression, rendu chez moi, je veux décompresser et, si le désir monte, eh bien profitons-en, sinon on se couche et on dort. Le désir, on commande pas ça comme une pizza. Et jusqu'ici, j'ai fait de mon mieux. Mais là t'es malade, tu fais de la fièvre.

— Tu me désires plus.

— C'est pas ça que je dis. Je dis…

— Tu veux pas me faire un enfant ?

— Je dis : je veux plus qu'on fasse l'amour dans le seul but de faire un enfant. On jouit pas, on procrée, et moi j'aime pas ça.

— Un beau moment pour me parler de ça !

— C'est le seul temps que j'ai pour te parler, autrement on est dans le lit à faire un petit. Lève-toi, on va aller marcher dans le corridor. Ça va te faire du bien.

Elle tousse un peu, et il lui sert un verre d'eau qu'elle sirote. Il est impassible. Pour une fois qu'il lui tient tête. Il est fier de lui.

— Je suis impulsive, c'est même pour mon impulsivité que tu m'aimes. Vrai?

— Vrai. Mais quand tu veux quelque chose, ce n'est plus de l'impulsivité, c'est de l'acharnement. Et quand tu obtiens pas ce que tu désires, c'est le désespoir.

— Ouain…

— J'ai juste peur, mon amour, que si le bébé se pointe pas le bout du nez pour une raison ou pour une autre, tu vires sur le top, que t'en fasses une dépression.

— Pourquoi j'aurais pas d'enfant? J'ai pas de temps à perdre, je vais avoir bientôt quarante ans.

— Je comprends. Je veux juste que tu mettes la pédale douce. On s'aime, nous deux, faudrait pas qu'on ruine ce qu'on a pour un… peut-être. Faudrait que je retourne au restaurant, il y a un gros party corpo ce soir.

— Tu m'avais dit que t'allais passer toute la soirée avec moi. Je m'ennuie à mort ici.

— Un imprévu, une demande de dernière minute… plus d'invités que prévu.

Il l'embrasse sur la joue. L'imprévu n'est pas tout à fait vrai, mais il en a marre de leur unique sujet de conversation : l'enfant. Elle le retient un instant dans ses bras et lui murmure à l'oreille :

— Si j'ai pas un bébé, j'aime mieux mourir.

***

Le lendemain matin, Nicolas a trouvé le prétexte pour visiter Clara : des fines herbes pour son fameux carré de porc qu'il a intégré dans son menu du soir. Afin d'éviter qu'il ne lui parle de Nancy et de son problème de couple, elle entonne son refrain habituel sur la nécessité des fermes biologiques.

— Deux pour cent de la population est responsable de la nourriture de cent pour cent des êtres humains… et la malnutrition est responsable de la plupart des cancers…

Elle continue de soliloquer sur la mission écologique qui lui tient à cœur, en tentant d'ignorer la tristesse apparente de son client. Elle s'est promis de ne plus se mêler des affaires de cœur des autres. Il l'interrompt :

— Nancy aura pas d'enfants !

L'air interrogatif de Clara l'encourage à poursuivre.

— J'avais tellement besoin de t'en parler… Hier, j'ai joué au golf avec le médecin traitant de Nancy, un copain du cégep, et il m'a informé qu'il avait découvert que ses trompes de Fallope étaient atrophiées des suites d'une chlamydia. Elle a dû faire une salpingite aiguë dans le passé. Elle peut définitivement pas avoir d'enfants.

— Pauvre elle !

— Puis moi donc ? Du même coup, j'apprends qu'elle est stérile et qu'elle m'a peut-être trompé avec un homme qui lui a passé une cochonnerie.

Sa bouche tremble, ses yeux se plissent, sa mâchoire se serre : surtout ne pas pleurer. Clara se retient de ne pas enlacer et bercer ce petit garçon égaré.

— Nancy sait pas encore qu'elle est stérile. Elle est en ce moment avec Michel, son médecin, qui doit le lui annoncer.

Sur la banquette de sa voiture, le carillon de son portable retentit.

— Merde ! C'est elle !

Nicolas se rue vers sa voiture et, juste avant d'ouvrir la portière, il crie à Clara :

— Je veux savoir qui lui a donné cette cochonnerie-là !

— Nicolas, attends ! Qu'est-ce qui est le plus important : être heureux avec elle toute ta vie ou savoir de qui elle a attrapé la chlamydia ?

— Nancy ?

Clara s'éloigne par discrétion, observant de loin Nicolas qui, prostré, écoute la douleur de Nancy. Puis il éteint la communication, lance son portable sur la banquette et cogne son front sur le châssis de sa voiture. Hésitation de Clara : devrait-elle le rejoindre, le consoler ou lui offrir de l'accompagner pour couper les herbes fines qu'il est venu chercher ? Mais il a déjà démarré et est reparti en vitesse sans la saluer.

« Être capable d'empêcher la souffrance sur terre, même pas sur terre, juste autour de moi. Être capable de rendre heureux ceux que j'aime, il me semble que ce serait raisonnable. Je sais que la vie est faite d'obstacles à surmonter, mais on peut-tu faire une pause de temps à autre ? »

29

Ce soir-là, Étienne, épuisé par une journée passée à biner, désherber, bêcher chez un voisin maraîcher, revient à la maison. En passant devant la cuisine d'été, il aperçoit Clara à son ordinateur, engagée dans une conversation sur Skype avec son fils. C'en est trop !

Il débranche l'ordinateur d'un geste sec. Clara, furieuse, bondit et, de ses deux mains ouvertes, lui martèle la poitrine à répétition. Il la maîtrise rapidement. Ils se fusillent du regard. Il la déteste de le trahir. Elle le déteste de la forcer à le trahir.

— Qu'est-ce qui nous arrive ?

— C'est toi qui veux rien comprendre.

— C'est toi !

— C'est toi !

Ils continuent à s'accuser mutuellement et puis, soudain et ensemble, ils se trouvent totalement ridicules. Mais au lieu d'en rire comme on pourrait s'y attendre, ils se mettent à pleurer. Étienne renifle, essuie ses larmes avec un pan de sa chemise. Tout en sanglotant, Clara fouille les poches de sa vieille veste rose cendré et y trouve un papier-mouchoir chiffonné qu'elle lui tend. Il se mouche puis sourit à travers ses larmes, un faible petit sourire.

— Je t'aime, Clara.

— Moi aussi, tellement.

— Pourquoi ça va si mal entre nous?

— Parce que tu me caches des choses.

— Je te cache rien !

— Alors dis-moi pourquoi tu peux pas accepter l'homosexualité de Claude.

Étienne, qui tenait encore sa main, la retire. D'autorité, elle la lui reprend.

— Pourquoi, mon amour?

— Je le sais pas !

— Étienne, on peut pas continuer à vivre comme ça. Moi j'en peux plus.

— Je sais pas… je te dis… Je suis de même, c'est tout.

— Tu le sais, mais tu veux pas me le dire.

— Demain !

Étienne recule vers la porte. Elle tente de forcer son regard. Rien n'y fait.

— Là, faut que j'aille nourrir les chats… Tu les entends pas miauler? On a trop de chats. Je te l'ai toujours dit, mais t'écoutes pas.

— Me faire des reproches quand je t'accuse, c'est une tactique de lâche.

Elle se plante devant lui, l'empêchant de quitter la pièce.

— Demain.

— Non Étienne, pas demain, là, tout de suite ! Ce serait vraiment idiot de perdre la relation qu'on a bâtie ensemble pour… un secret.

— J'ai pas de secret ! Baptême ! Vas-tu me lâcher !

— Je veux pas jouer au chat et à la souris avec toi. Tu parles ou bien…

— Ou bien?

— On se parlera plus jamais !

Étienne soupire, regarde ailleurs, vers l'extérieur. Elle respecte son silence, une attente intolérable.

— J'avais réussi à l'enfouir tellement loin dans ma mémoire que je m'en souvenais plus.

— Ça s'appelle le déni.

— Je sais. Et puis quand Claude…

— Quand Claude…?

— Quand j'ai su que Claude était…

— Gai.

— Oui, ça…

— Un gai.

— Si je dis le reste, tu vas me laisser.

— Pourquoi?

— Pour rien. On est pas bien comme ça? Je te laisse parler à Claude. Je t'ai laissée aller à Toronto… En novembre, quand notre saison sera terminée, tu pourras y retourner si tu veux… Toute une semaine si tu veux.

— On a toujours tout fait ensemble, je veux pas qu'en vieillissant on s'éloigne l'un de l'autre. C'est une relation à deux que je veux. Pas une relation où on fait ce qu'on veut chacun de notre bord.

— C'est pas moi qui a commencé.

— La question est pas de savoir qui a commencé, mais où ça va nous mener…

— T'entends pas miauler? Ils ont faim…

— Ne te défile pas, Étienne !

Il est déjà parti. Vive déception de Clara qui, de la fenêtre, l'observe s'éloigner, épaules basses, vers la grange.

« Des années de dialogue peuvent pas se terminer comme ça. »

257

Elle rebranche son ordinateur et retourne à son cher journal.

🍃 Que me cache mon mari ? Pourquoi s'oppose-t-il à mon bonheur et au sien ? Si seulement il s'ouvrait à moi. S'il me disait pourquoi il en est venu à fuir les gais comme la peste, je pourrais comprendre, je comprends tout. Je ne dois pas avoir le tour de le faire parler. Peut-être que je ne l'écoute pas assez, que je ne l'aime pas assez ? Chose certaine, je suis malheureuse, si malheureuse que notre bel amour, que notre merveilleuse relation se brise ainsi, sur une incompréhension.

Elle éteint son ordi et aperçoit son voisin Jean-Christophe qui passe dans le rang. Sa promenade de santé ! Sans réfléchir, elle court à l'extérieur et, du chemin privé, l'interpelle. Il la salue avec des gestes comiques. Elle lui fait signe de s'approcher, et c'est d'une démarche indolente qu'il la rejoint, sourire aux lèvres.

— Vous êtes aussi une couche-tard ?

— Oui…

— Charlène se couche tôt, et j'ai tendance à faire de l'insomnie. J'aime bien mes promenades nocturnes pour profiter des étoiles et de la lune. Elle est pleine ce soir, vous avez vu ? Des fois, je fais des rencontres, un lièvre, un chevreuil, une belle madame…

— Je m'excuse de m'être confiée à vous l'autre soir. Je sais pas ce qui m'a pris. Tout le monde se confie à moi, j'ai personne moi à qui parler… J'ai mon mari, mais de ce temps-là… la communication est brisée.

Ils s'assoient sur les marches de la galerie. Il étend ses longues jambes, dénoue son foulard de coton, passe sa main dans ses cheveux. C'est juste s'il n'ouvre pas la grille du confessionnal.

— Je vous écoute.

Clara lui raconte son désarroi sans pudeur ni gêne. Il l'écoute sans l'interrompre. Puis elle se tait, dans l'attente.

— Votre mari a droit à son jardin secret. N'y entrez surtout pas.

— Un jardin secret?

— Oui, il faut attendre qu'il en ouvre lui-même les portes. Sinon il restera toujours sur ses gardes. Un homme aime pas se sentir constamment jugé, observé. Personne d'ailleurs apprécie une telle situation.

— Mais pourquoi déteste-t-il les gais?

— Soyez patiente, Clara, c'est le meilleur conseil que je peux vous donner.

Il se lève, elle le raccompagne jusqu'au bord de la route. Il l'embrasse sur les deux joues.

— Je vous ai pas demandé des nouvelles de votre couple...

— Charlène commence à s'attacher à mon fils et moi à sa fille. Je m'occupe de la discipline de mon fils, elle s'occupe de celle de sa fille. On se parle tous les soirs de notre relation et de la relation que nous avons chacun avec l'enfant de l'autre. On traîne plus nos rancœurs dans le lit. On essaie de voir les beaux côtés de l'enfant de l'autre. Ça marche. On arrive à pas trop s'engueuler. Grâce à vous, Clara. Merci.

— C'est moi qui vous remercie de m'écouter.

— Cela m'est très facile, je suis psychothérapeute.

— Et c'est moi qui vous donne des conseils !

— Vous, vous avez du recul. Moi, j'en ai pas.

Ils se regardent un long instant. Et on pourrait les entendre penser.

« Si seulement elle était plus jeune. »

« Si seulement il était plus vieux. »

Vont-ils s'en tenir à cette attirance particulière, à cette amitié affectueuse ?

— Bonne nuit !

— Bonne nuit !

Il s'enfonce dans la noirceur opaque. Elle retourne s'asseoir sur les marches de la galerie, pensive.

« Je croyais que l'amour c'était tout se dire, pas avoir de secret l'un pour l'autre, et voilà que je dois réviser ma façon de penser. On a tous un jardin secret, que Jean-Christophe dit. Je dois respecter celui d'Étienne si je veux qu'il respecte le mien. Je ne vais plus lui demander la raison de son mépris pour les gais. Voilà. »

Étienne apparaît derrière la porte moustiquaire, enveloppé dans sa vieille robe de chambre, les cheveux en bataille. Il tousse pour ne pas la surprendre.

— Qu'est-ce que tu fais dehors à cette heure-ci ?

— Quelle heure est-il ?

— Deux heures et dix ! Il y avait quelqu'un avec toi ?

Clara pense au jardin secret, qui a bon dos désormais.

— Personne.

— Ah ! Je pensais… j'ai cru…

— Tu dors pas ?

— Non. Viens te coucher, on doit se lever tôt demain…

Il la rejoint sur la galerie, lui prend les mains pour gentiment la forcer à se lever, puis il lui enlace la taille et colle sa hanche sur la sienne.

— Tu sais, tu m'as demandé pourquoi, pourquoi j'avais de la misère avec l'homosexualité de Claude. Eh bien…

— On a droit chacun à son jardin secret. T'as le tien, j'ai le mien. Je te fais confiance et tu me fais confiance.

Et fière d'elle, de sa nouvelle ouverture d'esprit, elle l'entraîne à l'intérieur comme si de rien n'était.

30

Samuel revient de l'Abitibi, bien résolu à rompre avec Magali. Le contact avec les siens a éliminé tous ses doutes. La famille, jamais ! Il est trop jeune pour s'engager à vie avec une seule femme quand il y en a plein d'autres sur le marché ! Et juste l'idée du bébé lui est insoutenable. C'est dans cette disposition d'esprit qu'il la retrouve, en train de préparer son petit-déjeuner.

— Allô.

— Mon amour ! Sais-tu quoi ? Je vomis sans arrêt.

Elle s'approche pour l'embrasser. Elle a une haleine à tuer les mouches.

— J'ai un commencement de rhume.

Il lui a abruptement tourné le dos.

— J'aurais aimé ça que tu sois là pour me tenir la tête au-dessus du bol. J'ai appelé mes chums de filles qui ont des bébés, il paraît que ça peut durer des mois.

Elle attrape ses toasts qui sortent du grille-pain, les regarde pour aussitôt les rejeter.

— Juste l'idée de manger me donne la nausée.

Elle aurait voulu le faire fuir qu'elle ne s'y serait pas prise autrement.

— Je sais pas comment je vais faire pour l'université dans mon état. D'un autre côté, je peux pas travailler au bar avec un bedon. Regarde, j'ai déjà un petit ventre ! Une chance que je t'ai. J'ai pensé que tu pourrais payer une partie du loyer et moi je me trouverais un travail pas forçant en attendant le bébé. Mais si on se mariait, mon père serait très généreux.

Il hausse les épaules. Dans l'autobus, rompre lui apparaissait facile, mais comment la laisser avec son mal de cœur, sa grossesse dont il est en partie responsable ? Et pourtant, c'est ce qu'il va faire. Il doit se sortir de cette situation, sinon il va y laisser sa liberté. Il le sait, il le sent.

— J'ai quelque chose à te dire…

— Le cœur me lève !

Elle se rue vers les toilettes et, pendant qu'elle vomit, il écrit vite sur le bloc-notes près du téléphone :

Je te demande pardon, mais je veux plus te revoir jamais. Je m'excuse de ma lâcheté, mais je sais que si on se parle, je vais rester et je veux pas. Je t'aime. Samuel.

Il se ravise et noircit vigoureusement le « Je t'aime ».

Quand elle revient dans la cuisine, verte et chambranlante, elle voit le message de Samuel. Elle sait ce qui lui arrive et sa lecture lui confirme ce qu'elle redoutait tant. Elle pleure. Elle est la petite fille que sa mère abandonne.

***

Samuel a trouvé à se loger avec deux futures étudiantes de l'École de théâtre. Un logement semi-meublé de trois chambres dans Villeray. Il peut se payer ce luxe grâce à un prêt-bourse étudiant. Avec ses colocataires, il peut partager sa passion pour le jeu dramatique. Il est plus que convaincu que devenir comédien est son destin et que c'est en jouant des personnages qu'il sera heureux, qu'il gagne bien sa vie ou pas. Le jeu est un efficace remplisseur de vide affectif, et il a un gouffre à combler.

Aujourd'hui, ils emménagent tous. Tout en buvant de la bière, ils doivent décider des chambres. Il y en a trois, une à lit double, une à lits jumeaux, l'autre à lit simple. Au lieu de tirer à la courte paille, ils discutent de leurs besoins respectifs. Les filles invoquent la possibilité de ramener quelqu'un à coucher, donc ni les lits jumeaux ni le lit simple ne conviennent. Pour obtenir le lit double, Samuel les informe qu'il a une blonde avec qui il vit. Elles ripostent : elles ne cohabitent pas avec un couple, mais avec une personne. Les voix montent. Ils doivent se résigner à tirer les chambres au sort quand Magali fait son entrée.

— C'est ici ton taudis ?

Elle s'est faite beauté fatale pour rivaliser avec les colocataires, des futures actrices. Or, elles ont l'air bien ordinaire, coiffées de leurs queues de cheval et sans aucun maquillage. Magali en est d'abord déstabilisée. Samuel est visiblement embêté d'avoir à affronter les regards interrogateurs de ses colocs. Doit-il affirmer qu'il n'est plus le chum de cette fille déguisée en actrice de mauvais film français ou opter pour le mensonge ? Juste au moment où il a un lit à négocier.

— Magali, ma... blonde !

Il fait vite les présentations. Magali constate que les deux filles ont un corps d'enfer et qu'une fois qu'elles seront bien arrangées la compétition s'annoncera féroce. Elle choisit la stratégie de la gentillesse.

— Taudis ! C'est une joke ! C'est loin d'être un taudis, c'est même beau pour un logement pas cher. Grand, bien situé. Ça manque un peu de peinture. Je peux vous aider si vous voulez. Je donne pas ma place quand il s'agit de rendre mon chum heureux. J'ai une idée… Je vous paye la pizza et on fête ensemble notre installation. C'est ça notre chambre, chéri ? Celle avec le grand lit double ?… Parfait, parfait ! La pizza à quoi ? All dressed !

Les filles se consultent du regard, proches de pouffer de rire tellement le jeu de la nouvelle venue est grotesque. De son portable, Magali commande des pizzas, des grandes. Samuel le lui arrache des mains et annule la commande.

— Magali, c'est mon ex, c'est plus ma blonde ! J'en ai pas de blonde. Je disais ça pour avoir le lit double et d'ailleurs, pour vous le prouver, je prends la chambre avec le lit simple. Il est pas question qu'elle s'installe ici. Viens-t'en, toi, j'ai deux mots à te dire.

Il dégringole les trois étages sans lâcher le poignet de Magali, qui n'a d'autre choix que de le suivre.

— Aïe, tu me fais mal !

— Force-moi pas à être odieux !

— J'ai pas besoin de te forcer, ça te vient naturel.

— Et toi, hein ? Toi qui viens mettre la merde chez moi. Chez moi ! J'ai enfin un chez-moi, Magali.

— Maintenant que t'as plus besoin de mon fric, tu me flushes.

Samuel lève la main pour la frapper puis s'arrête. Il la laisse retomber lentement. Il est troublé, profondément troublé. Il vient de se conduire comme son père, son père qui se sert des gens puis les flushe brutalement. Non, c'est impossible qu'il ressemble à son père. Il refuse son hérédité. Il la renie. Il veut être comédien pour s'éloigner le plus possible du pattern paternel. Il ne sera pas lâche comme son père. Il ne sera pas profiteur comme lui. Il ne sera pas violent comme lui. Jamais il ne lèvera la main sur une femme. « Lui n'a jamais su prendre ses responsabilités, moi je vais les assumer. Je vais être le contraire de ce qu'il est. Lui, c'est un écœurant ! Pas moi ! »

— Je te demande pardon, Magali.

— De quoi ? De plus m'aimer ? De m'abandonner enceinte ? D'être violent avec moi ? Regarde, mon bras est bleu.

— Je sais pas ce qui m'a pris. Pardon !

— Pas nécessaire de prendre la hache pour casser avec moi. T'as juste à dire : « Je t'aime plus. » Je vais comprendre.

— C'est pas vrai que je t'aime plus !

— De toute façon, j'en ai rien à cirer d'un gars qui met une fille enceinte et qui fuit ses responsabilités.

— Je t'ai pas mise enceinte, tu t'y es mise toute seule en oubliant tes pilules volontairement ou pas, mais cela dit, je t'aime et je vais les prendre mes responsabilités, et je te jure de plus te faire mal physiquement. Je vais te prouver que je suis pas comme mon père…

— Qu'est-ce que ton père vient faire là-dedans ?…

— J'ai besoin de toi.

— T'as un logement, t'as plus besoin de moi.

— J'ai besoin de toi et de lui ou elle pour faire un homme de moi.

C'est en silence qu'ils marchent vers l'appartement de Magali. Il ne comprend pas encore son revirement. Peut-être est-ce sa réflexion sur la violence de son père ? Tout ce qu'il sait maintenant, c'est qu'il a envie de faire l'amour avec elle comme jamais.

« Je dois l'aimer, ça doit être ça l'amour ! »

Magali ne comprend rien non plus, mais pour l'instant, elle flotte.

***

Une belle journée de septembre. Magali est venue chercher son panier rempli de tomates, de concombres, de haricots et de choux de Bruxelles. Clara la complimente sur sa mine radieuse.

— Je vais faire une soupe aux légumes et un bouilli pas de viande, juste des légumes. Samuel est fou des légumes. Chez eux, ils en mangeaient jamais, rien que de la viande pis des patates. Et pour une femme enceinte, il y a rien de mieux, il paraît.

— Attends attends… Tu me perds là. Qui est enceinte ?

— Moi !

Magali sourit, fière d'elle, alors que Clara la fixe avec des yeux étonnés.

— Toi ? Enceinte ?

— Ben oui. Moi. Moi, je fais un enfant. Moi, je fabrique un être humain. Moi, je prouve que je suis une femme, une vraie. Je prouve à mes parents que je vaux quelque chose. Je suis tellement contente.

— De Samuel ?

— De Samuel…

— Il est encore dans ta vie ?

— Ben oui et pas à peu près, genre portrait de noces.

— Non !

— J'exagère. Il est pas question de mariage, pas encore ! On s'est réconciliés.

— À cause du bébé ?

— Non, à cause de son père. C'est une trop longue histoire…

C'est frisquet et, curieuse, Clara l'invite à bord de sa camionnette pour qu'elle dévoile quelques détails supplémentaires. Magali lui raconte le revirement de Samuel quand il a levé la main sur elle, son engagement vis-à-vis de l'enfant, et tout ça pour ne pas ressembler à son père.

— Mais à part son engagement pour l'enfant et pas vouloir ressembler à son père, est-ce qu'il t'aime?

— Moi, je l'aime. À force d'être fine, à force d'être parfaite, il va m'aimer. Il pourra pas faire autrement que de m'aimer : je vais être LA mère de son enfant.

— Magali, les sentiments, ça se force pas.

— Je vais le changer.

Clara s'était promis de ne plus donner de conseils, mais devant une telle naïveté, son besoin de faire partager son gros bon sens refait surface.

— Tu peux pas le changer. On change pas l'autre. L'autre peut changer. Toi, tu peux pas le faire.

— Vous me connaissez pas.

— Je connais des femmes et des hommes qui ont cru comme toi pouvoir transformer leur conjoint, ils ont pas réussi. Moi, j'ai pas réussi à changer mon mari.

— Un bébé, ça répare bien des choses.

— Erreur! Un bébé répare rien. Un bébé rend plus beau ce qui était déjà beau et plus laid ce qui était déjà laid. Ne compte pas sur ton enfant pour repriser ta relation si elle est décousue, usée ou déchirée.

— Vous êtes ben pas le fun !

— Un bébé, c'est pas un parapluie contre les intempéries.

— Coudonc vous. Il y a-tu quelque chose qui se passe dans votre couple pour que vous me découragiez de même?

— Je veux pas te décourager, je te mets en garde.

— Moi, je suis de la génération Y. On commettra pas vos erreurs. Moi, je divorcerai pas. Les enfants-rois, c'est vous autres qui avez fait ça. Moi, mon enfant, il va avoir de la discipline et surtout, surtout, on vivra pas pour consommer. Le siècle de la surconsommation, ça finit avec nous autres.

— Tu rêves, Magali.

— Eh bien laissez-moi rêver en paix! Vous êtes juste une vieille radoteuse !

Magali sort de la camionnette en faisant claquer la portière. Elle agrippe son panier dans la boîte arrière et marche d'un bon pas vers son vieux bazou. Clara est triste. Elle observe sa jeune cliente qui, au détour de la rue, disparaît. Une amitié qui s'envole. Un vent du nord-ouest fait virevolter les feuilles mortes. Elle sort à son tour, endosse son parka dans l'attente de son prochain client.

« Vieille radoteuse! Je suis pas si vieille que ça... »

Elle regarde les alentours, les enfants qui s'amusent dans le parc à faire des tas avec les feuilles mortes et à se lancer dedans. Elle songe aux longues journées inactives de l'hiver où, seule avec Étienne, elle ne pourra parler ni de Claude ni de son conjoint ni de Gabriel, l'archange aux yeux bridés. Elle refuse d'entamer ces mois où les jours se traînent comme des malades sans mettre au clair le différend qui les oppose.

— Oh! Tu m'as fait peur, Bob.

— À quoi tu pensais, Clara? T'as l'air d'un petit chien battu.

— Oh… à l'hiver qui s'en vient.

— Tu sais, le projet censé recoller notre couple. On en a un, et tout un !

— C'est bien…

— Moi pis ma femme, on va s'acheter un ski-doo. On va s'inscrire dans un club. On va partir toutes les fins de semaine en randonnée. J'ai déjà trouvé un club à Saint-Zénon.

— Et Mimi, elle ?

— Mimi, ben du moment qu'elle est avec moi, elle est ben contente.

— Elle aime conduire cet engin-là ?

— Elle conduit pas, c'est moi qui va conduire. C'est une frileuse, elle aime mieux être en arrière. Elle verra peut-être rien, mais elle va être au chaud ; j'y coupe le vent.

— Tu la laisseras jamais conduire ?

— Ben trop dangereux ! Il y a assez que les femmes causent les accidents de la route…

— C'est tout le contraire, Bob. Ce sont les hommes qui causent en majorité les accidents, les femmes sont prudentes.

— Euh… Si tu le dis ! Moi en tout cas, je m'assois pas en arrière certain, c'est conduire qui est le fun. Pis si on veut faire du ski-doo en couple, faut bien qu'il y en ait un qui conduise…

— Et c'est l'homme !

— Ben oui. C'est pas un sport de tapettes.

Clara est interpellée, voire blessée par son allusion à l'homosexualité.

— Qu'est-ce que tu veux dire par là ?

— C'est pas un sport de tapettes.

271

— C'est de l'homophobie ça...

— Moi, homo... enfin, ce que tu dis... Heille, je travaille avec des coiffeurs depuis des années. Mes meilleurs chums sont des tapettes. Je les connais assez... des vraies fifilles.

— Mon fils Claude est gai et il est pas fifille !

— Hé, je savais pas que t'avais un gars ! Si ça peut te consoler, il y en a partout des gais, c'est comme les punaises de lit, une engeance. Me semble qu'on en voyait moins avant...

— Bob, je te permets pas de parler de... Qu'est-ce que tu ferais si ton fils t'apprenait qu'il est gai ?

— Il l'est pas ! J'y ai vu. J'en ai fait un homme, de mon gars. Je l'ai sorti des jupes de sa mère ben vite, je l'ai mis sur les patins à trois ans pis j'y ai donné une puck et un bâton de hockey. Puis va compter un but, mon homme, un but pour ton père ! C'est les mères qui fabriquent les tapettes.

Clara se renfrogne, se retient tant bien que mal de ne pas éclater. Robert réalise soudain ce qu'il vient de proclamer. Il bafouille des excuses. Elle est furieuse.

— Tiens, prends ton panier. Je veux plus te revoir. Fini.

— Qu'est-ce que j'ai dit ? J'invente rien, caltor... tout le monde pense ça.

— Va-t'en !

Il prend son panier, qu'il dépose dans le coffre arrière. Il tente un sourire vers Clara qui le fixe d'un air mauvais et lui hurle :

— Homophobe !

Elle se rend soudain compte que, pour la première fois, elle a dévoilé l'homosexualité de son fils à un client et qu'elle ne ressent aucune honte. Elle en est même fière. Elle a hâte de terminer sa journée pour raconter ça à son mari… Non, elle ne pourra pas. Elle a un mari sourd et muet quand il s'agit de Claude.

« Ça peut plus durer, et au diable le jardin secret ! »

Il reste un panier. Tant pis ! Tout ce qu'elle désire est de confronter Étienne et en finir. Mais la luxueuse voiture de Nancy se gare en parallèle de la camionnette.

— J'ai besoin de te parler ! On peut aller prendre un thé ?

« J'ai vraiment pas le goût de l'entendre. Est-ce que je l'ennuie moi avec mes problèmes ? »

Mais le piteux état de Nancy l'attendrit. Elle est amaigrie, blême, son teint est terne.

— Ou un chocolat chaud ? Allez, Clara. Un chocolat chaud avec de la bonne crème fouettée.

Elle a trouvé l'argument pour la faire fléchir.

— Pas longtemps, il fait noir de bonne heure en septembre.

Elle n'a pas dit sa phrase habituelle : « Étienne m'attend. »

Elles traversent la rue, bras dessus, bras dessous. Quelques minutes plus tard, le serveur dépose sur leur table un thé vert et un chocolat chaud décadent.

— Comment va ta santé, Nancy ?

— Les cordonniers sont toujours les plus mal chaussés. J'avais pas passé d'examen gynéco depuis des lustres, j'étais persuadée d'être en parfaite santé. Un médecin n'est pas malade. Il est celui qui soigne et qui guérit. Si j'avais su que je pouvais pas avoir d'enfants, j'aurais pas risqué mon couple avec mes demandes. Enfin, je le savais pas que j'étais stérile. Que j'avais eu une MTS.

— Tu savais pas que tu avais eu une MTS ?

— Je le savais, je l'avais fait soigner, j'étais guérie.

— Comment toi, médecin, t'as pu attraper cette maladie ?

— C'était au bal de graduation à la fin du secondaire. Nicolas cette année-là s'était décroché un travail dans un hôtel de Banff. Il voulait perfectionner son anglais. Je suis donc allée à la soirée avec un copain de classe laid comme un pou, mais riche comme Crésus dont aucune fille ne voulait. On a fêté, on a bu de la bière, du mousseux, du vin blanc, du vin rouge et de la crème de menthe. C'est à qui boirait le plus. C'est idiot, mais c'est souvent comme ça dans les bals de graduation. On s'est retrouvés dans une chambre d'hôtel puis là... Je me souviens même pas de ce qui est arrivé. C'est lui qui m'a dit que coucher avec une vierge c'était meilleur que les putes qu'il se payait. Je me suis demandé s'il mentait, mais je savais qu'il m'avait pénétrée, je le sentais. Je me souviens d'être allée voir un médecin en cachette de mes parents, d'avoir pris des antibiotiques deux ou trois fois, puis je me suis convaincue qu'il m'était rien arrivé puisque je m'en souvenais plus. J'ai oublié. J'ai cette faculté d'effacer les mauvais souvenirs pour me rappeler que les bons moments. Mon corps, lui, a gardé une trace de cette foutue nuit : la chlamydia. Personne m'a dit que je pourrais pas avoir d'enfants. Si on me l'avait dit...

— Ma pauvre fille !

— Je voulais tant un enfant.

— Et Nicolas ?

— Ç'a été...

Tout en racontant la scène à Clara, elle la revit avec grande émotion.

— C'est la vérité. C'est ce qui est arrivé, Nicolas. J'avais dix-sept ans. Je savais que ça pouvait causer l'infertilité, vingt-cinq pour cent des fois. J'étais sûre d'être dans les soixante-quinze. Me crois-tu ?

— Je te crois.

Ils restent plongés dans leurs pensées, puis Nancy attaque :

— Ça t'arrange hein que je sois stérile !

— Non, ça m'arrange pas. Pas du tout.

— T'en veux pas d'enfants, je suis stérile, c'est parfait.

— Je m'étais fait à l'idée, depuis le temps qu'on en parle. Je désirais autant que toi ce petit bébé.

— Tu veux un enfant maintenant que je peux pas t'en donner ?

— J'ai pris des semaines à me raisonner. J'ai compris que je veux me perpétuer. Avoir quelqu'un qui porte mon nom.

— C'est trop idiot ! Qu'est-ce qu'on va faire ?

— Je le sais pas. Ah shit !

***

— « Ah shit », qu'il a dit ! Il voulait pas d'enfants quand j'en voulais, maintenant que je peux pas en avoir, il en veut.

— Et toi, veux-tu encore un enfant ?

— Je peux pas !

— Il y a l'adoption.

Un long silence s'ensuit. Comme si cette perspective prenait du temps à se frayer un chemin dans l'esprit tourmenté de Nancy.

— Il y a l'adoption, évidemment. J'étais tellement dans mon deuil que j'y ai pas pensé une minute. Ben oui, il y a l'adoption ! Mais il paraît que ça peut prendre des années avant d'en trouver un, mais peut-être…

Le teint de Nancy se colore de rose. Elle éclate de rire.

— Merci, Clara. Merci. Tu permets que j'appelle Nicolas ?

— Nancy, donne-toi jusqu'à ce soir pour y penser.

— Toi là ! Toi là ! Si je t'avais pas !

— Oh, j'ai pas grand mérite. C'est juste que j'ai du recul pour juger d'une situation, et du gros bon sens. Et ça, du gros bon sens, on en a tous… pour les autres. Il y a que nos problèmes personnels qu'on arrive pas à régler.

Clara est tentée de lui avouer qu'un psychothérapeute lui demande conseil parfois, mais ce serait de la vantardise.

— Faut que je me sauve, j'ai des patients qui arrivent dans une heure. J'ai hâte à ce soir !

— Tu peux prendre ton panier. Bonne chance !

Nancy sort de l'établissement comme si elle volait. Clara, qui lui envie sa légèreté, soupire.

***

Ce soir-là, contrairement à son habitude, Nancy attend son mari dans le salon, maquillée, coiffée, une bouteille de mousseux dans le seau à glace. Elle a délaissé sa jaquette et sa robe de chambre pour un pyjama d'intérieur de soie orange, une couleur qui rehausse ses cheveux bouclés de vraie rousse. Elle regarde d'un œil la télévision, son oreille à l'affût du tintement des clefs de Nicolas dans la serrure. Elle bondit quand enfin la porte d'entrée s'ouvre et que, vanné, il entre dans la maison.

— Youhou, mon amour, je suis dans le salon !

Il s'étonne de la voir là en train de verser du champagne dans des flûtes, à onze heures le soir, un jeudi.

— C'est pas ma fête. C'est-tu ta fête ?

— C'est notre fête.

— L'anniversaire de notre rencontre est en mai. On est en septembre.

Éclatante de bonheur, elle lui tend un verre de mousseux.

— On boit à notre bébé à venir.

— T'es pas drôle.

— On va adopter un enfant.

— Bon, une autre affaire !

— Tu m'as fait tout un plat parce que j'étais stérile.

— Adopter…

— C'est un enfant dans nos vies. C'est prendre l'amour que j'ai pour toi et celui que tu as pour moi et le donner à un petit être. Quelle importance qu'il ait été fait ailleurs qu'à la maison ? Il est là, il a besoin d'amour et on a plein d'amour à donner, tous les deux. Il y a la passation du savoir, du pouvoir, nous ce sera la passation de l'amour.

— Qui t'a mis ça en tête ?

— Clara !

— Ah oui ? Elle te l'a conseillé ?

— Suggéré, c'est pareil.

— Eh bien, levons nos verres… à Clara et à sa bonne idée.

— À notre bébé, d'où qu'il vienne !

— À notre bébé !

Cette nuit-là, ils firent l'amour avec une ardeur nouvelle. Leur symbiose étant terminée, ils en commençaient une autre. Une symbiose à trois cette fois. Leur amour allait servir à quelqu'un d'autre, allait s'ouvrir pour enrober un petit être qu'ils allaient chérir. Ils avaient un projet commun, le projet d'aimer un enfant, de l'élever, de l'accompagner dans la vie et peut-être que, dans leurs vieux jours, ils auraient des petits-enfants à aimer. Ils s'endormirent plus heureux.

31

Clara et Étienne déterrent les rattes – ces pommes de terre en forme de doigt, très prisées de leurs clients. Ils en auront jusqu'au coucher du soleil à récolter ce précieux butin. Toute la journée, pas un mot entre eux. Ni pendant, ni après le repas du soir, composé de jambon froid et de rattes poêlées à la graisse de canard. À tour de rôle, ils prennent une douche et se préparent pour la nuit. Ils sont épuisés et courbaturés.

Deux étrangers dans un lit double. Il feuillette un livre illustré sur le jardinage, et elle est plongée dans le dernier roman de Tremblay. L'ambiance est à couper au couteau, irrespirable. Il lui jette un œil, mais ne bronche pas.

« C'est à elle de faire le premier pas. »

« Qu'est-ce qu'il attend pour parler ? Une vraie tête de cochon. »

Deux icebergs. Vont-ils encore s'endormir sans s'embrasser, ni se bécoter, ni se coller l'un contre l'autre ? Leur rituel familier était si sécurisant. Et l'amour qu'ils n'ont pas fait depuis des semaines. Il est vrai qu'avec le temps leur appétit sexuel a diminué, mais il leur arrivait de ranimer la flamme avec des caresses. Ils en avaient alors pour un mois à s'échanger des regards teintés d'érotisme. C'était le même plaisir que de se souvenir d'un mets dégusté longuement en se disant qu'il n'y avait rien de meilleur au monde.

Clara referme son roman et le dépose sur sa table de chevet. Étienne reste impassible. Ce qui l'énerve au plus haut point.

— Je suis ben tannée là !

— Bon, qu'est-ce que j'ai encore fait ?

— C'est quoi ton maudit secret ?

— …

— C'est quoi ?

Étienne délaisse son livre illustré et, sans la regarder :

— Quand je t'ai offert de te le dire, t'as pas voulu. Là t'es peut-être prête, mais moi je le suis plus du tout !

Sur ce, il lui tourne le dos et éteint de son bord. De rage, elle se lève, empoigne l'édredon et son oreiller et quitte la chambre. Deux des chats qui sommeillaient au pied du lit la suivent, croyant peut-être que c'est l'heure de la bouffe. Ceux qui la voient arriver dans le salon fuient vers la cuisine, puis décident de revenir à petits pas pour observer la sorcière en colère qui est allongée sur le sofa, bien enroulée dans l'édredon. L'accalmie en incite certains à venir se coucher à ses pieds.

« C'est bien beau favoriser la relation, garder le lien, mais quand la relation existe plus, que le lien est brisé, qu'est-ce qu'on fait ? J'ai personne à qui demander conseil… Il y a Jean-Christophe, mais je dois pas en abuser… »

Étienne est dans la porte du salon, en pyjama.

— Va te coucher dans la chambre, je vais le prendre, moi, le sofa.

— T'es trop grand, tes pieds vont dépasser…

— Tu vas avoir mal dans le dos, il est trop dur ce sofa-là.

— Je veux pas que tu aies mal au dos moi non plus.

— Va… Le lit est chaud, il t'attend.

— Non !

Étienne s'accroupit près du sofa, elle enfouit sa tête dans l'édredon.

— Dans ce cas-là, fais-moi une petite place. J'ai toujours couché avec toi depuis qu'on est mariés, c'est pas aujourd'hui que je vais commencer à faire chambre à part.

Il soulève l'édredon et se coule près d'elle. Ils sont forcément collés l'un sur l'autre. Les félins ont déguerpi vite fait. Clara tente de se décoller, mais mission impossible. Elle lui tourne le dos, mais fesses contre fesses, c'est trop sensuel à son goût. Elle lui fait face, le corps raidi, yeux fermés et distante.

« Ah non ! Une érection… »

Elle tente de courber son dos, il la retient doucement. L'érection est maintenant ferme. Leurs haleines se confondent. Ils respirent à l'unisson, ce qui leur rappelle leurs tentatives du Kâma-Sûtra. Elle ouvre les yeux, le regarde comme la première fois, le trouve beau et terriblement sexé. La chanson de Gerry résonne dans sa tête : « Avec les yeux du cœur… » Elle l'embrasse, ils s'embrassent, leurs langues s'engagent dans un dialogue dont ils connaissent le sens. Petit à petit, leurs corps se défâchent, ils en viennent à se détendre et à reprendre le chemin tant de fois parcouru vers la jouissance.

Après, au lieu de s'endormir comme il en a l'habitude, Étienne, encore éberlué de la fusion de leurs corps, lui offre de lui faire un chocolat chaud, son péché mignon.

— Guette le lait, faut pas qu'il bouille.

— La vanille, où est-elle?

— Laisse faire, je vais le faire le chocolat.

— Non. Je veux te faire plaisir.

— Moi aussi. Chaque jour, je me demande ce que je pourrais bien faire pour te faire plaisir.

— Moi aussi je me demande!

Ils s'enlacent tendrement.

— Je t'aime tellement, Clara.

— Pas autant que moi…

— Alors dis-moi, mon amour, pourquoi on se fait la gueule comme ça?

— Parce qu'on est caves.

— T'as donc raison!

Ils s'embrassent, heureux de se retrouver comme avant.

— Le lait déborde!

Ils éclatent de rire comme s'ils avaient vingt ans. Étienne nettoie la cuisinière et éponge le plancher.

— C'est pas grave, Étienne. C'est juste un tout petit accident. On a failli en avoir un catastrophique, nous deux.

— On est passés proche.

— Étienne, je m'excuse.

— Non, c'est à moi de m'excuser.

— On va pas s'obstiner sur les excuses maintenant. On est tous les deux responsables.

— Viens…

Il l'entraîne au salon et il choisit de s'asseoir face à elle. Elle devine que c'est l'heure de l'ouverture des portes du jardin secret. Elle retient son souffle.

— Si j'ai tant d'intolérance envers les homosexuels, c'est que j'ai longtemps pensé que je l'étais.

— Toi ? Tu l'es pas. La preuve, tout à l'heure sur le sofa… les preuves depuis cinquante ans…

— Laisse-moi parler.

— Excuse-moi, mais c'est tellement farfelu… toi, un gai.

— C'est sérieux !

— Je te laisse parler.

— Ce que je vais te dire, je l'ai gardé pour moi jusqu'à aujourd'hui. Personne au monde peut se douter de ma souffrance… Même pas toi.

— Étienne, tu me fais peur…

— Tu le sais, j'ai étudié dans un pensionnat, jeune. Il y avait un entraîneur de natation, un prêtre, un très bon professeur. C'est lui qui m'a donné le goût de devenir champion de natation. Dès le premier mois, il s'est intéressé à moi un peu plus qu'aux autres. Il m'a donné du temps supplémentaire sous prétexte que j'avais de grandes dispositions pour la natation. Je voyais bien que les autres élèves riaient de moi, mais je mettais ça sur le dos de la jalousie. Puis un jour… plutôt une nuit… une nuit froide de février…

Étienne se tait au souvenir de cette nuit glacée de son enfance. Clara lui prend les mains pour l'encourager à poursuivre.

— Cette nuit-là… Moi, je comprenais rien, j'avais jamais, jamais entendu parler de ça… ben, des hommes qui aiment les petits gars. Il est venu me trouver dans le dortoir. On avait des chambrettes séparées par des toiles. Je savais pas ce qu'il voulait, mais j'étais flatté de son attention. Il était tendre, très tendre, très doux. J'avais été élevé par un père pas caressant du tout. J'en revenais pas ! Il me disait qu'on avait tous les deux besoin d'affection, qu'il me trouvait beau, des affaires de même. Qui aime pas se faire dire qu'il est beau, surtout quand il en doute ? La première nuit, il n'a que parlé en me réchauffant les pieds avec ses mains. On gelait dans le dortoir. Les autres nuits… sous prétexte de me réchauffer, il m'a caressé et je l'ai caressé aussi en retour. Je savais pas ce qui arrivait. Tout ça était nouveau pour moi. Et puis il m'a montré à le caresser autrement… Je savais que c'était pas correct vu qu'on se cachait et qu'il m'avait fait jurer de jamais, au grand jamais parler de ce qui se passait entre nous. Que c'était notre secret. Que ça pouvait pas être mal puisqu'on se faisait du bien. J'étais fier de partager un secret avec un adulte, ça me donnait de l'importance, moi qui en avais aucune… mais… L'année scolaire s'est terminée. Rendu à la maison, je voulais plus retourner dans ce pensionnat-là… recommencer ça. J'aimais pas ça. J'ai inventé une histoire de garçons qui me gardaient la tête sous l'eau à la piscine pour me noyer, que j'étais constamment harcelé par eux. Mes parents ont rencontré le prêtre pour obtenir des explications. Lui qui acceptait pas que ses élèves lui mentent, il leur mentait devant moi. Il m'a traité d'affabulateur et a juré qu'il s'occuperait personnellement de corriger mon défaut. J'y suis donc retourné et… ç'a recommencé.

— Mais pourquoi t'as pas dit la vérité à tes parents ?

— Ils m'auraient pas cru ! Ça aurait été ma parole contre celle d'un prêtre. On l'aurait cru lui, cent fois plus que moi. On m'avait enseigné qu'il fallait respecter les prêtres, qu'ils étaient les représentants de Dieu sur la terre. Ils m'auraient pas cru, je te jure. J'avais huit ans !

C'est pas vieux, huit ans. J'avais personne de mon bord. Personne pour me conseiller ni à qui me confier. De toute façon, j'ai jamais parlé de l'agression à personne. On nous faisait croire, et on le croyait dur comme fer, que les prêtres étaient au-dessus de la chair. La chair, c'était bon pour les gens mariés, pas pour les prêtres. Il faut te replacer à cette époque où les prêtres avaient tous les pouvoirs, même celui d'abuser des jeunes garçons. Leurs supérieurs fermaient les yeux. Le pire, Clara, le plus mêlant, c'est qu'étant pas homo j'aimais pas les gestes, mais j'aimais le plaisir que me procuraient les gestes. J'avais huit ans !

— Ce qui te trouble tant, c'est d'avoir pris du plaisir à des gestes que tu réprouvais. C'est ça ?

— Oui ! C'est aussi de pas avoir eu la force ni le courage de dire « non ». La seconde année, je m'étais juré de l'envoyer promener, mais j'avais peur qu'il me néglige et je voulais désespérément devenir un champion de natation. C'était le seul professeur de natation du collège. À la rentrée, quand il est venu me retrouver la nuit, je lui ai dit que je voulais plus qu'il me touche, qu'on se touche plutôt, mais il savait comment m'attirer dans sa toile d'araignée. Plus je résistais, plus il m'enfirouapait avec ses raisonnements d'homme instruit. J'étais tellement mêlé que mes notes s'en sont ressenties et que le directeur du pensionnat a fini par me mettre à la porte. Ils ne formaient que des premiers de classe ! D'ailleurs, le prêtre avait déjà jeté son dévolu sur un petit nouveau. Mes parents m'ont inscrit à l'école publique et mes notes ont remonté. J'étais sorti de l'enfer. Parce que ç'a été l'enfer, Clara, deux ans… deux ans d'enfer.

— Pourquoi pas m'en avoir parlé avant ?

— J'avais trop honte !

— Tu as été manipulé par un pédophile. T'es coupable de rien.

— J'ai eu du plaisir !

— Malgré toi.

— J'avais peur que tu perdes confiance en moi. Et puis j'avais peur... de moi.

— De toi ?

— Est-ce qu'après deux ans de pratiques homosexuelles je suis homo ?

Clara a peur de gratter la terrible blessure d'enfance d'Étienne. Mais elle doit savoir la vérité à tout prix. C'est d'un ton très pondéré, très doux, qu'elle lui demande :

— Aimes-tu les hommes ?

— Non ! Je t'aime toi !

— Si t'aimes pas les hommes, pourquoi détestes-tu ceux qui les aiment ?

— Je les déteste pas, j'en ai peur.

— Peur de quoi ?

— Je le sais pas.

Il se lève, s'éloigne, l'air perdu, désorienté. Il lui tourne le dos, le regard vers la nuit.

— Étienne, fuis pas, je t'en prie.

— Tu sais ce que tu voulais savoir, j'ai assez parlé.

— T'as peur d'être tenté ? C'est ça ?

— Oui.

C'est un tout petit « oui » qui la bouleverse. Elle prend une bonne respiration, puis :

— As-tu déjà été tenté depuis qu'on est mariés ?

— Non ! Jamais !

— Mais alors, y a pas de problème.

Il se retourne, l'affronte.

— Toi, Clara, t'as peur de l'eau, t'as peur de te noyer. C'est une peur viscérale qui te vient d'un traumatisme d'enfance. Tu te tiens loin de l'eau de peur de te noyer. Je me tiens loin moi aussi…

Une pensée vient à l'esprit de Clara, pensée si effrayante qu'elle doit l'expulser.

— T'as pas peur d'être attiré par ton fils quand même ?

— Non ! Mais je savais qu'en acceptant son homosexualité la maison aurait été pleine de… tentations. Je pouvais pas risquer de me perdre et de te perdre.

— C'est si fort que ça, l'attirance ?

— Je suis pas attiré par les gais, j'ai peur d'être attiré. Je me protège de l'homosexualité comme toi tu te protèges de la noyade en te tenant loin de l'eau.

— J'y vais des fois dans l'eau, même si j'ai peur de me noyer. La peur, ça se surmonte. Je sacrifierais pas mon fils et mon petit-fils pour une peur. Es-tu un homme ou un cerf-volant qui vogue au gré du vent ? Franchement ! Avoir peur d'être tenté ! La tentation, je comprends ça. Ça passe devant nous à tout âge. On dit « non », c'est simple. On calcule ce qu'on risque de perdre en cédant à la tentation et on dit « non ». Tu vas pas te priver de ta famille pour une tentation possible ? C'est ridicule ! Je parle à Claude et je les invite pour la fin de semaine prochaine !

— Attends !

— J'attends pas. Moi je sais que t'as aucune tendance homosexuelle et, même si tu es tenté, je serai là pour te rappeler le petit mot magique : « Non. »

— Je suis pas prêt à les voir, attends !

Sans l'écouter, elle se dirige vers la cuisine d'été pour écrire un courriel à son fils. Une invitation pour lui, son conjoint et son fils pour le prochain week-end.

32

Au chalet de Nancy et Nicolas, c'est dimanche de far-
niente. Il est trois heures de l'après-midi et ils sont encore
en pyjama, lovés chacun dans leur fauteuil préféré, à lire
les journaux du week-end. Mais Nancy est distraite. Elle
a de toute évidence une idée en tête. Le timing lui semble
bon.

— On devrait abandonner l'adoption.

— Toi, abandonner ? Qu'est-ce qui se passe ? T'aban-
donnes jamais rien…

— Trop compliqué. Il y a de moins en moins d'enfants à adopter. Les attentes sont longues, trop longues.
Non, pas d'adoption.

Il rit. Décidément, il ne s'ennuie pas avec elle.

— Une femme a le droit de changer d'idée !

— Toi ! Toi ! Toi !

— Quoi « moi moi moi » ?

— J'aime que tu sois passionnée, que tu t'emballes
pour un projet, que tu me convainques de m'y embarquer
et que, soudainement, tu changes d'idée. Sérieux, j'aime
ça. Avec toi, je sais jamais à quoi m'attendre. Moi je suis
tellement prévisible. J'ai une idée, je la garde toute ma vie.
J'ai une femme, je la garde toute ma vie… T'as raison,
l'adoption peut prendre deux, trois ans sinon plus…

— On va prendre un enfant en famille d'accueil.

Elle redoute sa réaction. Il se lève, fait le tour du fauteuil, ramasse les journaux éparpillés sur le sol.

— T'as déjà fait des démarches, je suppose?

— Oui. Il y a un petit garçon de huit ans, sa mère est héroïnomane, son père, inconnu. Elle veut pas le donner en adoption. Mais elle peut pas le garder vu son état. Ça fait trois ans qu'elle essaie la désintoxication. Ça réussit jamais. On pourrait le prendre, l'aimer à mort, lui donner ce qui lui a manqué depuis huit ans : une famille stable. Il est pas facile, il paraît. Ça se comprend, il se promène de famille d'accueil en famille d'accueil. Puis il est… il est séropositif. Je pourrais le soigner, je suis pédiatre. En plus d'avoir un enfant à la maison, on le sauve…

— Pour le perdre dès que sa mère va vouloir le reprendre.

— On aura fait ça au moins. Dis oui. Dis oui !

Nicolas réfléchit. Ses décisions, contrairement à sa femme, passent par la raison avant d'atteindre le cœur.

— Si tu le voyais. Un vrai petit homme.

— Tu l'as vu? Déjà !

— J'ai pas de temps à perdre. J'ai trente-huit ans.

— As-tu bien réfléchi à ce que ça implique de prendre un enfant de huit ans en famille d'accueil… qui est séropositif en plus?

— Quand t'es devenu amoureux de moi, as-tu réfléchi?

— Non.

— Et puis?

— Faire ma vie avec toi, c'est la meilleure décision que j'ai prise. Je m'en félicite tous les jours. Mais on se connaissait depuis le carrosse, lui on le connaît pas…

— On va le connaître. Si tu veux, on pourrait aller le chercher. J'ai juste à téléphoner. Il est en stand-by.

— Puis t'attends à la dernière minute pour me dire ça !

— Je suis pas folle. Écoute, je suis tombée en amour quand sa dernière famille d'accueil est venue me consulter pour une otite. Je m'étais dit, si jamais sa famille veut plus de lui, pour une raison ou pour une autre, je le prends. Je suis chanceuse, Nicolas. On est chanceux !

« Il a pas besoin de savoir toutes les démarches que j'ai faites pour l'avoir. Tous les passe-droits que j'ai eus grâce à mon statut de médecin. »

— Il s'appelle comment ?

— Louis, dit Lulu.

— Un garçon de huit ans ! Ça veut dire que je peux l'emmener faire du ski avec moi. L'initier à la cuisine. S'il aime ça, je pourrais lui donner toutes mes recettes, mon savoir-faire, lui laisser le restaurant plus tard. Un petit gars de huit ans, j'aurai pas à changer les couches en tout cas. Moi, les bébés !...

— Puis ?

— Maudit que t'as des bonnes idées des fois !

— Ce qui est important, mon amour, c'est pas d'avoir des bonnes idées, mais de les réaliser.

— Je t'aime !

— Et moi donc !

« J'ai l'air d'être sûre de moi, mais... j'ai terriblement peur ! C'est sûr que c'est un risque, prendre un enfant de huit ans qui, en plus, est séropositif et souffre d'un trouble sévère du lien d'attachement. Mais je vais tellement l'aimer... Il va s'attacher à moi. Je prends le risque. Une relation avec un enfant, ça doit être comme une relation de couple : quand on y travaille, le succès vient couronner tes efforts. Et je suis certaine que je vais être une super maman. Enfin, presque… J'ai tellement le goût d'être sa mère. »

***

Après les formalités, Louis, dit Lulu, est monté dans l'auto avec ses affaires dans un sac sport déglingué. Il a mis sa ceinture de sécurité sans un mot, sans un sourire, sans expression. On sent que ce n'est pas la première fois qu'il passe d'une famille à l'autre. Il est renfrogné, presque en colère.

L'enfant est petit pour son âge. Il a les joues rondes et roses des bébés, mais un regard de vieillard. Ses cheveux noirs trop longs lui tombent sur le front, un front intelligent, mais buté. Sa bouche fermée hermétiquement semble garder un tas de mots inemployés qui ne demandent qu'à sortir violemment. C'est un bel enfant, malgré son air ombrageux.

Nancy s'est assise avec lui sur la banquette arrière. Elle prend sa main, qu'il retire aussitôt comme si elle l'avait brûlée.

— C'est plate hein de changer encore de famille ?

Il ne répond pas et détourne vite les yeux vers la rue.

— T'as pas besoin de me parler. Tu me parleras quand tu voudras.

Puis s'adressant à son mari, qui les observe dans le rétroviseur :

— Oh Nicolas, sais-tu l'heure qu'il est ? Sept heures ! J'ai faim moi. Toi ?

Lulu est une statue de sel, à peine si ses yeux se sont posés une seconde sur ceux de Nancy.

292

— Moi, mon amour, je mangerais bien une cuisse-frites. Toi Nancy?

— Une poitrine-frites. Ou… une super poutine peut-être?

Elle glisse un œil vers Lulu, qui sort son menton de son col de manteau.

— Ou un hamburger? Qu'est-ce que t'en penses, Lulu?

— McDonald!

Il a parlé. Nancy a horreur du McDo, mais pour rien au monde elle le lui refuserait.

Pendant le repas – si on peut nommer ce qu'ils ont ingurgité un « repas » –, Louis, alias Lulu, a dit: « C'est bon. » Pour faire taire Nancy qui lui demandait à chaque bouchée: « Aimes-tu ça? C'est-tu bon? » Une seule fois, pas plus. Rendu à la maison, voyant la richesse des lieux, il a dit: « C'est beau. » Une seule fois également. Après la douche, dans les draps soyeux de son lit, au lieu de souhaiter bonne nuit, il a fait la baboune, puis les larmes se sont mises à couler à flots comme s'il les avait réprimées et qu'enfin elles s'échappaient en eau miraculeuse.

Nicolas et Nancy se sont retenus pour ne pas se jeter sur lui et l'abîmer de baisers. Nicolas a finalement éteint, lui souhaitant pour la centième fois bonne nuit, Nancy a embrassé Lulu sur la joue. Joue qu'il s'est essuyée.

Cette nuit-là, le couple crut avoir gagné à la loterie de la vie. Rien de moins.

33

Chez Mireille et Robert, l'excitation est à son comble. Ils sont à feuilleter les nombreux dépliants et publicités de véhicules récréatifs.

— Pour commencer nos vacances, on va aller dans les campings du Québec, et quand on sera à la retraite, on ira visiter les Rocheuses aux États.

— C'est au Canada les Rocheuses, sa mère !

— Ils parlent pas français.

— C'est au Canada pareil. Et puis aller voir Céline ! Penses-tu toi qu'elle va encore donner son show à Vegas au moment de notre retraite ?

— Ben oui, elle aime ça chanter ! Puis moi je vais en profiter pour jouer au poker.

— Un vr, c'est pas trop de ménage à faire. Sans compter qu'on va pouvoir voir du pays en masse. Ça va être ben le fun.

— La motoneige, c'était le fun aussi…

— Me vois-tu comme un pack-sac dans ton dos ? Merci ben.

— Ouais. C'est moi qui vas le conduire le vr. Y a pas grand monde qui te dépasse, t'es gros sur l'autoroute.

— Au moins, on pourra se partager la conduite. L'autre sera l'aide-pilote.

— Te vois-tu, ma pauvre fille, conduire un gros truck comme ça ! Non non, c'est une job de gars.

— T'es ben macho !

— Bon, o.k. d'abord !

— Sûr ? T'es content ?

— Ouain. Je suis content.

— Moi aussi, je suis contente. Clara aussi va être contente.

Ils se taisent. Clara est un sujet tabou depuis quelque temps.

— Tu devrais aller t'excuser.

— J'ai rien fait de mal. Pis je le savais pas que son fils était gai. Si on peut plus dire ce qu'on pense. On est dans un pays libre…

— Bullshit ! Tu dis pas ce que tu penses, tu dis ce que les gars de ta gang disent pour faire viril. Tel que je te connais, t'en as pas de préjugés sur les gais, mais il faut que tu te moques des gais pour être accepté par ta gang de machos. Le pire est que c'est avec les gais que tu t'entends le mieux.

— Ça, je lui ai dit à Clara, des gais j'en connais une tonne…

— Je te vois faire au salon. Avec qui tu ris le plus, un gai. À qui tu te confies le plus, un autre gai. T'es pas un saint. Tu les traites juste comme ils doivent être traités. Comme des êtres humains. C'est juste avec ta gang de niaiseux que tu fais ces jokes-là.

— Je le ferai plus.

Elle craque quand son gros nounours lui dit : « Je le ferai plus. » Il est trop cute ! Elle lui lance un regard plein d'amour. Il lui sourit, heureux.

— Je t'aime.

— Moi titou !

— Ben, si tu m'aimes, tu vas aller lui faire tes excuses.

— J'en ai comme peur de Clara. Je me sens toujours jugé par elle. Tu peux pas t'excuser à ma place ?

— Non !

Son ton est tranchant. Il sait pertinemment qu'elle ne changera pas d'avis.

« Sans Clara, sa sagesse, son expérience de vie, sa générosité, son ouverture d'esprit, moi je suis une femme perdue. C'est sûr que ses conseils, je les suis pas tout le temps, mais au moins j'ai quelqu'un qui m'écoute vraiment. C'est une vraie psy gratos.

« À moins qu'on ait comme projet de rénover la maison, de changer tous les meubles ? Il voudra pas et il aura raison. La rénovation, c'est une nique à chicane et je veux plus me chicaner avec lui. Je veux que ça marche nous deux, que ce soit doux et tendre nous deux, qu'on ait une belle retraite, une belle vieillesse comme Clara avec son Étienne. J'ai assez hâte à l'été prochain ! Je me vois dans notre motor home tout chromé sur les routes, dans les campings. Visiter le Québec, rencontrer du monde nouveau. On a fini d'attendre après la visite des enfants ! S'ils veulent nous voir, ils auront juste à courir après nous autres ! Un projet à nous deux, c'est ça qui nous manquait. Elle avait-tu raison, la Clara ! »

***

En fin de journée, Mireille tente encore de convaincre son mari de se rendre chez Clara pour s'excuser.

— Elle te mangera pas !

— Je trouve ça enfantin, s'excuser.

— C'est pas enfantin, c'est poli. C'est même un signe de maturité.

— Ouais. Je vais avoir l'air d'un vrai fou. « Je m'excuse madame de t'avoir parlé contre les gais. »

— Allez ouste ! Je vais aller te reconduire.

Une heure plus tard, Mireille gare la voiture derrière la rangée de peupliers qui borde la ferme. Robert soupire. Il n'a absolument pas le cœur à s'excuser comme un enfant d'école.

— Je t'attends. Out !

— Ils sont pas là, on dirait.

— Ils sont là. Leur camionnette est garée devant la grange. Regarde !

À regret, il descend de l'auto et s'avance lentement dans le petit chemin menant à la maison. Il cogne une fois à la porte moustiquaire. Aucune réponse. Soulagé, il tourne vite les talons, mais la porte s'ouvre sur la maîtresse de maison, un peu agacée.

— Où est Mimi?

— Je suis venu tout seul...

— T'as besoin de légumes? J'ai des betteraves blanches...

— Non. Je suis venu pour...

— Entre donc, c'est pas chaud ce soir.

Gêné, il la suit jusque dans la cuisine, où elle l'invite à s'asseoir avec elle à la table de réfectoire. Elle lui sourit doucement, amusée tout de même par sa maladresse.

— J'ai des petits paniers de rattes tout prêts si tu veux. Mimi, elle est folle de ça !

— Je... veux pas de rattes ni de betteraves. Je veux...

— Oui?

— Je m'excuse.

— Pourquoi?

— Ben, tu sais. L'autre fois...

— Ah… Tes jugements sur les gais que j'ai trouvés totalement stupides ?

— Je suis pas contre les gais. Tout le contraire, mais je suis souvent lâche devant ma gang de chums.

— T'es pas le seul, malheureusement.

— Je savais pas que ton fils était gai. On l'a jamais vu…

— Il vit à Toronto depuis des années. En couple d'ailleurs… avec un autre.

— T'es pas fâchée contre moi ?

— Ben, je ne le suis plus. On a tous des préjugés, faut juste essayer de comprendre, de se mettre à la place de l'autre, puis ils s'en vont. Les préjugés, vois-tu, ça le dit, c'est juger avant de savoir. Faut juste pas les perpétuer, les préjugés. Mon fils est né gai, ç'aurait pu être moi ou toi.

— Ouais… C'est ben que trop vrai ! En tout cas, je me suis excusé pis je le ferai plus. Je suis assez content que tu sois pas trop en crisse contre moi.

— Si on veut être heureux, faut choisir ses chicanes. Se demander avant de se choquer : « C'est-tu si important ? » Quatre-vingt-dix fois sur cent, ça l'est pas. Bon, je te mets dehors. Vite, va rejoindre Mimi qui t'attend dans l'auto. Pis prends quelques fines herbes au moins…

— Comment tu sais ça qu'elle est dans l'auto ?

— Parce que tout seul, tu te serais pas excusé. L'orgueil mâle, je connais !

Sur le chemin du retour, Robert est intarissable sur Clara, au point où Mireille en est un brin ennuyée.

— Tu sais ce qu'elle a dit d'intelligent ? Se demander avant chaque prise de bec : « Est-ce que c'est important ? Est-ce que ça vaut la peine qu'on se chicane pour ça ? » C'est ça qu'elle m'a dit, en gros.

— Tu vois, s'excuser ça tue pas.

— Tu me le dis ! Ça fait que excuse-toi des fois toi aussi !

Elle rit puis hausse le volume de la radio. Une chanson de Presley. Et c'est en chœur qu'ils chantent tout faux les paroles de *Don't Be Cruel*. De bons souvenirs pour le couple.

34

Il est dix heures vingt. La fourgonnette de Claude fait chanter le gravier du chemin qui mène à la petite ferme. Clara jette un œil à la fenêtre, enlève son tablier et vérifie dans l'inox du poêle si son rouge à lèvres tient toujours. Elle est sur son trente et un, avec ses talons hauts des grandes occasions. C'est un grand jour pour elle. Le retour de l'enfant prodigue, la venue de son petit-fils dans sa maison. Un jour risqué également. Il n'y a pas de mode d'emploi pour ce nouveau genre de famille.

— Étienne, ils sont là ! Étienne !

Aucune réponse. Elle comprend qu'il n'est pas revenu du potager où, tôt le matin, il a fui sans même lui adresser la parole. Il déteste qu'elle l'abreuve de ses recommandations comme s'il avait quatre ans. Et puis voir le fils... le chum... et le fils adopté ! C'est beaucoup lui demander d'un seul coup. Pour se calmer, il travaille la terre avec ardeur, trop d'ardeur.

Clara s'est précipitée à l'extérieur, bras ouverts, sourire fendu jusqu'aux oreilles.

— De la grande visite, de la belle visite !

Ému, Claude l'embrasse, la tenant serré tout contre lui, un long moment. Mais du coin de l'œil, il tente d'apercevoir son père qu'il n'a pas revu depuis dix-neuf ans. Clara, elle, cherche à repérer le bébé dans son siège d'auto. Elle est la première à se dégager.

— Tu l'as amené toujours?

— Qui ça, mom? Mon chum? Il est discret, Francis attend que je lui fasse signe.

— Non pas lui, mon petit-fils! Ben, lui aussi voyons donc! J'ai tellement hâte de le prendre dans mes bras… pas ton chum, Gabriel. Enfin…

Ils rient, un rire fait d'énervement et de gêne pour Claude.

— Il a presque pas dormi du trajet. Il dort maintenant. Papa?

— Dans le potager. Je vais l'appeler.

— Non, attends! Francis you may come!

Francis déplie son grand corps d'athlète et s'avance vers sa belle-mère, affichant son large sourire aux dents si immaculées que son teint semble plus noir que noir. Il enlace Clara qui, un brin intimidée, baragouine en anglais que c'est une chance qu'elle ait ses talons hauts.

— Claude is lucky to have you.

C'est la toute première fois qu'un homme noir la prend dans ses bras. À Toronto, Francis avait été réservé, distant même. Elle se surprend de la douceur de sa peau – on dirait du satin –, aussi de l'odeur de ce satin chatoyant. Très sensuel, au parfum citronné.

— Laissez pas Gabriel tout seul dans l'auto, c'est dangereux. Avec deux pères, les coins doivent être tournés pas mal ronds.

Claude et Francis éclatent d'un rire empreint de connivence affectueuse.

— Maman a dit… As-tu…

— Je comprends bien « la » français.

— Depuis quand ?

— Never mind my love.

— Tu comprends le français ! Pourquoi tu me l'as pas dit ?

— Because you speak to me en anglais all the time.

Pendant que le couple se chamaille en sortant bagages et parc du bébé, Clara extirpe ce dernier de son siège d'auto. Il se réveille en grimaçant, proche de pleurer.

— Il a faim, ce pauvre amour. Les gars, sa bouteille ! Vite !

Francis attrape le sac thermos et entre dans la maison en compagnie de Clara qui, avant de passer la porte, jette un regard inquiet vers son fils, qui semble figé sur place.

« Comment vont se passer les retrouvailles avec Étienne ? Surtout, pas m'en mêler, ne pas m'en mêler… »

Claude hésite un bon moment avant de s'engager dans le sentier menant au potager. Une fébrilité incontrôlable l'envahit quand il voit la silhouette de son père qui, tête penchée, est en train de biner la terre.

Il s'approche lentement, cherchant ses premiers mots.

« Comme je l'aime. Comme il m'a manqué. Ah, si on pouvait donc se parler tous les deux. »

Étienne, qui a vu son fils s'approcher, s'est mis à biner de plus belle. Son chapeau de paille masquant son regard inquiet.

« Je me jette à ses pieds, je lui demande pardon. Je l'aime ce petit gars-là, c'est le seul que j'ai… le seul. Il n'a pas trop changé. »

— P'pa !

— Tu m'as fait peur ! Fais-moi plus jamais ça ! Veux-tu me faire avoir une crise cardiaque ?

— Excuse-moi, je voulais pas te surprendre…

— C'est ben toi ça… Toujours nous mettre devant le fait accompli.

— Maman t'a pas dit que je venais?

— Ça se peut qu'elle me l'ait dit puis que j'aie oublié. J'ai ben des affaires dans la tête de ce temps-là.

Il poursuit sa tâche sans jeter un œil à son fils, qui ne croit pas qu'il ait oublié sa visite. «Quel jeu joue-t-il au juste?»

— P'pa? Ça fait dix-neuf ans qu'on s'est pas vus, et puis…

— Tant que ça? Maudit que le temps passe vite.

— T'as l'air bien, p'pa.

Étienne, qui ne l'a regardé que furtivement, enlève son chapeau et essuie la sueur sur son front hâlé.

— Toi aussi t'as l'air bien.

— T'as pas changé, p'pa…

— Toi non plus. Pis, les affaires?

— Ça va un peu moins bien de ce temps-là, l'économie, hein…

— C'est pareil ici, l'économie. Les gens courent les rabais des publi-sacs, ça leur tente pas de payer plus cher pour des légumes et des fruits bio. Une chance qu'on a nos clients réguliers… Ils nous sont fidèles.

Un silence oppressant tombe entre eux. Claude s'approche et ose:

— P'pa, je me suis ennuyé de toi.

— … s'il savait, le monde, que la santé ç'a pas de prix…

— Je rêve de ce moment depuis que j'ai quitté la maison, p'pa.

— Sais-tu que les pesticides causent le cancer, toi?

— Je m'en sacre, p'pa! Je suis pas venu pour t'entendre parler d'écologie, mais pour te voir, crisse, et te présenter la personne qui me rend heureux. Pour que tu rencontres ton petit-fils. Parce que, que tu le veuilles ou non, p'pa, t'as un petit-fils.

— Choque-toi pas de même !

— Il y a de quoi se choquer ! T'as pas parlé depuis presque vingt ans à ton fils unique et là que tu le vois, tu y sers des banalités. Fuck, tu m'écœures p'pa !

— Sois poli !

— Qu'est-ce que tu veux, que je m'en retourne à Toronto et que je t'efface de ma vie définitivement ? C'est ça que tu veux ? Dis-le, si c'est ça que tu veux ! Depuis que je t'ai appris ma différence que tu me rejettes comme si j'étais de la merde. Moi, j'ai un cœur, tu sauras. J'en peux plus d'être traité comme un criminel. J'ai pas choisi d'être comme je suis, je suis pas fou. Moi, je t'admirais, je voulais être comme toi. Je me suis aperçu jeune que j'étais différent. J'ai-tu lutté pour être hétéro ! J'étais pas capable. Il a été un temps p'pa, à la fin de mon adolescence, où j'ai voulu mourir parce que je savais que je te désappointerais. Moi qui essayais de t'en parler, toi qui me menaçais de te pendre si jamais tu apprenais que j'étais fif, comme tu dis. Un jour, j'ai pris mon courage à deux mains et j'ai risqué ta mort en t'apprenant la vérité. C'était ta mort ou la mienne. Parce que p'pa, je pouvais plus vivre dans le mensonge !

Étienne le regarde, d'un regard adouci presque implorant.

— Mets-toi à ma place, Claude…

— Toi mets-toi à ma place ! Ah, puis ça sert à rien, tu veux jamais rien comprendre. Je vais repartir tout de suite. Je vais t'effacer de ma vie !

— Non !

— Oui, tu me reverras plus jamais. T'es mort pour moi. Salut !

Claude tourne les talons et dévale la petite pente vers la maison. Étienne hésite, puis il court derrière lui, totalement désemparé.

— Attends. Si tu pars, ta mère va me laisser !

— Je m'en câlisse !

— Attends… J'ai quelque chose à te dire.

— C'est fini, p'pa !

— J'haïs les gais parce que j'ai peur de l'être !

Étienne lui a presque hurlé cet aveu. Désarçonné, Claude fige sur place et fixe son père, qui lui fait signe de revenir.

— Viens, fiston. Ton chum a pas besoin de savoir… On va s'asseoir sous l'arbre. Viens.

« Fiston, il m'a appelé fiston comme quand j'étais jeune… »

***

Étienne raconte à son fils ses deux années de pensionnat, ses craintes, ses doutes sur son identité sexuelle et sa haine de tout ce qui lui rappelle ce passé douloureux. Claude ne l'interrompt pas et écoute religieusement ce père issu d'une génération muette d'hommes.

À la fin du récit, Étienne pleure silencieusement, et Claude également. Ils sont dans les bras l'un de l'autre quand apparaît Francis, suivi de Clara et de l'ange Gabriel.

— Mais qu'est-ce que vous faites tous les deux?

Les deux hommes murmurent presque à l'unisson, comme pris en flagrant délit.

— Rien.

— Rien.

Étienne se lève, s'approche de Gabriel qui gazouille. Claude présente Francis à son père qui lui tend la main, qu'Étienne accepte. Clara respire, en état de grâce.

— Je vais lui faire respirer la chlorophylle, lui montrer nos beaux légumes. Viens mon petit gars…

Étienne s'éloigne dans la rangée de tomates avec Gabriel qui, comiquement, fixe le visage ridé de l'inconnu, tentant d'empoigner le rebord de son chapeau de paille.

— What a beautiful garden ! Me, moi venir dans une jardin quand j'étais petite garçon.

— Son père est maraîcher dans la ceinture verte de Toronto.

Discrètement, Clara laisse les hommes ensemble et s'occupe à casser des fèves pour le souper. Elle est heureuse, très heureuse. Elle sait que le grand pas menant à la réconciliation père-fils a été franchi. Néanmoins, elle connaît bien son mari, elle sait qu'il reste du chemin à faire.

ÉPILOGUE

C'est l'Halloween. La brise est chaude, les arbres sont en feu. La maison est joliment décorée de citrouilles, de ballons, de squelettes et de fantômes. Comme chaque automne, Clara invite ses fidèles clients et quelques voisins à une fête champêtre sur le thème de la citrouille. La plupart des invités seront déguisés. Les enfants s'amuseront à se faire des peurs et courront dans tous les sens. De la soupe au dessert, on va déguster de la citrouille, et on va repartir avec une citrouille dans les bras. Avec les années, c'est devenu un rituel, une festive tradition. Cette fête-ci, c'est une importante étape pour Clara. Claude, son chum Francis et leur fils Gabriel seront de la fête. Elle veut les présenter à ceux qu'elle aime, à son monde, son univers.

Mais le matin même, Étienne résistait à dévoiler l'orientation sexuelle de son fils unique.

— Tu vas trop vite, mon amour.

— Ça fait dix-neuf ans que je me prive de parler de Claude, je me rattrape.

— Je dis juste que si toi et moi, on a pas de préjugés, ça veut pas dire que nos clients eux autres…

— Chéri, leur attitude va dépendre de la nôtre. Si on est embarrassés, ils vont l'être, si on est heureux, ils vont l'être.

Sur ce, elle l'embrasse sur la joue, question de mettre un point final à leur discussion. Elle place les ustensiles sur les tables garnies déjà de minuscules citrouilles dans leurs jupes orange. Étienne la talonne, pas encore tout à fait à l'aise.

— Tout à coup qu'il pleut ?

— Tout à coup qu'il pleut pas !

Sur cet échange, traditionnel lui aussi, elle lui remet d'autorité le reste des ustensiles à placer et s'empresse d'aller accueillir Charlène et Jean-Christophe, qui arrivent à pied avec leur progéniture. Chose curieuse, le fils de celui-ci tient Charlène par la main et Jean-Christophe fait rouler la poussette miniature de la fille de Charlène où sommeille un chat bien emmitouflé.

— Qu'on est chanceux, il fait beau et chaud ! Bien-venue à ma fête de la citrouille ! Comme vous deviez partir pour la ville, je me demandais si vous alliez venir.

— Clara, on a une grande nouvelle : on vient de faire une offre pour la maison jaune. C'est Jean-Christophe qui l'achète.

— Charlène, c'est notre maison !·

— Ah que je suis contente ! C'est une si jolie maison. Mon mari aussi va être ravi.

Clara rougit de la pensée qui soudain la traverse : elle va donc pouvoir encore profiter de l'oreille attentive et de la douce présence de Jean-Christophe. Pour cacher son malaise, elle s'adresse aux deux enfants.

— Et on a absolument besoin de cueilleurs de bibittes expérimentés comme vous deux.

Les enfants sautillent de joie, mais bientôt ils courent vers le tracteur, l'objet de leur ultime plaisir depuis que le maître de la ferme leur a fait faire des tours.

Arrivée de la Lexus de Nancy et Nicolas. Étienne les accueille et ouvre la portière arrière où, bras croisés, un gamin fait visiblement la baboune. Air découragé de Nancy qui, du regard, demande à son mari d'intervenir.

— Sors, Lulu ! S'il te plaît !

L'enfant secoue négativement la tête.

— Lulu, descends ! Tu vas aimer ça ici !

Louis, dit Lulu, se braque davantage. Nancy est sur le point de perdre patience. Rien ne se passe comme elle l'avait espéré. Au tour d'Étienne de tenter sa chance.

— J'ai une citrouille tellement grosse que si on la vidait tu pourrais rentrer dedans pour te cacher.

Lulu jette un regard méprisant à celui qui le prend pour un bébé lala.

— Lulu a mal dormi, il a fait des cauchemars épouvantables…

— Nicolas l'excuse tout le temps !

— Toi tu veux trop qu'il soit parfait.

— Laissez-moi faire. Je connais ça, les garçons.

Étienne touche le bras de l'enfant récalcitrant, le tirant doucement vers l'extérieur, mais il doit vite lâcher prise. Lulu lui a mordu la main au sang. Les parents se confondent en excuses, la tension monte entre eux. Étienne décide de les laisser seuls, il s'éloigne et, au passage, salue Magali et Samuel installés dans la balancelle, un verre de punch orange en main.

— Arrête, Magali ! J'ai comme mal au cœur.

— Tu peux t'en aller si tu veux.

— Pourquoi je m'en irais ? C'est superbe ici. L'air de la campagne me fait du bien.

— T'es pas là. T'as la tête ailleurs… Tiens, Clara ! Je lui dis ou c'est toi qui lui dis ?

— Je la connais pas, elle. Et puis, c'est ta décision l'avortement, pas la mienne.

— Je me suis décidée parce qu'il aurait pas eu un père stable !

— Ce que tu veux, c'est pas un père stable, c'est un pourvoyeur stable.

— Chut ! Oh allô, la belle Clara !

— Je suis contente que vous soyez revenus ensemble. Bonjour Samuel, j'ai souvent entendu parler de toi. Enfin un visage sur un prénom ! Content d'être bientôt un papa ?

— On se sépare.

— Mais le bébé… T'es pas…

— Elle s'est fait avorter sans me le dire.

— Tu t'es organisé pour que je me fasse avorter.

— Bon, on en reparlera un autre jour, Magali. Aujourd'hui, je prends congé des problèmes de couples. J'ai une belle surprise. Pas tout de suite. Il faut d'abord que la surprise soit là. Oh, mais seigneur du bon Dieu, c'est quoi ça ?

Un véhicule récréatif flambant neuf tente de se garer près des autres voitures. Les invités se sont approchés, curieux, voire impressionnés. Les hommes dirigent le chauffeur avec des ordres contradictoires, les femmes s'exclament. C'est la rigolade. Dans le siège du passager, Mireille sourit et salue comme le ferait la reine d'Angleterre de son carrosse. Robert joue de galanterie en lui ouvrant la portière, c'est une Mireille rayonnante qui tend la main à son mari, qui n'a pas assez de ses deux dentiers pour sourire.

Tous applaudissent, certains se moquent gentiment. C'était donc ça, la surprise ! Et pourtant, non. Une voiture immatriculée en Ontario vient se garer juste devant la maison. Intrigués, les invités reportent leur attention vers les nouveaux arrivants. Clara ouvre aussitôt la portière arrière pour en sortir un mignon bébé qui, la reconnaissant, trépigne de ses petits bras et jambes. Elle lève l'enfant bien haut et, d'une voix chevrotante de larmes refoulées :

— Mon petit-fils, Gabriel ! C'est l'enfant de Claude, mon fils, et de son… conjoint, Francis.

Ces derniers saluent les invités comme au théâtre, en baissant la tête humblement. Clara glisse un œil humide à Étienne. Il se contente de lui sourire et de lui faire du doigt un petit signe de tendresse. Il ne peut faire davantage, du moins pour le moment.

Et la fête d'automne continue. Il y aura bien sûr d'autres problèmes de couples, d'autres drames, d'autres montagnes russes, d'autres émotions, mais l'amour et Clara sont là !

Mille millions de mercis et autant de baisers

À Monique H. Messier, mon éditrice, qui tient les guides de mon imagination et sait la remettre dans le bon sillon avec tact, douceur et fermeté.

À Johanne Guay, l'éditrice en chef du Groupe Librex, à qui je fais confiance les yeux fermés.

À Jean Baril, l'efficace, le direct, le dévoué Jean Baril.

À André Monette, mon ami de travail et de cœur depuis trente ans.

À mes lectrices et lecteurs, qui me suivent depuis leur jeunesse et dont la fidélité me donne le goût et la force de raconter des histoires qui peuvent servir.

C'est pour vous que j'écris, pour partager avec vous ce que j'ai appris tout au long de ma vie. Pour redonner un peu de ce que je reçois de vous : amour et encouragement.

Suivez les Éditions Libre Expression sur le Web :
www.edlibreexpression.com

Cet ouvrage a été composé en Minion 13/15,75
et achevé d'imprimer en avril 2012 sur
les presses de Marquis Imprimeur, Québec, Canada.

Imprimé sur du papier 100 % postconsommation,
traité sans chlore, accrédité Éco-Logo et fait à partir de biogaz.

certifié   procédé   100% post-   archives   énergie
sans chlore   consommation   permanentes   biogaz